20几岁奠定一生成功的必备读本

20几岁

要懂得的

职场潜规则

辉　浩◎编著

天津社会科学院出版社

图书在版编目（ＣＩＰ）数据

20几岁要懂得的职场潜规则 / 辉浩编著． —天津：天津社
会科学院出版社，2010.4

ISBN 978-7-80688-555-0

Ⅰ．①2… Ⅱ．①辉… Ⅲ．①成功心理学—青年读物
Ⅳ．①B848.4-49

中国版本图书馆CIP数据核字（2010）第050239号

出版发行：天津社会科学院出版社

出 版 人：项　新

地　　　址：天津市南开区迎水道7号

邮　　　编：300191

电话/传真：（022）23366354

　　　　　　（022）23075303

网　　　址：www.tssap.com

印　　　刷：廊坊市兰新雅彩印有限公司

开　　本：710×1000毫米　1 / 16

印　　张：19

字　　数：260千字

版　　次：2010年5月第1版　2010年5月第1次印刷

印　　数：1～5000册

定　　价：35.00元

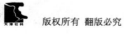

前　言

　　20几岁的人正值青春年华，初入职场的懵懂容易让人迷失自己，如何把握好时机，做一个职场好手对每个年轻人来说都是一个很大的挑战。

　　社会是不公平的，有些人自视清高，但是在踏入职场后却频频出错；而有些人能力平平，却能在职场上一帆风顺、步步升高。究竟是什么左右了他们的成败？其原因就隐藏在无形的职场潜规则里。

　　职场潜规则不是企业中的工作制度，但却是职场人士从日常工作中逐渐演变而来的，它无形无色，没有规矩可循，但却又无处不在。职场中，没有人能要求给予绝对的公平，有能力的人常常被压制和排挤，而灵活多变、精于世故的人虽然没什么过人的才能和出色的业绩，却能平步青云，成了自己的顶头上司；有业绩的人常常得不到奖励，而与上司关系亲密的人却好运连连……这就是职场潜规则的作用，很多事情看似想不明白，但仔细想一想，往往能豁然开朗。

　　在很多情况下，你想要成就事业，单凭自己的专业技能是远远不够的，一味抱怨社会只会使自己付出惨痛的代价，只有掌握了职场潜规则才能在职场游刃有余。

　　职场如战场，虽没有硝烟弥漫，但稍有不慎就会误入歧途，掉进职业的陷阱里。俗话说，知己知彼方能百战不殆。要想进军职场就必须先悟透职场潜规则，要想在职场中有所作为，就更要悟透职场潜规则。

　　不要抱怨生活的残酷，更不要用坏情绪抵制职场潜规则，因为它也只是

一种制度而已，有时候知道总比不知道好，这就是现实！遵守制度的人能够生活得自由自在，而抵制制度的人只能被他人领导。所以，年轻人要做的就是在这样的环境中快速成长，通过阅读他人的故事，来审视自身的经历，从而完善自己，在职场中游刃有余。

《20 几岁要懂得的职场潜规则》带你走向平步青云的职场生涯，从提高自身修养到经营人际关系，分门别类地将"职场潜规则"生动地阐述出来，供职场新人参阅。

目　录

第一章　打造你自己的优势

第二章　薪酬问题不能含蓄

第三章　领导的心思你别猜

第四章　同事之间的那些事

第五章　办公室里的潜规则

第六章　顺利晋升并非易事

第七章　即使失败也无所谓

第八章　前程需要自己创造

第一章
打造你自己的优势

每个人都有自己不同的做事风格，如果你希望在自己的岗位上做出一番成就，就要勇于推翻原本陈旧的工作思想，开创自己的风格，丢弃墨守成规的工作方式。一味地模仿前人，你永远都不会有大作为！工作中要善于突出自己的风格，并得到他人的认可，这才是职场新人的个性。

1. 上班化妆，以淡雅为宜

上班化妆对于很多人来说都不是很适应，能够坚持下来的也不多。其实，从另一个角度讲，化妆也是对同事、对自己的一个尊重。

在任何时候，化妆都是一个令自己看起来更漂亮、自信的方法，一个淡雅的妆容，一个浅浅的微笑，就可以打造出独特的个性魅力。如果每天素颜朝天，久而久之就会让人产生审美疲劳。在工作中，也会很快沦为不被注意的角色。

不会化妆，错失良机

在工作中，一定要时刻注意自己的仪容，让自己无论在何时看起来都那么赏心悦目。化一个淡雅的妆容，不仅不肤浅，而且也是一件相当实用的事。香奈儿夫人早在半世纪前就说："不化妆，不注意形象的女人没有未来。"化妆可以让自己保持良好的状态，机会是无处不在的，如果机会来了，可你却一副懒洋洋的样子，恐怕机会也会被吓跑的。每天化一个淡妆，精心搭配，时刻准备迎接机会的到来。

小敏刚刚大学毕业，天生丽质，在校学习成绩也不错。在大学快毕业时，很多同学为了找到合适的工作，为了给用人单位一个好的印象，都去学化妆技术了，她们认为，不化妆是对别人的不尊重。

可是，小敏却不这样认为，她觉得自然最好。小敏的衣服颜色总是以暗色为主，给人的感觉很沉闷。小敏在大学时学的是美术专业，很快她就在一家设计公司找到了工作，公司还颇具规模，每个人看起来都很有精神。和小敏一起被录取的还有三个女孩，小敏和一个女孩接受一个老员工的培训，另外两个女孩接受另一个老员工的培训。

试用期很快就过了，四个人都留了下来。小敏依然我行我素，穿着职业装，将头发全都扎起来，脸上没有一点妆容，看起来很没精神。那三个女孩虽然也穿着职业装，可是却很时尚，她们懂得用一些小细节来点缀自己，而且淡雅的妆容也使她们看起来很有活力。

半年过去了，公司决定安排两个新人去外地学习，所有费用公司都包了。这是个千载难逢的学习的好时机。小敏想着，自己的工作能力算是新人中比较突出的了，这个机会肯定是自己的。正在她等着好消息时，公司培训的名单下来了，没有小敏的名字，而是另外两个女孩。小敏很郁闷，脸色更难看了。这时一个老员工走过来对小敏说："你知道你输在哪里吗？"听到老员工这样说，小敏抬起头看看并没有说话。老员工接着说："我们学的是设计，讲究的是艺术性，如果每天给人一种一成不变的感觉，那么就会失去新意。还有，上班化妆是对同事最起码的尊重，同时也是对自己的尊重，你每天素颜对人，不可否认，你很漂亮，可是，一个淡淡的妆容可以让一个人在瞬间给人一种很精神的感觉，让人看起来很舒服。"听着老员工的话，小敏似乎了解了什么。

化妆可以遮掩一个人的缺点，可以让一个人看起来很精神，每天化上一个淡淡的妆容，每天的心情都会不一样。当你因为加班熬夜而脸色难看时，当你因为某事烦恼时，妆容都可以把这些很好地隐藏起来，让你看起来不至于那么憔悴，同时，也可以让你获得更多展示自己的舞台。

妆容要恰如其分

对于每个人而言，化妆都是值得学习和研究的事，对于女人而言，品位并不单单是出自美丽的眼睛与光滑细腻的皮肤，更是出自于精致妆容的效果。

眼睛与皮肤的美丽是一目了然，而一个好的妆容则是女人用智慧与修养精雕细刻出来的。妆容与身体的和谐，在周身所洋溢着的风采，内心世界精彩的描述，都是用心表现出来的。

一个好的妆容带给人们的是美的享受，其美丽也是可以超越本体的。反之，不良的妆容则会损坏一个人的美感与品位。爱化妆说明你是个积极的人，而会化妆则说明你是个聪明的人。

小慧是个漂亮的女孩，活泼开朗，刚刚大学毕业，正值找工作的时候。看着同学们都找到了合适的工作，而小慧还徘徊在人生的十字路口，心中不免有些担心。

小慧降低了求职标准，最后在一家中型企业找到了个文员的工作。小慧在大学的时候就喜欢化妆，而且每天的妆容都不一样，尤其到了周末，小慧的妆容更是夸张，虽然很漂亮，却很少有人能够接受。

因为刚刚进公司，小慧不太了解，所以，就没再化妆了。她是个细心的人，她看到公司的每个女孩似乎都化了淡淡的妆。于是，小慧也按捺不住自己了。上班一周后，小慧开始化妆了，刚开始也是淡淡的妆，每次老板经过她的办公桌前，都会冲她一笑，这让小慧有种被重视的感觉，也为自己的漂亮感到自豪。

慢慢地，小慧的妆越来越浓。一天，公司里来了一个很重要的客户。小慧负责茶水接待，还有就是整理他们的谈话内容。谈判在很愉快的氛围中进行着，快要接近尾声的时候，小慧端着一杯水，来到了客户面前。正在客户点头表示感谢的时候，却发生了意外，小慧的假睫毛掉进了客户的杯子里，顿时，现场的气氛变得紧张了。老板用一种很尴尬的表情看着客户，小慧则更是无地自容，忙说对不起，并端起杯子，去换了一杯。接下来的谈判，小慧的公司显得很被动，最后虽然生意谈成了，但却让公司白白损失了一笔费用。因为对方在价格上总是保持一种高姿态，不肯让步，而已经乱了方寸的小慧的老板则只能让步了。

小慧不适宜的妆容使公司受到了损失。其实，要想让妆容变得更美丽，并不需要太多的装饰，只要让自己看起来精神就可以。学会在不同的场合化不同的妆容，不要让不适宜的妆容成了自己的笑话。一个适宜的妆容可以让你看起来很有神，而不适宜的妆容只会让你成为他人的笑柄而已。

职场小规则

化妆，首先要培养自己的鉴赏能力，这就需要在文化艺术的修养上下工夫。在日常生活中多看时尚杂志、影视作品等，揣摩优雅人士的妆容与造型，以此来提高自己的审美能力。

在化妆前一定要清洁肌肤，不然妆面浮在不洁净或是粗糙的皮肤上，就会对妆容美感造成不好的影响。还有就是，化妆品的品质一定要有保证。另外，化妆达不到一定的效果，并不是技术问题，而是产品质量的问题。使化妆品保持洁净也是很重要的，受污染或是过期的化妆品对妆容都会有较大的影响。

化妆最重要的就是要突出优势部位，不可过多地涂抹不足或是有缺陷的部位。当你对化妆有一定了解时，你就会无比享受化妆带给你的乐趣，上班以淡妆为主，让自己在保持精神的同时，也可享受别人羡慕的目光。

2. 成为办公室里难以替代的人

在工作不乏这样一群人，他们每天机械地重复着自己的工作，很少去考虑工作是否平庸、是否没有技术含量、是否可以做得更好……其实，工作并无好坏之分，有的工作很容易出业绩，很容易得到老板的重视，而有的工作则很平淡，可是，只要将其做到极限，那么一样可以脱颖而出，从而使自己的地位达到不可替代。

让自己的工作难以替代

现如今，中规中矩地工作是远远不够的，满于现状，在框定好的范围里工作已经不适应这个社会了。相信自己，将自己独特的想法提出来，不要总是专注于自己直接的工作范围，还要表现出对其他专业项目的兴趣，只有这样，才能让老板看到你多方面的才能。

不可否认，这一目标对于很多人来讲都很困难，因为，毕竟现在社会上人才辈出，每个人的工作都受到了威胁。从本质上来讲，有两种人是难以替代的，一种就是某个领域的领导者，一种就是懂得创新的人。领导者所向披靡，创新者永远都走在别人的前面。

伊凡大学毕业后，就直接参加了工作。灵活的头脑、过人的智慧让他很快就找到了工作，而且是在某大型企业。伊凡的好工作也赢来了同学美慕的目光。

投入职场的伊凡刚开始有些不适应，快节奏的工作环境，巨大的工作压力都让伊凡有种喘不过气的感觉，做事也总是不顺心。半年后，伊凡渐渐找到了工作方向。工作之余，他会看一些关于管理方面的书籍，还有就是，他和同事们也保持着良好的关系，在开玩笑之余，也学到了不少东西。开会时，他变得积极了，工作也做得很好，老板也在无意中注意到了他的能力。公司需要改革，在开全体会议时，老板让员工提出对公司改革的看法，有很多员工都不敢轻易发言，生怕说错话，受到批评。可是，伊凡却大胆地站了起来。他用年轻人独特的视角审视了这个公司，而且半年的工作也让他对公司有了更进一步的了解。他提出的针对性问题，让老板频频点头，表示赞同。

对于伊凡提出的改革意见，老板大部分都采用了，而且取得了很好的成效，业绩在三个月后得到了明显的提高，伊凡也因此被提升。不到一年的时间，伊凡就坐上了销售主管的位置，这让很多同事都羡慕不已，虽然心里嫉妒，但对于伊凡的能力，他们也是很佩服的。由伊凡做上销售主管后，业绩每个月都呈上升趋势，而且，员工的积极性也比以前高了。可是，每每遇到大的客户，还是要伊凡亲自出马，他的谈判能力，是全公司无可替代的。也正因为如此，老板才会花重金想要留住伊凡。

伊凡凭借自己的努力证明了自己的能力，使自己成为了公司举足轻重的人。

只有让自己成为办公室中难以替代的人，才能拥有悠闲的心与怡然的生活。有很多人因为自己是大学生或是研究生、博士生，而对自己过高地期望，以为自己有知识、有才能，有多了不起，只要进入公司就应该得到重用。可是，他们却从未想过，如果辞职了，公司会因自己而受到损失吗？自己是无可替代的吗？

一个理性的员工应该有这样的思想：我活着是为了自己，自己才是最在乎自己的人，命运也是掌握在自己手中的，而不是期望得到老板的施舍。抱有这种想法的人会在工作中贡献自己所有的能力，从而使自己的能力被领导所赏识。要想争取到最大的利益，就要做到使公司不能没有自己，让自己努力成为公司不可替代的人。

做一个不可替代的人

通常情况下，当一件东西的替代品很少时，那么，它的价值就越大。古时的一些文物之所以价值连城，其一个很重要的原因就是没有替代品。普通员工之所以工资低，就是因为，可以替代他们的人很容易就能找到，当他不愿意做时，随便在哪都能找到替代的人。

一个人，要想在职场立于不败之地，就必须让自己不可替代，让自己拥有独特的优势与人格魅力。

李青大学毕业后，做过一年的销售代表，这一年的工作经历让他具有了一定的沟通能力，培养了他吃苦耐劳的精神。

李青随家人来到了另一座城市，工作自然也就辞了。来到陌生的城市，李青对于未来充满了好奇与担心。好奇是因为，面对这个现代化的大都市，一切皆有可能；担心是因为，在完全陌生的环境里，让他对未来失去了信心。在家人的鼓励下，李青很快找到了工作，还是做销售。刚开始，李青对工作并没有表现出积极的态度，总是得过且过。三个月过去了，李青的业绩一直是最差的。一天，老板找到了李青，他说："李青，我能看出来，你是个聪明的人，可是，不知道为什么，你对工作总是一种无所谓的态度，是不是不适应？"李青没想到老板会找他谈话，他支支吾吾地说："没……没有，我只是刚来这座城市……只是……"看着李青为难的表情，老板打断了他的话，老板说："其实，以前我跟你差不多，在陌生的城市，一切重新开始，这虽然有些困难，可是，如果你总是这样的态度，是很难立足的……"老板还和李青说了很多，李青也从其中明白了很多。他开始改变了工作态度，努力和热情使他拥有了好人缘。所有的同事并没有把他看作是竞争对手，而是把他看作是一个小兄弟看待。李青也很愿意帮助别人，同事的电脑坏了，他会帮忙修；同事有急等的文件，他就帮忙整理……

李青慢慢熟悉了这座城市，工作也做得得心应手。两年后，李青以出色的业绩成为了业务主管。公司里有一些老员工，总是倚老卖老，让老板很是头疼，最后老板把这些老员工都分到了李青的部门，希望用李青的好人缘来管理他们。刚开始，这些老员工并不买李青的账，不是迟到早退，就是开会时不认真听。面对他们的有意刁难，李青并没有表现出生气。他总是笑脸迎人，而且还时常在开会时，让新员工多向老员工学习，无形中提高了老员工的地位。那些老员工不想在新员工面前没面子，所以，就加倍地工作。慢慢地，老员工又恢复了以往的工作积极性。李青很快就成为了老板的左膀右臂，老板的一个眼神，李青就明白老板要做什么。可以说，老板乃至整个公司离了李青一定会很不适应。

当你听到"不想干，就走人，门外有的是人在等着干"这句话时，你就应该检讨自己了，因为你目前的职业已经面临危险了，你随时都有被替代的危险。

让自己成为公司里不可替代的人其实很简单，在工作时间不要与同事喋喋不休，更不要在老板不在的时候偷懒，老板看不到，不表示别人看不到。更不要贪图小便宜，试图拿公司的公共财物。试着从工作中找到乐趣，从工作中找出令自己感兴趣的工作方式，并尝试多做一点。永远不要推脱自认为不重要的工作，因为一个人的贡献与努力是不会被永远忽略的。最重要的就是有创造力，让老板看到你过人的才能。

职场小规则

有很多人把工作比作"饭碗"，在这个竞争激烈的社会里，自己手中的饭碗就是自己做的。不好好工作，不懂得应变，那么，你手中的饭碗就是泥做的，一摔即碎。努力工作，得到了认可，那么，你手中的饭碗就成了铁做的，很难被摔碎。当你成了专家，成了公司不可替代的人，那么，你的饭碗就是金做的，不但不易碎，而且还会增值。

3. 谦虚做人很重要

对于一个人来说，聪明能干是件好事，可是，如果处处以自我为中心，总是喜欢标榜自己，表现自己，那么就会聪明反被聪明误。在工作中，谦虚做人才是最重要的。要想在这个社会上立足，在工作中得到老板的认同，做人最好谦虚一点。做人趾高气扬、放浪不羁是大忌。

不可把话说得太满

在工作中有这样一群人，总是喜欢说大话，吹牛皮，在同事面前总是神气十足，以为自己多了不起，实则收获的都是别人鄙夷的目光。一个人不管做任何事都不可把话说得太满或是太死，就算你是个很有才的人，如果不为自己留条后路，那么就很容易使自己陷入进退两难的境地，要知道，计划是永远也赶不上变化的。

小王是个很聪明的人，而且能干、机灵。毕业后，经老师介绍，他来到了一家报社做编辑。小王的表现得到了主编的认同，有时还会单独交给他一些任务。

有一次，在选题策划会上，主编想派一名资深编辑去采访一个突发事件。可不巧的是，所有的资深编辑手头都有工作，而且都很重要。没办法，这时主编看到了坐在一旁的小王。虽然这次的采访很重要，而且也相当困难，根据小王近段时间的表现，觉得他应该能胜任。主编问小王："有没有问题？"小王一开始没想到主编会让他去采访这么重要的事件，兴奋地说："没问题，绝对没问题，您就听我的好消息吧。"

时间一天一天地过去了，小王一直没动静。主编以为他在策划，可是眼看就要到见稿日期了，主编按捺不住去向小王索要稿件。可是小王却振振有词地说："我本以为很轻松就能搞定，可是实地采访之后才发现，根本不是那么回事，事情并不像我想象的那么简单。"听着小王的话语，主编已经知道，采访泡汤了。他气得浑身发抖，大声对着小王说："你完成不了就早点说，做不好还说大话，你知不知道因为你，耽误了多少事？年轻人，以后做人要谦虚点，没把握的事不要随便答应。"主编说完走了，留下不知所以的小王。

之后，小王就给主编留下了说大话的印象，小王工作的延误使整个部门的工作都无法正常进行，报社也因此耗费了大量人力财力才将此事搞定。主编以后再也不敢把重要的工作交给小王了。

不管是工作还是生活中，总会有意外发生，如果小王能够意识到这一点，谦虚一点，那么他就不会说大话了。不管在任何时候都要学会谦虚做人，过分的话不说、过分的事不做，这样才能与领导和同事建立良好的关系，为自己赢来更多的机会。

我们常说："谦受益，满招损。"有才能但喜欢自我炫耀的人，必定会招到他人的反感。真正聪明的人比较低调。他们用谦虚的态度对待身边的人和事，也正是因为如此，他们的职场之路越走越顺利。

做人要谦虚

办公室其实就是一个团体，大家共同努力才能使公司的发展越来越好。在工作中，谦虚豁达的人总是能赢得很多朋友；反之，那些狂妄自大、高看自己的人却总是引起别人的反感，到最后一定会自食其果。

做人不能太骄傲，有一点小小的成绩就沾沾自喜，这样只会让自己离成功更远。工作中，最重要的就是沟通，如果总是一副高高在上的姿态，那么，是很难让人接近的，对工作也会造成不利影响。

李芳大学毕业后就来到了一家公司做总经理助理，她不仅长得漂亮，而且也很聪明，处理工作干净利落，她对自己的工作能力也颇为满意。总经理也不止一次当着同事的面表扬她，慢慢地，李芳开始觉得自己高高在上了。在同事面前，她总是吹嘘自己工作的成绩，说自己如何被重视，如果受到总经理的表扬。可是，同事们听过她的吹嘘之后显得很不高兴，看到她走过来，都唯恐避之不及。当同事指出她的错误时，她也是以一种不耐烦的态度对待。时间过得很快，半年过去了，李芳发现，与她说话的同事越来越少了，有也只是交代工作。下班后，她想找同事一起去玩，可是，同事都借故推脱。

接下来的日子里，李芳变得沉默了。周末，她找到大学好友，倾诉自己的烦恼，倾诉过程中，她总是唉声叹气的。看到李芳这样，好友与她进行了长聊，好友也一语点破了李芳的症结所在：过于表现自我，不懂得谦虚。这时，李芳才意识到自己的错误。

认识到自己的错误后就要努力化解，李芳重新拾回了笑容。对同事，她不再是以一种高高在上的态度说话了。她开始主动接近同事。刚开始，同事们还会回避她，可是李芳并没有放弃，而是尽量让自己融入同事中间。她还对同事说："以前我的态度确有不对，现在，我已经意识到了，希望以后你们能指出我工作中的错误，我很乐意接受。"听着李芳诚恳的语气，同事也没说什么，不过，李芳与同事们的关系改善了不少。

谦虚的态度不但是尊重他人，同时也会受到他人的尊重。要想立足职场，只凭能力是不够的，再有能力也会出现束手无策的时候。俗话说："一个好汉三个帮。"好人缘可以解决职场中出现的很多问题，而赢得好人缘的最简单的办法就是谦虚，谦虚可以把危难变成契机。

职场小规则

一般有真才实学的人往往虚怀若谷，而不学无术的人则自以为是，谦虚谨慎的人能赢得他人的尊重，并在困境中得到帮助。

谦虚是中华民族的优良传统，谦虚使人进步，而骄傲使人落后。要想不断地进步，就要怀着一颗谦虚的心，但也不可谦虚过了头，那就是没自信的表现了，会给领导留下无用的印象。一个人，不可以傲气，也不可以不自信，谦虚恰到好处，就会给人一种成熟、稳重、有魄力的感觉。

4. 工作最忌三分钟热度

如今，有很多初入职场的年轻人都有这样一种现象：刚来公司的时候，一腔热血，可是当对工作失去新鲜感后，就会怠慢工作，用一种消极的心态对待工作。在职业生涯中，是最忌这种三分钟热度的人，工作需要持续的热情，坚持才是最重要的。

三分钟热度无法在职场立足

有很多人对于自己的工作无法保持一定的热情，进入一家公司一段时间后，就会对工作失去兴趣。其实，当职业兴趣不稳定的时候，职业方向也会不稳定。

张绪大学刚刚毕业，满腔热血想要闯出一片天。因为对自己的要求较为严格，所以，应聘了几家公司都不如意。可是张绪并没有降低标准，他说，一定要找一个自己喜欢的工作才行。

最终张绪在一家外企找到了工作，虽然与他心目中的理想工作有点差别，但也是个不错的工作。张绪是个聪明的人，很快就熟悉了工作的所有流程。老板也很赏识他的才能，有意提拔他。

张绪每天工作的劲头很大，总是能提前完成工作，别人需要一天完成的工作，他只要半天就完成了。三个月过去了，张绪的工作积极性大不如前了，工作时间总是走神，没多久，张绪就因"工作没挑战性"为由辞掉了工作。

不到一个月张绪就重新找到了工作。可是，他还是如第一份工作一样，

不到三个月就辞职了，理由都大同小异，不是觉得工作本身有问题，就是觉得老板有问题，或是公司制度有问题……就这样，一年的时间里，张绪换了六份工作。到头来他什么也没得到，还是一个人徘徊在十字路口。

张绪就是一个典型的对工作三分钟热度的人。一般来说，对工作三分钟热度的人，在职场的人际关系也很不好，更得不到踏实工作的老员工的认可。对工作保有三分钟热度的人根本就没有进入工作角色，甚至从心底里感到厌烦。工作三分钟热度的人也是跳槽、被淘汰的人群，这种人还会有觉得公司不重视自己的心理，这也加速了他们离职的决定。

工作是需要坚持的

在现代职场中出现了一种新"龟兔赛跑"的现象，在工作中有些员工正是因为当了爱睡觉，对工作三分钟热度的"兔子"，所以，到最后才败给了慢腾腾的"乌龟"。"兔子"之所以输掉比赛，还和情绪与心态不稳有关，心中一会儿想要夺冠，一会儿想要偷懒，最终造成三分钟热度的现象。"乌龟"虽然跑得慢，可是情绪与认知却较为稳定，认定一个目标就会去认真完成，这样正符合了职场的规律。

小芳在大学毕业后就到了一家公司做文员，工作半年后，她就发现自己对这份工作失去了兴趣，她选择了跳槽。很快，小芳就找到了新工作，到了新公司不到半年，相同的感觉就又出现了，于是，小芳又选择了跳槽。如今，小芳已经跳槽五次了，她的"三分钟热度"让她自己也很苦恼。

现在，到了新公司没多久的小芳又出现了同样的感觉，厌恶、烦躁让她无法正常工作。可是，现在工作也有她喜欢的地方，能够发挥她很多特长，她也不想离开，可是办公室里有很多让她难以接受的事，就是老员工总是家长里短地谈论别人的私事，话题也总是围绕着家里的琐事。面对这样的环境，小芳的工作兴趣总是提不起来。经过那么多次的跳槽，小芳心里的冲劲也慢慢磨平了，她既不想再换工作了，也不想待在这个环境中。

小芳找到了好友，说出了自己的烦心事。朋友用自己的亲身经历为小芳开导，在朋友的讲述中，小芳渐渐找到了方向。小芳意识到了自己问题，在朋友的鼓励下，小芳决定改变现状。

三个月后，小芳完全变了。她说她试着与老板、同事进行深入的交流，最终发现，在工作中有很多自己感兴趣的因素。在与上司的沟通过程中，她的优势得到了老板的认可，最终将她调至可以更好发挥她特长的市场部门。如今，小芳对工作充满了动力，慢慢地，也变得开心多了。她还说，要一直坚持下去，直到做出一番更大的成绩。

有很多人把不停地跳槽都归结为公司或是老板、同事的问题，从不在自己身上找原因。其实，很多跳槽都是因为不懂得如何调控自己的情绪所导致的，一个情绪稳定的人会长期努力地去完成一项工作，反之，情绪不稳定则会导致频繁跳槽的情况，这表面上像是挖了很多口井，可是，实际上每口井都挖得很浅，甚至都没有水。

凡事都需要坚持，当遇到困境、烦恼时，要懂得如何去化解，而不是用跳槽的方式去逃避。要想在职场中有所发展，就要对自己做一些调整，培养自己的耐性与稳定性，让浮躁的心静下来。学会转换角色，用职场员工的态度对待自己，遇到烦心事就一走了事，那是不正确的。即使你离开了，到了一个新环境，你还是会发现，只要身在职场，到哪里都会遇到同样的问题，面对是迟早的事。

职场小规则

有人说，成功是一种习惯，放弃也是一种习惯。的确，有很多人习惯于放弃，当遇到瓶颈时就放弃，当遇到挫折时也放弃，做很短时间就放弃……成功是在长期积累中完成的，有些人可能坚持一个月、两个月，或许是一年、两年甚至是十年还未获得成功。有百分之九十九的人失败，就是因为在面对职场进球、快要临门一脚踢进去的时候，他却放弃了。这也是无法取得成功的一个原因。成功者实现梦想的法则就是永不放弃，坚持到底。

5. 敢于打破工作中的陈规

年轻人最可贵的东西，不仅仅是充沛的精力，还有他们并没有被一些"陈规"所束缚的头脑。如今，知识更新的速度越来越快，知识倍增的周期越来越短。知识陈旧的人，就会面对被社会淘汰的危险。刚刚进入职场的年轻人，常常会遇到一些常规性的东西。工作中，他们有时不敢挑战权威，不敢和不合理的陈规作斗争。使自己处于一种弱势之中。在工作中一定要敢于和不合理的陈规作斗争，遇到不合理的事物，就是再具有权威性也不要惧怕，只有敢于挑战权威，职场成功才会更快地到来。

一失足成千古恨

初入职场，常常会遇到一些比自己资格老的前辈们，他们代表着"权威"，对年轻人的工作不肯定，觉得自己的经验就是可以左右这些晚辈们的最好"武器"，无论对与错，他们都要这些年轻人像他们一样，延续陈规，年轻人做了违背常规的事情，就会受到他们的指责。而有的年轻人往往遇到这样的情况不敢做出反抗，不敢指正前辈们不合理的地方，让自己重复着以前人们走过的路走下去，没有一点创新的精神。有时还会因为一时的冲动让自己受到很大的伤害。

陈晨，今年24岁，她是一个十分漂亮时尚的女孩，再加上她有着名牌大学的学历与出众的能力，毕业之后，很快找到了在一家外企做总裁助理的工作。平日里，陈晨待人热情、大方，和同事的关系相处得都很好。大家都很喜欢这个十分漂亮、而且能力出众的女孩。

当然，他们的外国总裁也不例外。其实，陈晨来公司应聘的时候，并没有让面试官太满意，因为她是刚刚从大学毕业，没有工作经验，而公司的第一要求就是要有工作经验。可是，那天，刚好是那个外国总裁见到了陈晨，虽然他是一个有家室的人，但却一下子就被她吸引了。所以，他破例录取了陈晨。

在工作中，陈晨十分努力，每次老总交给她的工作，她都能十分出色地完成。而且每当同事有什么难题，只要她能帮上忙的，她都会毫不犹豫地去帮助人家，在同事中，她特别有人缘。这样，她在这家公司工作了一年半的时间了。一天，她和老总和往常一样，去参加一个酒会。在酒会上，他们的一个客户，非让陈晨和他们老总喝交杯酒，还说，像他们这些做助理的，其实就是老板的"贤内助"，如果陈晨和老总喝了交杯酒就和他们签两年的合同。老板笑着看了看陈晨。从眼神中，陈晨可以看出老板好像默认了什么，因为他对陈晨已经向往很久了。看着陈晨没有反应，那个客户就更加猖狂，他说助理有哪个没和老板有那么一回事的，还有什么不好意思的。按理说，陈晨应该立即讲明自己的立场的。可是，经过和老总长期的相处，她也已经对老总产生了好感。她觉得没什么，不就是一杯交杯酒吗，而且还能给公司带来这么大的收益。于是，她就和老总喝了交杯酒。

通过这次事情后，她理所当然就成了老总的情人，他们进行着地下情。后来，大家都知道了这件事情，大家认为以前陈晨取得的成绩都是靠她和老总这种关系获得的，对她的看法都大大改观了。当然这事传到了老总老婆的耳朵里，他老婆可不是省油灯，而且老总还特别怕老婆，他老婆一发火，他就回到自己老婆的身边了，和陈晨断绝了关系。最后，陈晨在公司再也呆不下去了，只好离开了公司。由于一失足成了千古恨，陈晨毁了自己的前途，还落得让人憎恶的地步。

现在身处职场的好多女孩子都经常会遇到这样的事情，她们在办公室里会受到别人的追求，特别是一些漂亮的女孩，她们更容易把自己陷入这种事情之中。可以这样说，爱美之心人皆有之。尤其，是那些事业有成的老板们，

他们仗着自己的地位与手中握有的权力，往往把自己的女下属当作他们婚外情的目标，好多女孩经不起诱惑，做出了害人害己的事情。而往往出了事情之后，那些男人们不敢承担，事情最终不了了之，而受伤的最终还是那些无法洁身自好的女孩们。

敢与和陈规作斗争

年轻人初入职场时总是抱着一腔热情，准备在工作中大干一场。可是，往往进入职场之后，这些豪言壮语只能成为一句空谈。面对陈规性的东西，他们只有屈服，不敢打破前辈们订下的一个个陈规。觉得自己如果打破了，就是和领导们作对，就永远得不到领导的赏识。这使得年轻一辈变得没有一点自己的主张，只有附和别人的份。更不要说让他们创造新的事物了。

张丽现在一家监理公司做工程师，别看她是全公司最年轻的一个员工，可是大家都十分尊敬她。年仅26岁的她，前几天刚被提为这家公司的副总监。在来这家公司短短一年多的时间里就做到副总监的职位，这不是张丽的运气好，而是她确实有能力与相当智慧来胜任这份工作。

也许大家会有疑问，一般公司提拔人都是会提拔一些资格老而且经验丰富的人，纵使张丽再有能力，那么也不应该提升这么快啊。事情是这样的，前一段时间，在总监开的新项目的研讨会议上，她因为对总监讲的那些事项有不同的看法，于是，她毫不避讳地对总监讲出了自己的看法。她是这样说的："总监，也许我讲出来我的看法，您会反对，但是如果我不讲，那是对公司的不负责。如果有什么冒犯您的地方，还请多多原谅。"于是，她把自己和总监不同的看法，非常详细地讲了一遍。虽然，她讲得非常好，可是，总监还是有点生气，他可是从事这项工作十几年了，现在被一个这么年纪轻轻的后生指正自己的错误，那他心里能好受吗？于是，他说会议到此结束，就匆匆离开了。

他回到办公室仔细地琢磨了张丽提出的方案，觉得确实不错。于是，他把张丽叫过来，让她把自己的方案好好整理一下，做成书面的形式，交给他。因为他和老总很早就有了从年轻人中提拔骨干的想法。于是，这位总监就把张丽推荐给了老总，还把张丽很有创意的方案拿给老总看，他觉得，张丽不畏权威，敢于打破陈规，是一个很具有潜力的年轻人。于是，老总采取了他的建议，提拔张丽为副总监。

看到这里，你是否也和张丽一样，敢于和陈规作斗争呢？如果答案是肯定的，那么，你离成功不远了。即使，现在你也许没有得到领导的重视，但是，只要遇到不合理的常规，你都敢于打破它，总有一天，会得到领导的注意的。如果你是一个被陈规束缚的年轻人，那么你可一定要改变现实的局面了，因为一味地墨守成规，是无法及时抓住有利于发展的时机的，更不要说取得成功了。

职场小规则

身处职场的年轻朋友，特别是女孩子，遇到了领导不合理的要求，一定要敢于说"不"，一定要摆明自己的立场，不要让自己陷入被动的局面。如果遇到不合情理的陈规，一定要大胆地说出自己的看法，因为没有哪一位领导是不喜欢具有创新能力的下属的。虽然，他们有时会觉得被年轻人超越了感到无奈，但是，他们都会以公司利益为重的。于是，他们就会变得很尊重你，觉得你是一个可塑之才，从而重用你。如果，你是一个只会循规蹈矩的人，那么就很难得到老板的重视。所以，年轻人一定不要把自己局限于某一个陈规之中，从而束缚了自己的发展。

6. 着装得体，谨言慎行

年轻人容易把事情看得简单而理想化，不知道去约束自己的言行。有时会盲目地追求另类，把自己打扮得非常前卫，经常讲一些让人难以接受的话，觉得这就是个性。工作中，不知道注重自身的形象，把职场当作争奇斗艳的舞会。前卫、新潮的服装在生活中也许亮丽迷人，但是，在职场上却黯然失色。在当今激烈竞争的社会中，一个人的职业形象远远比人们想象的更为重要。往往有好多年轻人，因为平时不注意自身形象，而让自己得不到领导的赏识，事业上得不到进展。

不重形象，职场艰难

人生在世，都会有这样的感触：在和别人交往的过程中，如果有十句话，你说对了九句，未必会得到别人的称赞。但是，仅仅是你说错了一句话就会遭受别人的指责。聪明人，会选择沉默寡言，不是经过深思熟虑的话绝对不会随便乱说。在工作中，即使你很出色，也未必能很快得到领导的赏识，但是如果你一旦出现了一次错误，那么一定会被领导请去"表扬"，一番。

王健从小就是一个十分爱学习的男孩，他的学习成绩一直很好，他考上名牌大学是必然的。身为独子的他从小就受到家人的特别宠爱，他不用自己洗衣服，基本的生活都不用他来操心，父母都会给他安排好。可谓是饭来张口，衣来伸手。由于大学也是在他生活的那个城市上的，所以，大学四年间的生活也是父母帮他打理的。

现在，王健毕业后在一家软件公司做程序员。由于工作地点不在本市，父母再也无法像从前那样照顾他的生活。由于缺乏必要的自理能力，王健变得一点都不注重自己的形象，衣服、头发看上去整天都是油油的。而且，他是一个想到什么都说什么的，从来注意场合。几次都让他的顶头上司下不来台。虽然，他的工作做得很好，可是他并没有因此而受到大家的重视。在同事们眼中，他就是一个失败的人。连自己的生活都不会打理的人，怎么会得到别人的尊重呢？所以大家都对他避而远之。

公司每年从职员中选一个人去国外进修，按专业技术方面的要求，王健是公司的最佳人选，他不但程序写得好，而且是一个悟性很高的人。按理说，派王健去是无可厚非的。当老总见到王健之后，就对让他去进修产生了很大的顾虑。他看到王健，身上穿的衣服都可以看到油光，而且头发都是一条一条的，好像戴着假发一样，坐在那里没有一点样子，身子东歪一下，西倒一下，没有一点气质可言。在和他交谈的过程中也看不到他有一点的谦虚，在他身上看不到一丝经过大学生活熏陶过的迹象。和他简单的交流之后，老总就让他回去了。

接下来，就派另一个专业技能不如王健，但是素养很高的一个男孩去了。后来，老总告诉大家，王健虽然有很出色的悟性，而且是位编程高手，但是为了公司的形象，他只能取消王健出国进修的资格而另外指派他人了。

王健自己太不注重自身的形象了，如果他不是一个高分低能的人，如果他稍稍注意一下自己的形象，那么出国进修的大好机会也不会与他擦肩而过。现如今职业形象对一个人的职业发展越来越重要。通过职业形象，可以传达一个人所在的职业、行业信息、职业化程度、受教育程度等信息。职场中的年轻人一定要注意了，你的职业形象，间接决定着你事业的成败。

谨言慎行，举止得体

现在很多的年轻人特别追求"时尚"，总喜欢以张扬的个性来显示自己的

不同之处。大街上到处可以看到那些穿着另类的服饰的"时尚"之人说着另类的语言来告之他人自己的存在。在工作中也随时可以看到这样的男孩、女孩，他们通常目中无人，以夸夸其谈来表达自己的个性，并片面地认为这样就可引起别人的注意。这些人虽然外表华丽，但是却腹中空空。有的虽然具有一点才气，但是却是目无一切，言谈举止让人不敢恭维。

张硕27岁，在一家房地产开发公司做房产经纪人。在公司他是一个人缘不错的人，领导也很欣赏他，一直在不停地对他进行培养，为了以后给予他重任。大家也都和他相处得很好，他待人很诚恳，就是有一点儿太心直口快了。

最近他因为家里发生的一些事情，工作业绩一直不太好。每次领导问到他的工作情况，他都说工作正在进行，至于如何进行的，进行的情况如何，却没有一个明确的答案。这使领导对他的看法发生了一些改变。

前两天，公司为了加强管理和考核，对相关制度和标准做了调整。谁知，在领导宣布完调整时，张硕竟然当场反对，而且还和领导大吵大闹，会议还没结束就擅自离去了。而且更糟糕的是，他还挑动其他的一部分员工消极怠工来对抗领导的决定。

第二天，被他挑动的那些员工来到公司继续工作，可是张硕却依然呆在办公室里不展开工作。领导先是找了被他挑动起来的员工谈话，那些员工都表示公司新出台的制度和标准的确给大家带来了压力，但是他们接下来还是会好好开展工作的。然后，领导又找到了张硕，但是他的态度依然十分强硬，表示这次调整非常不合理，而且还说如果领导不好好考虑，他就要带他所挑动的员工一起离开。本来，领导找他是想给他机会的，可是看到他如此强硬，还说出了那样的话，于是就把辞退了。他走后，其他员工依然在这里积极地工作而没有一个离开。

张硕在公司遇到不合理的制度而采取了极端的方法和领导对抗，如果他能够好好地想想，改变一下方法，那么他也不会落得被公司辞退的下场。现实工作中，像张硕这样的年轻人也不在少数，他们年轻气盛，遇到事情往往不考虑后果，以至于采取一些极端手段，影响了自己的发展。时常反省一下自己，学会换位思考，会让自己在工作中取得意外的收获。

职场小规则

　　刚进入职场不久的年轻人，不要过于追求时尚，过度张扬自己的个性。在符合公司和职业特点的基础上，选择自己的着装，才能穿出你的独特与魅力。以整洁大方，相对保守正规一些的服装给人留下好感。工作中，如果遇到不合理或不尽完美的地方，切记不要当着众人的面让领导下不来台，因为没有哪一位领导是不爱面子的，你可以选择私下找领导反映沟通。平时言谈举止要得体，做一个亲切、热情、有礼貌、有理智、讲道德、讲信用的职场中人，待人接物中一定不要有一丝"傲气"。

7.　高调做事，低调做人

　　做人，做事，是一个人一生都要面对的现实。历览古今中外，凡事最能保全自己、发展自己、成就自己的人士，有谁不是高标处世，低调做人？翻阅历史，注目现实，大凡高标处世者，有哪一个不是低调做人的？大凡低调做人者，又有哪一个不是高标处世的呢？而处于工作中的年轻人，他们能做到这些的又有几人？如果一个年轻人能够严格要求自己高调做事，低调做人，那么他离成功也就不远了。可是，他们中的好多人都做不到，恃才傲物，盲目地随从，盲目地追求时尚，受不得一丝委屈，只追求外表的美丽，而不注重自己积累自身的涵养。

恃才傲物，终不得成功

　　有些年轻人，稍有点名气就到处洋洋自得地自夸，喜欢被别人奉承，他们不知道这样迟早会让自己吃亏的，殊不知"出头的椽子易烂"。特别是现在，职场中常常有这样的年轻人，他们仗着自己有那么一点才气，就目中无人，不可一世，就如古语中"墙头芦苇，头重脚轻根底浅；山间竹笋，嘴尖皮厚腹中空"，往往学不会以谦虚的态度来做人。

　　珊妮在一家服装设计公司做服装设计，她是一个外表靓丽的女孩。因为是学习设计出身的，她十分注重自己的外表，对自己的穿着十分的讲究。在她看来，只有"名牌"的衣服才适合她，就是没有饭吃，她也要买自己喜欢的衣服，因为她就是为"名牌"衣服而生的。看到公司有谁和她穿款式一样的衣服她就会把她的那件扔掉，不会再穿。别看她的工资不算少，可是一个月下来，她只会因为买衣服把工资花得一分不剩，而且每张信用卡都是负值，可是，她依然不会在意。她仗着自己华丽的外表，对公司其他那些朴实的女孩子，总是很不屑，经常在背后对别人评头论足。

工作中，她曾多次取得很好的成绩，这让她更加目中无人，她觉得自己就是公司的顶梁柱了，对别人的意见更是不屑一顾。慢慢的，她工作不再努力，她认为自己不用怎么努力就可以把设计做得很好了，上班时间还经常会出去逛街购物。设计再也没有那么好的创意了，而且多次设计都被别人退了回来，经理找她谈了好多次话，她却是满不在乎，说公司的大部分设计都是她做的，没有她哪有公司的利益呢。

后来，因为她平时不注意新知识的学习，她的设计跟不上朝流了，让人感觉很过时。公司只好再招一些有创意的新人。她对此十分不满，于是就找老总理论，没等她开口，老总对她说："我决定放你一个月的假，你可以出去旅游一下，调整一下自己的心态，也许会对工作有利。"她听了这些，就对老总说："我要辞职。"老总笑着对她说："好啊，也许真的是公司太小容不下你这么好的人才，那你就另谋高就吧"。

她不知道，老板明着给她放假，其实就是要她自己主动辞职……

在职场中像珊妮这样的员工也不在少数，刚进入职场，他们很努力地工作，想尽快地证明自己，可是他们只有三分钟的热度，等自己取得了一点成绩之后，就会变得目空一切，仅仅凭着取得的一点成绩，就不把任何人放在眼里，最终变得不思进取，让别人取代了自己。年轻人，不要认为自己在跑，别人都在走。结果却恰恰相反，人生道路上，你在跑的同时，别人也在跑，而且比你跑得还要快。永远不要因为自己取得的一点小成就，就从此停滞不前。最终让别人超越了自己。

竖起"桅杆"做事，砍断"桅杆"做人

很多成功人士都奉行"高调做事，低调做人"这一原则。刚入职场的年

轻人是否也以这一准则来要求自己呢？答案是不一定，有好多的年轻人，工作中不能严格要求自己，总是抱着一种得过且过的思想。有的连最基本的做人原则都没有，更谈不上能够高标准，高效率地完成某项工作。有的人，取得了一点小小的成绩，尾巴都翘到天上了。

从前，在海边有一家爷孙两人，他们相依为命，仅仅靠打鱼为生。一天，他们和往常一样，下海打鱼，可是途中忽然起了狂风，海面上卷起了巨浪。船将要被巨浪掀翻的危急关头，爷爷命令："孙子，快，快拿斧头砍断桅杆。"小孙子听到爷爷的命令却没有反应，无动于衷。因为他知道，没有桅杆的小船在海上只能漂着，直到大海恢复平静。爷爷看到小孙子没有动一动，他只好十分迅速地把桅杆砍断了。

没有桅杆的小船在海上漂着，直漂到大海重新恢复平静，祖孙俩才用手摇着橹返航。途中，由于没有桅杆，无法升帆，船前进缓慢。小孙子对爷爷的行为十分不理解。就问爷爷："为什么要砍断桅杆？"爷爷看到小孙子一脸的迷茫，就给他解释说："桅杆确实是是帆船前进的动力支柱，但是高高竖立的桅杆使船的重心上移，削弱了船的稳定性，遭遇风暴时增加了倾覆的危险，砍断桅杆是为了降低重心，保持稳定"。爷爷同时告诫小孙子，要"竖起桅杆做事，砍断桅杆做人"。

后来，他的小孙子一直信奉爷爷要求他的这一原则，而且取得了很大的成功。他说："做事，就要像扬帆出海，必须高起点、高标准、高效率，就像那高高的桅杆上鼓满的风帆；做人，则要脚踏实地，无论取得多大成绩，尾巴也不能翘到天上，无论地位多么显赫，也不能凌驾于他人之上，否则就会失去民心，失去做人的本分，终将倾覆于人民群众的汪洋大海之中。每当春风得意之时，我总会想起那砍断的桅杆。"

这个故事虽然不长，但却可以让我们从中悟出很深的道理。说起大道理，好多年轻人都能讲出好多好多，表面上看起来他们什么都懂，可是真正能从他们行动中得到验证的却很少。他们大多数只会空谈大道理，却时常得过且过。在做人方面取得了一点小成就，就变得十分猖狂，动不动就拿出来自己的成就来显摆，自吹自擂，自我表现，让人不屑。

职场小规则

　　年轻人要想在办公室中保持心情舒畅的工作，并与领导关系融洽，就要多注意自己的言行。切记不要取得一点小小的成绩就不可一世，目中无人，不要忘记了山外有山、天外有天、人外还有人。比你高明的人多的是，姿态上放低调一些，千万不要居功自傲，就会得到别人的尊敬。做人如果能够做到抛弃浮躁，安定自己的内心世界，锤炼自己，让自己发光，就不怕没有人发现。对于姿态上低调，严格要求自己，工作上踏实的人，领导更愿意起用他们。

8. 不为自己的失败找借口

现实工作中，很多年轻人由于自己不够努力，没有考上好的大学，没有找到好的工作，没有取得好的工作成绩，却为自己没有做到这些找出各种各种的借口，他们往往都会以各种理由为自己开脱。"不要为自己的失败找借口，要为成功找出路"，能做到这句话的人却是那么的少。学习中，他们没有取得好的成绩；工作中，他们的工作没有得到领导的肯定，他们不去反思自己，而是怪自己的学习环境，怪自己的工作环境没有给自己机会。殊不知，人都是要去适应环境，适应社会的。不找借口地服从并执行，这才是企业所期望的好员工。

借口，领导不喜欢

因为年轻，所以生活工作允许犯错误，可是犯了错误就要勇敢地改正，以后不再犯同样的错误。可是往往有那么一些年轻人，就是做不到这一点，同样的错误，接二连三地犯，却不去思考为什么自己会一再地出现同样的错误呢？重蹈覆辙，不能让年轻人去发现问题，改变问题。犯了错，只会逃避，不敢承担，严重缺乏责任感，成为职场新人最容易犯的错误。

刘佳26岁，是一位十分时尚而且漂亮的女孩子。她现在任职于某大型广告公司，做总裁秘书。当初，她是凭着她爸爸的关系来到这家公司，得到了这个不错的职位。可是，她是一个十分注重自己外表，而不注重自己素质修养的一个人。可以说，她是全公司里外表最漂亮、最时尚的女孩子。无论何时何地，她都不会忘记打扮自己。对待工作，她极其不认真，常常认为自己有这么漂亮的外表，不用努力将来嫁一个有钱的老公就万事 OK 了。

说到公司中，谁最爱迟到，大家都会毫不犹豫地想到刘佳。她很少不迟到，而每次当总裁提醒她时，她都会以各种理由来应付。不是闹钟坏了，就是路上堵车……而且，她是一个工作能力也很差劲的人，老总交待下来的工作，她完成不了，就找各种理由替自己开脱。

一次，老总要和一家公司签订合同，就把刘佳叫到办公室，让她准备签约合同，而且务必这几天就做好。经过几天的努力，她终于把合同做好了。到了签约那天，老总带着刘佳来到了签约地点，和对方什么都谈好，准备签合同了。当老总要刘佳拿出合同的时候，她却找不到合同，突然想到合同昨天晚上落在朋友那里了。局面一下子僵住了，老总只好一边向对方道歉，一边让刘佳回去拿合同。对方公司哪会等她把合同再拿来，对方代表撂下一句话"我们的合作，等等再说吧"，就匆匆地走了。

这下，老总急了，这可是他谈了很长时间才谈下来的合同，就这样被刘佳搞砸了。以前都是看在了刘佳爸爸的面子上没怎么在意她犯的错，这次，他决不能轻易就算了。于是，回到公司，就把刘佳叫到办公室，准备好好和她谈谈。可是，没等老总开口，刘佳却是先发制人，她对老总说："昨天，因为朋友的生日，我喝了一点酒，把合同落下了。这不能怪我，都是我朋友的错，没有提醒我把东西带好，而且您也没有提醒我今天把合同带来。"老总听了她的话真是哭笑不得，自己雇个秘书不就是替自己打理工作的嘛，怎么事事都还得自己来操心呢，那要秘书干什么。于是，他再也不顾老朋友的面子，让刘佳到财务处领钱走人了。

刘佳有这样的结果，完全是她自己一手造成的，本来处在这么好的职位，却不知道珍惜，不知道努力地工作。遇到事情总是为自己找借口，有哪一位领导会用一个没有一点责任心的人呢？做事没有条理、丢东落西，没有一点次序的人，无论做哪一种事业，都不会有功效可言。而那些做事有条理、有次序的人，即使他们才能平庸，由于用心地努力做事，他们的事业也往往有相当的成效。

为成功寻找出路

成功的人士，在遇到困难与挫折的时候，总是想办法解决，而不是想尽各种办法为自己找一个推脱无用的借口，用此来掩饰自己的过错和失败。他们知道，借口是取得成功的最大障碍。凡事自己对了就是对了，错了也不必尽力地去掩饰。人生在世，没有谁不会犯错的。出错了、失败了并不可怕，可怕的是，错过了一次，却不从中吸取教训，再犯同样的错误。如果不知道从错误中寻找正确，从失败中寻找成功，从黑暗中寻找光明，从不完美中寻找完美，那只能在人生的最后让自己遗憾终生。

叶童，在一家化妆品做销售员。平时他工作努力，业绩一直处于公司业务量的前列。他是一个说一不二的人，只要是工作上的事，他都会严格地要求自己，这也养成了他我行我素的性格，因此公司有好多人都很妒忌他，就连他们的部门副经理，平时里也对他冷嘲热讽。

最近来了一名小他两岁的大学毕业生刘旭，这是一个十分帅气的小伙。公司有一项制度，新来的员工，都必须让老员工带上一段日子，以便他们更快、更好地适应这份销售工作。于是，领导让叶童来带刘旭，好让刘旭尽快地适应工作。

刚开始，刘旭十分尊重叶童，叶童交给他的任务，他都非常好地完成。没两天，刘旭却犯了一个很大的错误，叶童严厉地批评了他。时间长了，刘旭认为他可以自己独立出去做业务了，不需要叶童再来指导他了。于是，他开始对叶童给他的工作表现得满不在乎。叶童看到刘旭有这样的想法时，就决定让刘旭自己出去做业务。经过几天的证明，刘旭在业务方面还是不行，还需要再请教叶童。可是，在刘旭看来，叶童并不是真心来教自己，而是在敷衍自己。于是，他决定，不管怎么样都不会去请教叶童了。当部门副经理考察刘旭时，看到他并没有学到公司要求业务员必须要做的事情，于是就问刘旭是怎么回事,怎么这么长时间还是没有一点的进展。刘旭就告诉了副经理，一直以来，都是他自己来做的，叶童并没有真心地给过他指导。副经理听了就让刘旭回去了，接着把叶童叫到办公室，没听叶童解释就开始对他批评了起来，说叶童太自私了，怕把自己的经验让同事学了去。无论叶童怎么解释，副经理都不相信他。看到部门副经理这么看自己，叶童十分生气，他不再做任何的解释。

接下来，叶童开始对工作失去了耐心，对待这份工作再也没有了以往的热情，业绩一直往下滑。后来，干脆就离开了公司。

工作中，像刘旭这样的员工并不少见，明明是自己不好好努力，还要把责任推给别人。为自己的失败找理由，而且抓着那些他们认为万无一失的借口不放，以便于解释他们为何成就有限，却不知道这样只会害人害己。自己没有学到什么，有时还会连累到别人。年轻人，要想改变自己的命运，就要学会正确认识自己。面对失败，不要为自己的失败找种种借口，工作中需要实实在在，认认真真地做事，为取得成功找出路。这才是一个人走向成功的最佳途径。

职场小规则

身处职场的年轻人，应该通过自己的努力来减少失败出现的可能性，多和有经验的前辈学习，更不能惧怕失败。不要忘记，"失败乃是成功之母"，只有经历了失败，才能真正地成熟起来。要学会从失败中学习经验，吸取教训，不要让自己犯同样的错误。成功一定有理由，不要为自己的失败找借口。坦然地面对自己的失败与错误，并及时做出改正。领导们不会对那些经常犯错的员工产生反感，但是如果自己犯了错，还不知道悔改，并且找出各种借口为自己开脱的话，没有哪一位领导会容忍这样的员工的。

9. 没有危机感是最大的危机

　　"居安思危"就是提醒人们，在安逸的生活中时刻不要忘记危机的存在。可以说没有人会喜欢危机，但是危机却无处不在。处在 21 世纪，没有危机感就是最大的危机。人们在成长的过程中，难免遇到各种各样的风浪、起伏与挫折，在各种各样内外部因素的交错之下，危机的种子也随之生长。面对同样的危机，有的人，可以镇定自若，以最短的时间平息危机。而有的人，应对危机束手无策，让危机把自己打击得一蹶不振。可见，对待危机的心态，应对的策略，处理危机事件的能力，决定了一个人遇到危机事件之后的结果。

戒奢以俭

　　现在很多年轻人，他们不知道只有经过持续不断充满危机感的时代，才能够在真正意义上成熟，创造真正意义上的属于自己的灿烂人生。从艰苦中走出来的父辈们，在面对自己孩子时，过于宠爱他们，唯恐孩子受到一点委屈与挫折，以至于使这些孩子养成了衣来伸手，饭来张口的习惯，让这些孩子变得一无所能，并导致他们失去了判断是非的能力。更有甚者，这些从小在父母精心呵护下的孩子，他们遇到困难与具有挑战性的问题时，只是逃避，没有一点奋发图强的精神。这样的年轻人，在职场中随处可见。

　　杰克是一位非常成功的企业家，他三十多岁就开办了自己的上市公司，拥有上亿的资产。现在六十岁的他应该说可以安享晚年了，可是事实并非如此。杰克有两个儿子——帕蒂和麦克，因为他们从小生活在这么一个富裕的家庭环境中，他们从小的衣食住行都有专门的管家来安排，从来不用去想今天是不是会有什么难题等着他们去解决，就连上学都会有几辆车子接送。在贵族学校里面有专门的老师和教室。他们可以随心所欲，想学就学点，不想学，可以到处地游玩。到他们大学毕业，他们的学历都只是混出来的。

帕蒂，因为是家里的老大，毕业后就被杰克硬逼着到公司做了总经理，帮杰克来打理公司。而麦克则是到处去旅游探险。杰克把自己的公司发展经营全都寄希望于帕蒂身上了，想尽各种办法来锻炼帕蒂，让他尽快地接手公司。可是，帕蒂和他想的并不一样，每次杰克精心安排的各种活动，都被帕蒂应付了事。可是表面上，帕蒂却表现得很老道的样子。而且帕蒂每次把杰克交给的任务都让秘书帮他完成，他却从来不动脑子去做。一直以来，杰克都以帕蒂有这么好的成就暗自高兴，就把公司交给帕蒂来经营管理，他还不知道他只是看到了表面。

时间长了，帕蒂的秘书就成了公司说一不二的人，他有了野心，他看到自己这么受帕蒂的信任，于是，他联合了一家同样上市的大公司，一步一步地设计帕蒂，因为帕蒂对他毫无防备，每次都很相信他，使公司一步步地走上了绝路，等到老杰克发现的时候已经晚了。他们公司只剩下一副空架子了，他们欠了很多的债。老杰克到老了还要为他们的债务发愁，帕蒂也变得一蹶不振。

看到最后，人们也许会说帕蒂太不争气了，把老父亲一生经营下来的事业全都毁了。老杰克到老还要和儿子一起背负起那么多的债，这一问题值得人们深思。由于帕蒂从小就处在一个安逸的生活环境中，他没有危机的意识，缺少奋发精神。人一旦没有了上进的精神，就失去了生命的活力，也就失去了寻找幸福和快乐的能力。真正的幸福感一定来自于通过自己的努力获得成就后的快感。只有时刻提醒自己，生活中随时会有困难与挫折出现，时刻不要忘记提高自己应对困难与挫折的能力。

居安思危

一个人或是一个社会，没有危机感，就不能及时地对危机作出反应。人们都希望自己能够生活、工作、事业顺利，没有坎坷，往往因为一时的优势而处于安逸之中，没有了危机感。他们不去思考。只有经过持续不断充满危机感的时代，才能够在真正意义上达到辉煌。如果一个人，想真正意义上拥有一个成熟而灿烂的人生，只有经过持续不断充满危机感的岁月洗礼。如果一个人时时都有危机感，就很容易付出努力，与危机进行对抗，在与危机对抗的过程中，得到锻炼，久而久之，处理各种复杂事务的能力就会不断提高。

龟兔赛跑的故事我们都不陌生，下面让我们再重温一下这个经典的寓言故事：

乌龟和兔子都生活在树林中。一天，兔子碰见乌龟，就笑眯眯地说："乌龟，乌龟，咱们来赛跑，好吗？"乌龟知道兔子在开他的玩笑，瞪着一双小眼睛，对乌龟不理不睬。兔子知道乌龟是不敢和他赛跑的，所以就乐得摆动着耳朵又蹦又跳，还编了一支歌笑话乌龟："乌龟，乌龟，爬爬，一早出门采花；乌龟，乌龟，走走，傍晚还在门口。"

乌龟很生气，就对兔子说："兔子，兔子，你别那么神气，咱们来赛跑。"

"什么，什么？乌龟，你说什么？"

"咱们这就来赛跑。"

兔子一听，差点没笑破了肚皮："乌龟，你真敢跟我赛跑？那好，咱们从这儿跑起，看谁先跑到那山脚下的一棵大树那儿。预备！一，二，三——"

兔子撒腿就跑，跑得真快，一会儿就跑得很远了。他回头一看，乌龟才爬了一小段路，心想：乌龟敢跟我兔子赛跑，真是天大的笑话！我呀，在这儿先睡上一觉，让他爬到这儿，不让他爬到前面去吧，我三蹦二跳就追上他了。"啦啦啦，啦啦啦，胜利准是我的了！于是兔子把身子往地上一歪，合上眼皮就睡着了。

再说乌龟，爬得也真慢，可是他一个劲地爬，爬呀，等他爬到兔子身边，已经累得不行了。而兔子却还在睡觉，乌龟多么想休息一会儿啊，可它知道兔子跑得比他快多了，只有坚持爬下去，它才有可能赢。于是，他不停地往前爬去。离大树越来越近了，只差几十步了，十几步了，几步了……终于到了。而兔子依然在睡觉呢！兔子醒来后往后一看，唉，乌龟呢，怎么不见了呢？再往前一看，哎呀，不得了了，乌龟已经爬到大树底下了。兔子一看可急了，急忙赶上去，可是已经晚了，乌龟已经赢了。

乌龟和兔子赛跑，虽然只是一场比赛，可是却说明了一个现时社会的问题。随着人们生活的不断提高，年轻人都有这样的想法，以为一份非常稳定的工作，任职于一家很有保障的企业，就可以不去奋发图强，以为自己已经拥有了一个"铁饭碗"，完全沉浸于这种安逸的生活之中，没有了危机感，从而让一个个好的机遇离自己远去，让那些没有自己出色的人超过了自己，最终让自己落于别人的后面，以至让自己面临着被社会淘汰的危险。

职场小规则

身处职场的年轻人，要时时刻刻提醒自己不要忘记了"居安思危，戒奢以俭"，不要让自己为眼前的安逸生活而蒙蔽了双眼，得过且过。要不断地提高自己各方面的能力，以适应不断发展的社会。如果不想被社会所淘汰，就要时时刻刻思考各种危机出现的可能。如果想有一个灿烂的人生，更要有承受各种危机的能力，才能在危机来临时让自己可以从容地面对。不要惧怕危机，学会在危机中体验快乐，体验生活的真谛。学会感谢危机，感谢带给你危机的人，让你掌握了更好的生存法则。

10. 喜怒不形于色

纵观古今天中外，凡是成功者都有一种"不以物喜，不以己悲"的超然气度。他们不会因为外界的事物亦喜亦忧。当然人都会有高兴，有忧愁，但是自己的行为一定不要被情绪所左右。高兴的事表现在外还行，但悲哀的事情千万不要让别人看到。如果将一切都表现在脸上，那么给人的感觉只会是很没有涵养。人都是有七情六欲，都会有高兴与忧愁的时候。尤其对于一个刚刚进入社会不久的职场年轻人来说，想要控制自己的喜怒是很难的。他们往往会把遇到的事情，所带来的感觉第一时间表现在脸上。在工作中，尽量不喜形于色，高兴和恼怒都不要表现在脸上。不要因为取得了一点小小的成绩而得意忘形，不要因为受到一点小小的挫折就觉得所有人都对不起自己。

浅薄，要不得

生活中、工作中，我们常常会看到一些年轻人，他们内心所思所想，都会毫无保留地尽现于脸上。高兴也好、苦闷也罢，只要一看到他的脸就知道他们的心理。他们完全是一个透明人，这样的毫无保留，会让人觉得很没有涵养，当然，这样的人更不会得到别人的尊重。那些无论失意或得意的，都能做到泰然自若，不表现出不悦或骄矜之色的人，会让别人都觉得这人很了不起，自然就会很尊重他。试想，哪一位老板会喜欢有一点事情就表现在外面的人？他们更不会把重要的工作交给这种没有一点内涵的人来做。

张玲今年二十五岁，她从小到大表现都十分优秀，人长得也很漂亮。在家里，她是父母的掌上明珠，在家里可以说是想要什么都会有什么，父母都不违背她的意愿。如果稍有什么不满意的，她都会大发脾气，对父母不理不睬。

她现在在一家报社工作，刚到单位的时候，大家都很喜欢她，特别是那些单身的男同志，对她更是大献殷勤。她平时工作也很出色，很受报社主编的赏识。每次她取得了成绩，都会对不如她的同事打击一番。随着长时间的了解，大家对她的看法慢慢改变了。她虽然工作很出色，但是她从来都不会尊重别人。

一天，办公室一个刚刚来不久的男孩，因为要做一个关于老年人晚年生活的编辑稿，有些地方不懂，主编就交给张玲，让张玲来帮助这个男孩。刚开始，张玲还很耐心地给那个男孩讲解，可是讲了一阵之后，发现他还有不懂之处，就很不耐烦地对他说："真是个笨蛋，脑子是怎么长的，这么简单的事情都做不好，还来报社做什么呢。"她的话一出，这个男孩的脸一下子就红了，她们办公室所有的人都停止了工作，愣愣地看着她。她不但没有感到不好意思，反而更难听的话都出来了。主编刚好经过这里，听到了她说的话，就把她叫到了办公室。主编很严厉地批评她：怎么那么不给人家留面子呢，工作做得好，也要和同事的关系处得好才行啊。她却满不在乎，而且竟然说主编没有眼光，不会招人，招来这样笨的人。主编真是哭笑不得，就让她回去好好想想。

可是，她回到了办公室，不但没有向那个男孩道歉，反而把在主编那儿受的"气"全都撒到男孩身上……

现在，张玲在报社的同事眼中，是极其没有涵养的。大家都不愿再和她交往，就连一向很器重她的主编，也对她敬而远之了，平时有什么重要的工作都不再交给她来做了。

看到这里，年轻朋友是不是也会有同样的感受呢，平日里，是不是也会像张玲一样，遇到什么事情都只会原原本本地表现在外呢？如果是这样的话，那么你一定要注意了，如果一直这样下去，你就会没有朋友，因为没有人会接受你这样的人。有谁愿意和一个没有内涵的人交往呢？如果你不想没有朋友，如果你想和同事很好地相处，不管沉默还是有必要的争论，都需要就事

论事, 不能喜形于色, 反复无常。含蓄一点儿做人, 会给自己带来很大收获的。

不以物喜, 不以己悲

虽然对于一个充满七情六欲的人来说, 做到面无表情是很难的, 但是你心里所想, 是你自己的事情, 让别人来和你分享是很不合情理的。别人为什么要接受你内心的感受呢。再者, 如果事事都表现在脸上的话, 那么别人都会认为你太浅薄了, 什么事情都沉不住。时时都把感情表现在脸上的人, 是不会有什么好的发展的, 凡是成功的人都能做到"不以物喜, 不以己悲", 不要让情绪来左右自己的行为, 做支配情绪的主人。要做一个把情感深藏内心, 喜怒不形于色的职场高手, 不断培养自己办事机敏, 不张扬的好习惯。

杨洋是一名重点院校毕业的高才生, 在校学习的就是设计专业, 毕业之后就到了一家很有名气的广告策划公司实习, 做了一名实习策划。他平时就很张扬, 能到这样一家大公司让他感到十分的自豪, 平时见到以往的同学总是吹上一阵, 看到没有找到好工作的同学, 更是得意洋洋, 好像比别人高一等, 让同学们都很反感。

在他们公司, 有一位和他一块应聘去的毕业生小王。小王只是一个大专毕业生, 虽然没有杨洋那么好的学历, 但是他却是一个实力派, 他的设计很受到老板的赏识。杨洋觉得很不公平, 为什么老板会看重一个学历没他高的人呢? 于是, 下定决心要让老板看重自己。

实习时间快结束了, 老板把他们两个叫到办公室, 让他们同时为一家公司做一个广告设计。这也是对他们实习的考核, 三天时间, 如果谁做得好, 谁就可以和公司签订长期的合同, 做得不好就会被公司淘汰。

不到一天, 杨洋就把设计做好了, 他很自信自己一定能留下来, 他这么一个名校的高才生怎么能对付不了一个不起眼的大专生呢? 于是, 他十分得意地把自己的设计交给了老板, 老板看了看他的设计, 十分满意地点了点头, 问他还需要不需要修改了, 他十分自信地说不用了。回到办公室, 他回想着老板刚才的表情，想着自己被留下来是必然的了。见人就说，这下我一定能和你们长期相处了，老板非常看好我的设计。同事都只是笑笑，点点头。他看到小王还在那里冥思苦想，就更加得意了。

三天过去了，小王把一张非常简单的设计方案交给了老板，老板看到他的设计，顿时眼前一亮，没想到小王能把这个设计做得这么完美，简单中透着不俗。老板立即叫来助理，把合同给了小王，和小王签了长期的合同。可想而知，杨洋被辞退了。

因为杨洋自己沉不住气，没有结果的事情，却到处宣扬，最后把自己置于很难堪的地步。只要工作努力了，领导们都会看到的。可是，年轻人往往做不到这一点，他们总是想很快地引起别人的注意，很想及早地出人头地，急于表现自己，一点都不知道怎样去掩饰自己的感情。年轻人往往忽略了这么一点：过度把自己的得与失到处宣扬的人，最后都会让自己落到很可笑的地步。

职场小规则

处于职场中的年轻人，千万不要让眼前的一点小成就搞到得意忘形，不要忘了，人外有人，天外有天。不要让自己的喜怒把自己置于荒唐的位置，要学会喜怒不形于色，做到处事不惊。要虚心地学习别人的长处，做一个有"心机"，有内涵的职场新人，千万不要给人留下肤浅的印象。切记，想要得到别人的敬佩，就要做到时刻提醒自己戒去喜怒于色，锻炼处事不惊的心态。

11. 善于管理自己，而非要求别人

　　真正聪明的人，都会严格要求自己，而非一味地要求别人来不停地满足自己的需要。现实生活中，有无数成功人士都是因为严格要求自己才取得成功的，如果不对自己各方面都加以严格要求的话，那么永远只会停滞不前，得不到成功。而往往有那么一些人看不清自己，只会抱怨社会的不公，好像世上所有的人都对不住自己。特别是现在有很多年轻人，他们仗着自己年轻气盛，刚走入社会，要经验没经验，要能力没能力，却总是想着让别人按照自己的想法做事，如果出现了状况，那就是别人的错，反正自己就是没有错。不知道多向别人学习，为自己的以后铺路，以至于自己什么都学不到，和同事的关系也变得恶化。

事事要求别人，难得成功

　　年轻人，尤其是20多岁的人，他们是活力的代名词，刚刚学业有成，一腔热血想要报效社会，觉得自己已经具备了走入社会的资本。有那么一种人，他们总是爱耍一些小聪明，在工作中，他们不严格要求自己多向别人学习，而是做什么事情都不是踏踏实实，爱耍一些小聪明，以为老板同事都是笨蛋，不如自己聪明。结果，工作做得不好，工资拿得少。这时，他们就会抱怨老板抠门，抱怨同事和自己相处得不好，对自己不公平。最后，更加不好好工作，频频地跳槽，而得不到稳定的工作。

　　高伟在一家网络公司做程序员，各方面也算优秀，但他是一个很自命清高的人。他和同事的关系一直都不是很好。他是一个很爱耍小聪明的人，他总不把别人放在眼里，总觉得自己的所作所为，别人都看不到，自己就是世界上最聪明的人了。每当和同事有不同的观点的时候，无论他对他错，他总是把别人指责一番。就像人家是跟他有仇似的，从来听不进别人的建议，公司上上下下都对他有很大的意见。

不但如此，他对老板给他开的工资十分不满意，而且总是在办公室里抱怨，找老总很多次要求给他涨工资，还跟老总吵了很多次，因为老板看重他是公司的技术骨干，就没跟他计较那么多。一次，在董事长给他们技术部召开的接见会上，他提出自己的工资太低，要求公司给他涨工资，董事长说他回去会和老总商量一下，因为他们也希望自己的员工工资高点，这样可以督促大家工作的积极。可是他却是不依不饶，非要董事长现在就给定下来，而且和董事长大吵大闹，给董事长弄得很没面子。接下来，他把工作交给老总，就很生气地走了。

后来，董事长让老总在公司调查一下，把高伟的工作情况给他汇报，这下，公司中的同事，把对高伟的不满都说了出来，说他工作的时间聊QQ，对同事指指点点，不尊重别人等等。虽然高伟的专业技术能力很强，但是，哪位老总会不爱面子，会让员工给自己难堪？结果可想而知，高伟被老总以这些理由开除了。

在工作中，经常会见到像高伟这样的年轻人，他们自命清高，以为自己很了不起，常常把别人贬得一文不值，认为别人都应该围着自己转，都要按照自己的想法去做，却忘记严格约束自己，去学习别人的优点。他们往往忽视别人都是需要尊重的，不尊重别人，怎么会让别人尊重自己呢？任由自己的性格肆意泛滥，而得不到约束，这种人的一生必将得不到成功。等到意识到这一点的时候，青春已经不再，后悔晚矣。

用行动证明自己

领导们都希望自己的员工能够踏踏实实地工作，对公司的制度严格执行。

没有一位领导不喜欢踏踏实实工作的下属。有些老员工凭借着自己的出色被授予了领导的头衔，便成了一个公司行为的发动者，他们制定公司的目标，公司的组织结构，他们牢牢地把握着主动权。他们承担公司所有的责任，他们的行为是第一重要的。刚进入职场不久的年轻人，一定要记着，不要太张扬，要用自己取得的成绩得到领导赏识，严格要求自己，多留心学习，学习老员工的经验。

张明和李楠是大学同学，平时的张明是一个很沉默寡言的人，但是他学习踏实，成绩一直不错，通过在学校打下的坚实基础，毕业后，他很快就找到了一家很好的编程公司。李楠，性格开朗，有很多的朋友，他和张明也是好朋友，但是他说自己上大学就是为了一张毕业证书，他在学校经常参加各种活动，锻炼了他圆滑的社交能力。毕业之后，他和张明竟然又到了同一家公司。

在公司，张明平时就是默默地做着他该做的事，遇到什么不懂的，都会主动地请教别人。工作勤勤恳恳，他的工作让老板非常满意。李楠虽然也在技术部做程序员，他工作却很不认真，遇到难题就会把它推给张明。平时上班的时间，不是和同事聊股票，就是看电影，在网上和朋友聊天，对待工作极其不负责。

公司新接到了一项工程，老总就把它交给了张明和李楠来做，说是对他们的考核。因为他们是分开来做的，由于张明虚心地向老员工学习各个模块的运作情况，他很熟练地做了个完整的编程。李楠却犯了难，他连基本的都做不好，只好再去找张明。张明耐心地给他讲解，帮助他把他那部分做完了。这项工程得到客户极大的好评。为此，老总决定提拔一下他们。

于是，老总先把张明叫到办公室，对他所做的工作，大大表扬了一番，而且说要把张明提为技术部副经理，却被张明拒绝了。张明说，他刚刚到公司不久，各方面都不是太成熟。还是需要再磨炼磨炼。老总让他回去再考虑考虑。接着，他把李楠叫到了办公室，还没等老板开口，李楠就对老板说客户对他们做的工程这么满意，那么他们是不是该有奖金。老总非常严厉地对他说，因为他平常工作不认真，要再对他再进行考核一段时间。李楠气呼呼地走出了老总办公室。到了自己的办公桌就把桌子一拍，气呼呼地说："这是什么公司啊，连个奖金都没有。"张明却劝他不要发火。

第二天，老总宣布，张明被提为部门副经理。这下李楠不干了，他对老总说这太不公平了，他连奖金都没有，而张明却被提为副经理。于是，他决定不干了，辞职。老总也没有留他，请他领了工资走人。

领导们都不是傻子，别看他们平时在公司好像什么都不知道，其实，你的一举一动都瞒不过他们。作为职员，你只有踏踏实实地工作，默默地学习别人的成功经验，严格地要求自己做到完美，总有一天，你的努力会被领导们看到的。如果自己不知道努力工作，而只是一味地要求领导对你怎样怎样，那样，你永远都只会活在埋怨之中无法自拔，并最终让自己的职场之路无路可退。

职场小规则

对刚进入职场的年轻人来说，只有不断完善自己的不足，改掉自己不良的习惯，多留心学习别人的成功经验并加以运用，将它转化为自己的资本，才会赢得他人的赏识。没有哪位老板不喜欢遵守自己所订的公司制度、做事能够掌握度的下属，没有哪位老板不喜欢具有各方面才能的下属的。相反，没有哪位老板会喜欢整天在公司不做事，还要想着如何得到晋升，没有作为却想着怎样得到更多的奖金，一味地索取而没有付出的人，因为他们相信，这样的员工用如此的态度来对待自己的工作与青春，日后是不会有什么作为的。

第二章
薪酬问题不能含蓄

刚走出校门的大学生都会有这样的思想：不计较薪酬的多少，只要有工作，不拿一分钱都行！其实，这样的思想是极其愚蠢的。在职场经历过风雨的人老员工都坚定着这样的念头：薪酬问题不能含蓄！参加工作为了什么？不就是赚钱么？一份不赚钱的工作要来做什么？

1. 天上不会掉馅饼，
利益要主动争取

年轻人都有一种心理，那就是不劳而获。对于20多岁刚进入职场的人来说，刚刚进入社会，社会有多么的险恶、职场中的一些潜规则、同事与朋友有何区别，这些对于他们来说都是一个未知数，更不用说找工作时对利益的主动争取了。特别是对于那些刚进入社会的大学生们来说，能够找到一份工作就谢天谢地了，根本就不计自己的利益是否得到了充分的尊重。其实这种想法是错误的，每个人都有争取利益的权利，再说在这个靠能力吃饭的社会里，不重利益，就等于放弃生命，所以，利益是靠自己主动争取的，天上不会掉馅饼。

天上没有馅饼

刚出大学校门的学生，对于工作的性质根本没有一点儿意识，而且自我保护意识也很差，在面试时根本就不问公司的情况，有时候连上下班的时间都不知道，对于薪水只字不提，只是对于公司提供的带薪学习与餐补很是满意。当进入工作状态时，还不知道自己一个月的工资是多少，更有甚者，让公司说出工资的多少，或是随便给。还有一些人，不知道自己一个月究竟是多少钱，只是一味地工作，最后却意想不到地得到了领导的表扬，于是就更加努力地工作，不曾想这是否是"馅饼"，会给自己带来什么样的后果。

一位刚走出大学校门的大学生边闪为了找工作忙碌了一个夏天，烈日炎炎将她白白的皮肤晒得黑红，而工作却没有一点眉目，家里人急，她自己也急，家里人都她找好了一份不错的工作，可是她想着自己上了大学，到头来却要家人找工作，她丢不下面子。

几经周折，后来边闪来到了一家炒汇公司，她感觉一切还好，领导还夸她上手很快。一个月的培训时间到了，她得到了两千元的工资。对此，边闪感觉自己没有做多少工作，还发了工资，那么在以后的工作中，一定会涨工资的，而且她感觉领导对她都挺好的。

边闪开始正式工作了。可是一个月过去了，她的任务没有完成，她感觉自己很不好意思，于是她对领导说要辞职。边闪不但没有挨领导的骂，而且还得到比上一个月要多的工资，边闪决定下一个月一定要努力工作，完成任务。第三个月，边闪完成了任务，得到应有的工资与奖励，这激起了边闪工作的积极性。

第四个月，边闪感觉到了要完成任务的难度，她把在培训时所学的一切方法都用上了，可就是不见效果，眼看着一个月的时间就到了，完成的工作还不到一半。她不想失去这份工作，要不然这样会对不起所有培训她的人。到了月底，领导对她说，工作没有完成是要受到惩罚的，不但要扣掉这一个月的工资，而且按着未完成的工作折算成现金，进行赔偿。边闪考虑到眼前的工作不是很好找，更不想让家人听到她失业的消息，于是她把之前所挣到的钱都赔上了，而且又借了同学们几万块钱，这样算是把工作保住了。

边闪放下了心，整理好心情去工作，可是她发现，工作是越来越难了，完成的任务越来越少了，几个月下来，边闪已经成为负债十万的债奴了。

心理医生对此说出了一针见血的看法："人性的一个弱点就是贪，宁愿相信天上掉馅饼，也不相信自己的实力。"大学生缺乏自我保护意识，刚进入社会，在学校里养成的那种天真，幼稚的气味还没有完全脱去，而社会又是如此的黑暗、险恶，让人真假难辨。天上不会掉馅饼，20几岁的年轻人在利益面前一定要有风险意识，不要因一时的利益而进入不法单位，掉进如传销性质的馅饼里面，被一时的利益冲晕了头脑。

主动争取应得的利益

在现如今的社会里，能力就是金钱，能力就能当饭吃，能力就是利益。该是自己所应得到的，就要去争取，不要为了面子，或是怀疑自己的能力，而不敢与人提及所应得到的利益，不要总使自己处于被动地位，凡事都要主动，这样才不会出现因工资而引起"公平战争"。

李灰因为刚毕业，又找不到与专业对口的工作，所以就去做了房地产业务员，老板开出的底薪是 500 元，提成是 15%。看着那 15% 的提成，他一心一意地工作了。

第一个月，李灰一无所获。第二个月他便汲取经验教训，终于为公司带来了 2 万元的业绩。当晚和朋友喝酒时，一个同事透露他曾拿了 1 万元的业绩奖，还有 1000 元底薪。当时李灰开始有了新的想法，但又不知道该如何去说，对老板提出加薪是一件难以启齿而又棘手问题。要不要提？怎样委婉得体地表露心迹而又不碍老板的情面？尽管自己的提成有三千多元，但是底薪还停留在 500 元上。别人与自己是一样的，对老板提出应该没问题。

最终李灰下定决心，哪怕丢了这份工作，也要提出加薪这一要求，于是他壮着胆子面红耳赤地进了老板的办公室，糊里糊涂不知和老板说了些什么。他感觉好像过了半个世纪似的，老板忽然攥紧他的手露出难得的惊喜："小灰，你能提出加薪的建议非常难得，公司需要的是一批像你这样关注企业发展，又注重自身生存价值的员工，以及能自觉挑战自己主动要求进步的员工，而不是甘于平庸得过且过的人，这样公司也才会有激情、活力和创造力，公司也才会在市场中立于不败之地。听说你是一位刚毕业的大学生，好好干，以后会有出息的……唉，都怪我平时太忙了给疏忽了。"

转过身走出门，李灰如释重负地长吁一口气，几乎喜极而泣——胜利了。主动出击，他终于第一次成功争取到了老板的加薪。

提出加薪的要求，对于刚出学校大门的年轻人来说，是一件极考验自信的方式，一些人，却从来不在乎自己的利益如何，有时候抱着"中立"的态度，没人去说，自己也不去当那个"愣头青"，以免得不到报酬不说，还丢了工作，得不偿失。这种观点是错误的，该是自己的那么就争取，这并不是与老板较真儿，是在维护自身的劳动权利，年轻人要具备这一职场意识，以免做"无用功"。如果自己的工作与所得利益不成正比，就要让自己争得利益的主动地位，保护自己的合法权益。

职场小规则

天上是永远不会掉馅饼的，对于20几岁的年轻人来说，不劳而获的思想万万要不得，只有凭着自己的能力才能挣钱，对于那些表面上"说话算数"的公司，他们正是利用了年轻人的最薄弱的环节——欲望，最后使你坠入万丈深渊。

每个人的付出与自己所应得到的利益应该是成正比的，否则，不是你受骗了，那么就是你的能力不够。如果自己有足够的能力把工作完成，而且超额完成，那么就应该提出要求加薪，利益都是要自己主动去争取的，只要自己是在以能力挣钱，那么就应当学会主动争取属于自己的利益，保护自己的合法权益。

2. 年终奖也有禁区

职场中有很多的规则是初入社会的年轻人所不懂的，对于刚进入职场的人来说，年终奖就是一个问题。"职场老手"在进入一家公司时，他们便会把年终奖这一项列为谈薪资时的内容，这是初入职场时的年轻人最不敢提及的一项。还有一点就是一年过去了，要发年终奖了，可是年轻人对各自的红包有着极大的好奇心，于是想方设法要打听到。这是职场中发年终奖时最忌讳的一件事情。年终奖一般包括三种，固定资金制、与绩效挂钩的奖金制以及隐性红包制度，而不公开的就是隐性红包制，这也是年轻人不可踏进的一个禁区。

年终奖的潜规则

合同这个词，现在听来已经不是那么陌生，但是他的具体内容，还有人们所不懂的，特别是薪金问题，年终奖就是合同里的一个潜规则，对于刚步入职场生涯的人来说，在与企业谈薪金时，都不敢涉及年终奖这一问题，如果合同里没有写明，那么这就为年终发薪金时留下了隐患，到时候就不是有理与没理所能够说得清楚的，实在没有办法只能不欢而散了。

小红是半年前进入公司的，之前她也应聘过几家公司，可是合同里有些东西是自己看不懂的，但是听朋友们说，合同是一定要签的，这样也使自己的工资有了合法的依据。

半个月之后，小红找到了一份工作，工资还可以，勉强够她自己用的，最重要的是自己喜欢的工作。于是，她就与公司签订了合同。

工作了半年，眼看就要过年了，就在前几天，小红听到一朋友说："快过年了，好期待老板会发给我一个大大的红包。"而小红根本就不知道老板还会给员工在过年时发红包。在听到朋友的认真解释之后，小红才明白。可是小红对此一点印象都没有，她说只有等到过年时再看了。

到过年的时间了，每个人的心里都是特别的激动，就在他们每个人拿到自己所应得的工资后，小红看到自己的工资一点都没有多，想想自己的朋友都能拿到那么多的钱，她想也没想，便找领导讲诉这件事情。可是最后，在看到自己的合同时，小红从头到尾看了一遍，也没有找到一条与年终奖有关的规定。这时领导便对小红说："合同就是这样规定的，而且当时是你看过之后签的字，对于年终奖你没有提出来，再说你刚来半年，工作成绩还没有提上去，谈何年终奖？"

听到这些话，小红无话可说。后来听到同事说："公司一般是不会发年终奖的，只会对那些公司里几个关键性的人物才多发一点工资。对于普通的员工来说，年终奖，根本就不用想。"过年之后，小红便辞职了。

各大企业对年终奖发放的模式与数目都没有具体的说明，有些企业是在合同里说明的，以免与员工到最后因年终奖引起争执，导致不欢而散。有一些企业是根据一年之后的个人工作成绩按比例而定的，还有一些企业根据年终的效益，只给企业最关键的员工发红包，也算是排除了"没有年终奖"的这一条例，而这些都潜藏在合同里面，所以，年轻人在与企业签订合同时一定要看清这一潜规则，这样才可能保全自己的薪金问题。

不要打听他人的隐性红包

进入职场中的人，有些东西是要靠自己多观察、多学习的，有些事情多说无益，问得多了不但会引起同事对你的反感，而且还会使一些职场矛盾发生。年终发红包的时候是年轻人刚进入职场时最常犯错误的时候，很多职场新人

会千方百计地打听同事得了多少的红包。但有 70% 的企业发红包都是采取保密的措施，具有一定的隐藏性，一般是不会透露的，因为红包是按不同的企业类型、岗位层级、个人业绩、上司关系来分的，所以说红包具有隐性，年轻人不要试图去捅破，这是薪金的雷区，属于个人的隐私问题，最好不要随意踏进，不然会使同事对自己"另眼相看"的。

毕业后，几经周折，最后易伟来到了现在的公司。看着眼前的工作，易伟感觉到自己的前途不再迷茫了。时间过得真快，回想着毕业以来的种种经历，他感觉到此时的自己成熟多了，以前担心会与同事发生摩擦，如今相处了半年，并没有出现过什么问题，以前的自己总是那么冲动，此时遇事冷静了，不再因为领导的一句批评而恼气或请病假。

到了过年的时候了，想想再过半个月就可以拿到红包了，易伟很开心，工作也有劲。转眼间，十天过去了，同事们一个个拿着手里的红包，满脸幸福的笑容。这时与易伟一起进入公司的阿强一反常态地喊住了易伟，说是要一起走走，易伟看到还有其他的一些同事，于是便停了下来，他们走着谈着，阿强时不时地问公司里一位与领导关系很好的同事。他的红包是多少，那位同事看了阿强一眼，继续与其他的同事说话。阿强根本就没有看到那位同事的表情，还在问，这时那位同事说："我说你小子，管那么多闲事做什么，这是我的又不是你的。"

不一会儿，阿强又问易伟，易伟说也不是，不说也不是，于是他找借口离开了，这时那位同事，便喊住了易伟并对他说："小伟，我的……"他对易伟打了一个手势，易伟便知道了那位同事得的红包数。

通过这一件事情，我们便能明白，身在职场中，有些话不该问的就不要问，因为那是"职业秘密"。如果问得太急会伤及友好的同事关系，再者说，打听其他人的红包没有实际意义，因为红包具有个性化的特点，没有可比性，而红包的具体多少从年终绩效考核中就可略知一二。所以，年轻人不要使自己成为"包打听"，而踏入这一雷区中。

职场小规则

　　年终奖对于初入社会的年轻人来说，有两大禁区，一个就是在签订合同时，年终奖具体数目或发放模式是否明确，一个是在领取"红包"后，不要打听其他人年终奖的数目。如果在合同里没有提及，那么在今后因年终奖发放而引起的矛盾，就没有依据可循。红包只不过是一种鼓励的方式，并不是要求与别人相比，而是要求与自己的贡献相比，因为红包是个人贡献最直接的表达方式，领导对个人看法最形象的表达方法，同时也证明了个人对企业所起的作用到了何种程度。但无论如何，如果想要拿到丰厚的红包，企业的效益和个人的业绩是一个也不能少的。

3. 薪水影响你的职业价值

　　身在职场，人们最在乎的就是薪金问题，薪水是个人财富的奠基石。有人曾经统计过，在人的一生中大约有90%的收入来自自己的职业收入，薪水也是职场人身价的直观表现，高薪就意味着自己的价值能够被老板、被社会所认可。人们一路走来追高薪、争加薪、防减薪，为薪水而战斗，有的人为了高薪水而不顾工作是否体面，有的人不顾薪水的高低，而甘愿平淡地度过一生。不管人们是如何看待薪水问题的，薪水是现代社会衡量一个人职业价值的标准之一。

人力资源部不能决定你的薪水

　　在职场中，不少年轻人对工资不是人力资源经理决定的表示怀疑，提出这样的疑问："那我当初应聘时和他谈薪水不是白谈了吗？"在如此现实的社会里，薪水不是由人力资源部负责人拍脑袋就能决定了的，影响薪水的因素越来越多了。但是，因为薪水的问题，起初年轻人总是拿薪水的高低来看待职位的高低，自认为薪水高职位就一定好，薪水低工作一定不好，其实这是错误的想法，是没有进入职场时的观点，而当进入职场时，你就会明白，不但人力资源部不能决定你的薪水，而且职位也不能。

　　在公司里，由于工作经验有限，梁明只是销售部门里的一名普通员工。在他应聘时 HR 问他："你对工资有何要求？"梁明根据应聘时的经验与对公司的了解，他说出了要求的一个范围。

梁明现在过了试用期，他的工资是人力资源部定的，比自己提出的要多一点，他如数地拿到了工资，但是没有提成，也就是说他的工资是"死的"。梁明想，朋友们找的工作都有提成，为什么自己的就没有呢？后来在听了朋友的解释后，他才知道薪水与职位是有分别的，但是只要好好干，薪水不是一成不变的。于是梁明又想了想，能有一份工作就已经很不错了，还是做好自己的工作，多学习一些经验的好。

工作了半年之后，梁明对工作的整个流程很是熟练，有些事情，老员工解决不了的，他就能帮着他们解决掉，而且每次考核，梁明的方案与工作记录都是公司里最好的一个。到了年终会议上，领导在发完红包之后，宣布了一件事情，那就是给梁明涨工资。听到这个消息，梁明感觉很是意外。

可是薪水的提高，还是不能与梁明的工作能力成正比，最后，领导便把梁明调进了人事部，当人事部经理一职，而且薪水又一次提高了。此时，梁明才明白了"人力资源部不能决定你的薪水"的道理。

有些刚出大学校门的学生，还有这样一种思想，对于薪水的问题，他们都会与朋友相比，谁的工资多，谁找的工作好，有的还把薪水的高低当作衡量职位好坏的标准。其实，这种想法是错误的，不管是什么工作，只要你有能力把工作做好，做到精，做到他人所不能做的，那么人力资源部相关负责人就会改变你的薪水。像梁明一样不但薪水有所增加，那么职位也会跟着升级。因此，薪水是可以改变的，不是由职位所决定的，更不是由人力资源部相关负责人所能决定的。

半个月的薪水

薪水如爱情一样，它是一个永恒的话题。刚进入职场中的年轻人，对薪水这个问题很是在乎，有时候不在乎工作的好与坏，只要薪水高就可以，哪怕是与自己专业无关，自己不喜欢的工作也可以，这样的人更容易被那些职场骗子骗，或为了高薪水好职位而不把有潜力、发展前途的工作放在眼里，

一再地失去成功的机会，以致造成更多后悔的事情发生。

在毕业不到一年的时间里，许亮换了五份工作，差不多都是不到试用期就不做了，都是因为薪水的问题。一个是因为薪水太低不做了；一个是因为薪水还好，不过不保底，完成任务工资就多一些，完不成一个月就白干了，可是他每个月都能拿到提成，还算可以的，不过有一个月没有拿到提成，于是就辞职了……

做过的工作也不少，可工资没有一个是合许亮的胃口的。许亮不得不再次踏进求职的路途。一次机会来到了，他面试的策划部门的工作已经成功了，看着这份又是自己喜欢的工作，而且工资也还不错，许亮决定要在这里大干一场。

试用期过了，他对整个工作的流程也熟悉得差不多了，而且部门的领导对他的期望也很高，他与同事们的关系搞得很好，工作也不是很累，许亮非常满意现在的工作状态。半年过去了，许亮感觉到了一种别样的成功：这是他第一次工作这么长时间，他心理有了一点点的满足感。

可是一次月底开会，许亮挨了批评，因为他在上班时间不好好工作，反而上网玩游戏，于是被扣了半个月的工资。许亮想：就为了这么大点的小事儿而扣工资太不讲人情了，于是便在未向领导打招呼的情况下擅自离职了。

许亮决定这次一定要找一个职位好的，不扣工资的，工作自由的，可是找了半年的时间了，也没有找到一份符合自己要求的工作。回想起以前所呆过的公司，都是因为自己太在乎工资而与他们无缘的，现在只有后悔的份儿，还要再次鼓起勇气来去找工作。

其实在现实的生活中，像许亮这种太在乎工资的年轻人早已经是见怪不怪了。把工资当成找工作的标准或借口，而一再地跳槽，工作找了不少，有好也不坏，可最后不是因为工资低，就是因为工资不按时发、扣工资而与其不告而别，以至于最后为失去工作而后悔、苦恼、烦心。

职场小规则

　　大学生在刚进入社会时，在找工作时，常常把工资放在第一位，与企业交谈的对象，把工资当作自己要不要进行面试的依据，可每当公司问到"你为什么值这个钱"时，便哑口无声。你知道吗？在西方社会，CEO常因为其丰厚的薪酬和离职津贴而被称为"Fat Cat"，正是由于他们自身的能力非常出众，他们的薪金才会那么高。初入职场的年轻人必须明白：你对工资的要求，并不是由自己所能决定的，也不是HR所能决定的，在你对公司以工资进行选择的同时，公司也正以你对工资的要求和你个人的能力对你进行选择。

4. 相互讨论工资麻烦多

俗话说"人多嘴杂"，刚出校门的一些年轻人，由于社会经验有限，对职场的了解不全面，对一些问题的前因后果还不太了解，同学之间，不管是在一个公司上班，还是不在一个公司上班，有事没事呆在一起的时候，工资与工作总是离不开的话题，却不曾想，那些工资少的、工作不好的人会怎么想。他们会怀疑工作好的、工资高的人是故意在自己面前炫耀，或因羡慕别人能够找工作好、工资高的工作而贸然辞职，或是想着法子去工资高的同学的公司里……相互之间讨论工资会出现这样或那样意想不到的事情，所以还是把工作做好，不要去讨论工资，这样才可以避免一些不必要的麻烦发生。

"工资经"可以休矣

对于刚走入职场的年轻一辈来说，工资是他们聚在一起时不可少的一个话题，"我的工资现在还好，够我自己花的，小李你的呢？""小强你的工资比我们的都要多啊，怎么？今天算是你请我们的。""我们公司真是不人道，动不动就扣工资，在那里呆不下去了。"……朋友们呆在一起，各自对公司，对工资有着自己的观点和评判，对朋友的工资或羡慕，或对自己的处境感叹，相互讨论着彼此对工资的另一种认识，互相讨论着他们的"工资经"。却不想某些同学就是因为工资的事情而辞职了，或工作不再那么认真、用心了，进而影响了工作。

　　阿利在公司里呆了半年了，可是由于工资的问题，她最近有点犯迷糊，不想在这里呆了，一个月的工资还不够自己花的呢，更不用说攒钱了。

　　正好是一个星期天，阿利休息，朋友让她一起去逛街，她正愁着没事儿做呢，所以就答应了，可是就在她刚挂过电话之后，才想到自己的工资那么少，出去一定花钱，而她们都找到了好工作，肯定又该讨论她们的"工资经"了，后悔的她又不好意思回绝朋友，阿利只好硬着头皮去了。

　　当阿利到的时候，朋友都在等她。她们先去逛街买衣服去了，朋友们看到好看的衣服试都没试就买下来了。还有的说，自己工作那么累，买件衣服算是补偿自己一下。一路下来，他们都在讨论工资的情况，只有阿利沉默，这时有位同学注意到了阿利，便问："阿利，你怎么不说话？你的工资怎么样，怎么不买点东西奖赏一下自己？你看这件衣服很好看的，我们团购，肯定打折的，我们一块买吧？"阿利停了停说："你们买吧，等有钱了我再买。"

　　"不会吧，就这么点钱，你买不起吗？是不是工资的问题啊？"说着朋友的眼光都投向了她。阿利感觉很不好意思，于是便与朋友吵了起来。

　　虽然这件事情在朋友的劝说下算是过去了，可是阿利却与那位朋友产生了隔阂，再也不像以前那样，有事没事常联系了。

　　这就是朋友们在一起讨论工资时惹来的麻烦事儿。刚进入职场的年轻人，还像是在学校一样，对任何事情都有比较的心理，并认为一样的专业，为什么有的人就可以找到工资高的工作，而自己却不能？特别是在听到朋友们能够随心所欲地买这买那，而自己那一点儿可怜的工资只能成为朋友们讨论、取笑的对象罢了，所以这就引发了由于工资而导致的种种矛盾，从而伤害了朋友之间的感情。

都是工资惹的祸

　　在一个公司里，工资被员工自动地装上一层防御薄膜，如此透明却不去捅破，彼此被禁止着不去讨论这个话题。换句话说，工资在职场中就是一个

具有隐性的话题，这也算是职场中的一个潜规则，而初入社会里的人并不知道这个潜规则。工资是他们最担心的事情，所以他们常把工资这个话题摆放在明处，千方百计地打听老员工有关工资的一些情况，可是不曾想会惹来一场不可收拾的麻烦。

过了试用期，成为了公司里的一名真正的员工，徐良有了满足感，一个自己最爱的工作，工资也是自己所能接受的，此时他感觉自己幸运多了。可是有一点让徐良至今放不下，别人都有提成，而自己为什么没有提成？

又一个月过去了，老板还是没有提起这件事情，到了月底，徐良听到同事们在讨论工资的事情，于是徐良便问与他关系差不多的同事。同事听了之后，对他说："你都不知道，我刚来这个公司的时候，就五百块钱，说的是有提成，可是如果你不提他们更不会提起的，就全当作没有这件事情。给你说我现在的工资最低每个月也要拿两千……"听到这些，徐良决定去找老板说这件事情。

可是让徐良不敢相信的是，老板却说："你刚来公司的这几个月，是带薪的培训，再说你现在的工作成绩根本就没有上去，发你给保底的工资就不错了，哪里还有提成这回事儿。"听了这话后，徐良更加生气了，便把同事给他讲的事情说了出来，结果他不但没有得到老板同意加提成，而且还由于惹得老板大怒而丢了工作。徐良回到了办公室之后，在同事面前也无话可说，而那位向他透露工资提成的同事也因此被老板批评了一顿。

最后徐良才明白，自己的工作与同事所做的工作不一样，同事做的是业务，而他只不过是资料整理员，工作内容不同，提成更不会相同了。

这都是工资惹的祸，准确地说是互相讨论工资惹的祸，在没有弄清楚职位与工资有区别的同时，而与老板争论，老板会认为，你的所作所为是无理取闹，所以不开除你开除谁！还有一点，如果对自己的工资有什么不明白的地方，在与同事讨论时，要有职位的不同工资也是不同的这个概念，以防与老板提起工资时，无话可说，但也不要把与同事讨论的有关工资的内容讲给老板听，这样会使朋友也受牵连，引来更多不必要的麻烦事儿。徐良就是因为自己不明白职位与工资有区别，而把与同事讨论的内容告诉了老板，最后自己丢了工作，同事也受到了牵连。

职场小规则

　　不管是同事还是朋友，工资都是一个回避的话题，因为讨论工资从小的方面来说，会影响工作时的心情，从大的方面来说，朋友之间讨论工资会影响朋友之间的感情，同事之间讨论，会使同事之间有摩擦，摩擦扩大为矛盾，矛盾升级为明争暗斗。因此，相互讨论工资的利小于弊，会引来很多麻烦事，所以还是对薪金问题少说为妙。

5. 以虚代实，给名头不给钱

　　身在职场中的老手经常以这样一句话来形容久久未涨的薪水："承诺用在老板的身上，永远不适合，只有合同才最实在。"刚进入职场的年轻人，常常会遇到这样的公司，满足你的一切要求，可是到签订合同，当你发现合同上没有公司承诺的那一项时，他们的借口往往是"放心吧，只要好好干，我们说到做到，合同只不过是一个形势而已"。可一旦领工资时，才发现自己被骗了，再找他们时，却说："合同上就没有这一项，谁给你说的，你去找谁。"此时的你只能无奈地离开或是臭骂他们一顿。其实，这就是职场上的老板对员工们"以虚代实，给名头不给钱"的变相扣工资的手段。

承诺，空口无凭

　　如果刚入职场中，碰到那些对你提出的要求给出如海枯石烂般不变心的承诺，而在签订合同时却只字不提的公司的话，那么就意味着你的薪水一定不会拿到他们承诺的那么多，这个时候最好的选择办法就是离开他们的公司，与他们讨论之前的承诺，只能让自己既生气又浪费时间罢了。年轻人要知道，公司给出的承诺，都是空口无凭，没有一点现实的意义，只不过是以"以虚代实"的语言骗子。

　　经过了第一次面试之后，欣欣便接到了复试的通知。欣欣找工作也算是小心，他查了公司的有关资料，通过复试之后，欣欣感觉这个公司还可以，下一步就是签订合同。欣欣从那些进入社会早的人那里听到年终奖的事情，于是她便提了出来，没想到公司竟然答应了。

她就这样进入了职场生涯。欣欣很喜欢自己的这个工作——平面设计。欣欣在平面设计这一方面，有自己独特的构思和灵感。半年的时间里，她的设计工作得到了一些单位的认可，还有一些单位，指名让欣欣设计。一时间欣欣成了公司的"红人"。

看到眼前的成绩，欣欣对工作更加有信心了，但是她从来没有考虑过工资的事情，更没有仔细地算过自己的提成。时间过得真快，用欣欣的话来说："我感觉昨天才进公司，没想到这么快就一年了。"

"要过年了，该好好休息了。"每个人的脸上都带着幸福的笑容，上午刚下班的时候，欣欣接到通知说，下午要开全体会议。有的人说："要发工资了。"还有人说："有什么好高兴的，别人都有年终奖，咱们都没有。"听到这些，欣欣才想起，面试时个公司对她的承诺，她想为什么别人都没有？难道……

工资都发完了，最后才是欣欣的，欣欣领了工资到办公室时，自己偷偷地看了看，并没有像面试时承诺的那样，年终奖根本就没有，于是她便去找会计，得来的却是："咱们公司从来没有这个规定啊，谁给你说的？"当欣欣说出那个人时，会计却说："他早就辞职了。"欣欣面对这种敷衍的回答，她愤怒地辞职了。

这样的公司在现实生活中并不少，他们多是为了能够招到一些人才，却由于公司的实力而不能够满足高人才的需要，于是就想出这种办法来。从另一方面来讲，这就是欺骗。承诺，对于那些刚走出校门进入职场的年轻人来说，无疑就是一个诱饵，如果相信承诺，那么你就是条鱼，一条被虚假的承诺钩住的鱼。对于公司来说，这也是一种以虚代实的招聘方式。职场中陷阱无处不在，年轻人还要多加注意，小心掉入不现实的承诺谎言里。

钱，是最实惠的

身在职场为的就是在锻炼自己的过程中挣到钱，积累经验的目的也是为了钱，所以说，钱，是最实惠的东西。职场"老人"曾说，钱就是硬道理，没有钱，一切都无法兑现。可以钱，并不是好挣的，你有千条计，他有万条谋。公司常把员工对公司所做的贡献标榜为一种精神，像雷锋一样，让公司里的员工都像他学习，可这都是精神上的，是虚的，公司并不会把这种吹嘘兑换成现金奖励给你，这在职场中叫做"给名头不给钱"的对员工精神上的安慰，而忽略心理上的抗议。

从毕业到踏入职场已经有快一年的时间了，江华回想着自己为公司所做的一切，连自己都无法相信：

自从过了试用期之后，看着自己的客户一天天地增多，而且差不多都是熟客，江华就决定好好干。不过江华做的这个工作有点难度，提成是很高的，但是一个月下来，有的还没有拉到一位客户，有很多人都自动辞职了，而只有江华这位新员工，还在坚持着。

几个月的时间，江华为公司创下了净赚几十万元的资产，不但得到更多的领导的夸奖，而且江华成为了公司所有员工学习的榜样。从老板的话中可以说，江华就是公司的一种精神。可这都只是个名头，他的提成却还保持在原数。在其他的公司，如果员工为公司创下了如此可观的效益，不但工资提高，而且职位也会跟着升级，可是现如今江华这些都没有得到。

一次江华把公司上下班时需要刷的卡弄丢了，就在他上报，看公司能不能再补办一个的时候，管理人员却对他说："补办一张卡的费用是两百元。"江华听了之后说："不办了。"然后，就走掉了。

到下班的时间了，江华去找领导商谈补办卡还要钱这一事情时，老板给出的理由是："这是公司规定。"可是江华说了句："那么这么说，公司的卡丢了的话，就不算是公司的人了，我辞职，公司没有规定不让人辞职吧？"领导再怎么劝他，江华还是决定要走。

如此"只说好听话不给实惠"的公司在现如今的职场中越来越多了，只要你为公司做了贡献，那么你可能成为公司的一位财神爷了，就算是老总也会为你烧香，把你为公司做的贡献"倒背如流"地讲几十遍，都不觉得口渴，但就是不会用钱来奖励你对公司做出的贡献，而且还振振有词地说："放心，好好干，公司是不会亏待你的。"是的，只是精神上的不会亏待，而自己的付出却永远亏于收获，对自己所应得的薪水绝对不能马虎，一切赞赏在现实的社会里都没有钱来得实惠。一个真心想挽留员工、珍视人才的公司也会针对员工的付出做出相应的薪金补贴，而非一味地用语言来回答员工的加薪要求。

职场小规则

在找工作的时候，一些公司为了挖到人才，常用"以虚代实"的方法和各种语言技术来骗取人们对他们的信任，而合同却没有标明他们的承诺，使其在今后的日子里找不到依据。现如今，公司给予更多的是领导嘴上的鼓励，精神上的支持与宣扬，却把钱当作"身外之物"，用精神来麻痹着员工，对于那些对职场潜规则认识不深的年轻人来说，"给名头不给钱"是新的骗术，初入职场者一定要识别这一点，否则很容易会让自己出了力也得不到相应的回报。

6. 薪水是挣来的，也是谈来的

　　在国外，工资如同人们的年龄一样都是隐私。而在中国，工资一般不会随便提及，也是人们最忌讳的事情。可是面对公司的主管，在面试时，工资又是一个不提起在今后会引来更多的麻烦事的话题。一些人就把工资当作一种隐私，在面试时也不提起，怕引起尴尬的场面，但最后领工资的时候，心中却产生愤愤不平的感觉。工资的多与少，并不是由"按公司规定"的，有时候也是谈来的。

薪水是挣来的

　　同一个职位，同一个公司，薪水不同是有一定的原因的，这时就要从能力出发来分析薪水高低。专家分析，如果两个人的学历与社会经验都是一样的，就只有能力是不一样的，那么能力强的人工资当然会比较多。好绩效既是争取升迁的好机会，也是薪水成长的主要着眼点，因此说，薪水是挣来的。

　　黄杰与阿庆一样，都是计算机专业毕业的，两个人又同时找到了好工作，而且工作的性质是一样的，都是网络工程。两个的学习能力都一样的，黄杰会的阿庆同样也会，阿庆会的黄杰也会。但是黄杰的性格比较外向，好奇心很强，而且爱"打破砂锅问到底"，可是阿庆总爱自己研究一些问题，哪怕是一个小小的问题，只要他不明白的，宁愿自己花上一天的时间去弄明白，也不去问别人。

　　两个人的试用期都过了，并且成为了各自公司的正式员工。几个月过去之后，黄杰在公司里变得很有名气，不管多难的网络问题，经过他的一番研究，便很容易就得到解决，但也有他不懂的地方，刚进入公司时，他称每个人为老师，不懂的就问，而且他一个人完成的工作量，能够抵得上他们一个部门的所有人，为公司做的贡献比老员工还要多。如此一来，领导都很看好他，而且领导还对黄杰说，要在下个月给他涨工资呢。听了这个消息，他就赶快打电话给阿庆让他也高兴一下。

就在黄杰刚把自己如何使得老板加薪水的经过说完，问阿庆的工资是否也像他一样，也有所进步了时，不曾想阿庆在一个星期前就失业了，原来是他在经过试用期后，他与同事的关系不好，而且一些程序都是由他自己编制的，出错的地方不但没有检查出来，而且当别人指出时，他还认为自己的都是对的。因此，阿庆被解雇了。

同样的两个人，由于对工作的适应能力与工作时的技巧不同，造成一个得到同事的夸奖和领导的加薪而另一个却被解雇。这是因为各自能力不同而造成的截然不同结果，能力造就好的工作业绩，如果一个人能力再好，在工作时业绩出不来，那么薪水还是得不到提升。对于年轻人来说，初入职场，还没有社会经验的情况下，如果连自己的工作都做不好的话，那么加薪只能说是一个梦，所以说，薪水是挣来!

薪水也是谈来的

工作就是为了赚取报酬，而且报酬越多越好，没有一个人反对加薪。但是，谈薪水却成了年轻人找工作时的一个难以启齿的话题，总是被一些"你相信自己的能力，能够拿到那么多的薪水？"这样的问题而难倒，或对此产生一种不自信的心理。其实，薪水也是衡量一个人价值的标准。对于薪水是谈来的还是挣来的，专家回答说：在工作前10年的黄金期，不应该只看自己到底赚了多少钱，而是要为自己的未来累积出最大的薪资爆发力。简单一点说，谈薪水是有条件的，那就是要有好业绩。

在这个公司有将近五年的时间了，这是一个房地产公司，安林是市场开发部的经理。回忆过去，安林说，在他刚毕业的那段时间里，很迷茫，很无助，找了许多工作，最后来到了现在的公司。

刚来时，安林的工资是公司里最少的一个，他想过要放弃，可是在过了试用期之后，他发现自己很喜欢这份工作，很舍不得离开，于是他就开始认真工作。

一次，安林部门的上司请假了，可领导又要拿出一份市场预测报告来，最后把这个任务交给了安林。他用心去做，这是他表现的机会。终于皇天不负有心人，他如期地交了上去，而最后得到了领导的一致好评。安林的名字在领导圈子里一下子就被传开了，但是安林的工资还是刚进入公司时那么多，而安林对此没有提出一个字。

一年过去了，安林的业绩是公司里提升最快的，而且创下的效益也是最多的，得到了领导的夸奖，安林听得出领导对他的喜爱和重用。此时，安林想，提出涨工资的时机到了，如果再不说的话，年终奖就会少拿一些了。于是找了一个机会，他对领导说："我女朋友想让我换份工作，我真没用，还养活不了一个女人呢。"此时，领导忙问安林现在的工资是多少，安林如数说了，领导听到立即对安林说："从这个月开始，工资比原来的长两倍。"

安林算了算，那样的话工资一个月差不多能拿到一万了，他在心理窃喜：看来薪水还是要谈的。

俗话说，"会吵的人有糖吃"，对于薪水更是如此。有些事情，"按公司规定"并不是唯一的标准答案或借口，规矩是人定的，是可以更改的。工资也是一样，可以去谈的，对此美国进行了一个有趣的调查，结果表明，有高达80%的人力资源主管是愿意跟面试对象与工作能力强的人，好好沟通薪水的，他们甚至并不排斥要进行一点"谈判"，但是有一个重点那就是业绩，业绩是薪水能否谈成功的一个重要前提。

职场小规则

　　薪水根据的是正常人所能完成的任务总量的均衡值，如果你的能力超过了他人，那么你得到的薪水就比别人多，现在的业务有提成就是靠能力挣钱。对于加薪这个事情，是年轻人最期待的，可是如何才能让老板加薪，却又是年轻人最为头痛的事情，其实，谈加薪不但要有一定的技巧，还要有前提，那就是说服加薪的理由，技巧就是找准说明此意的机会，最重要的理由就是能够为公司赚取更多的效益。有了这两点，加薪问题自然迎刃而解。

7. 谁动了你的薪水

对于初入市场的年轻人来说，有时候公司承诺的薪水与实际发放的薪水并不相同。这是由于某些公司在签订合同时会提到一条不成文的规定：薪水按公司最后的收益的比例进行发放，而最后剩下的，到年终再发。可是，那部分还未发放的剩余薪金在年终时，往往总是因为公司负责人的一句"公司效益不好"，就没有了影踪。还有一些规定，如果不能够完成公司所规定的一定的任务，不但要扣工资，而且年终奖也没有了，这就是薪水中的猫腻。

工资也打折

工资也会打折，对于初入职场的二十几岁年轻人来说，他们并不相信此种说话，有些人甚至会对此抱着怀疑的态度。可是当他们真正走入工作岗位，并遇到了工资不能按时发放、而且还按一定的比例发放的问题时，才会对"工资打折"这句话有一个新的认识。

小顾毕业不久便找到了一份不错的工作，月薪是三千元，而且工作环境也符合小顾的心意，最重要的是小顾感觉在这个公司有发展前途。于是，签订了试用期合同之后，小顾终于安下心来工作了。试用期过了之后，小顾感觉一切都很好，工资也按时发放了，于是就签订了合同，而且合同上写着"过了试用期月薪六千元"，小顾对这个数字很满意，于是想也没想就签了。

总算有一个安稳的工作了，小顾工作更加有信心了，一个月过去了，工资也发了，他数了一下，竟然发现还不到三千块。对此，小顾很不理解，想要找财务部问清楚，可又怕因此而失去一份好工作，可是合同上明明写的月薪是五千块，发错了？小顾左思右想，最后还是决定去找财务部问清楚这件事情的好。经过财务部的解释之后，小顾才知道，公司有一个不成文的规定，每月的工资按60%发放，再扣去税和四金，最后算来当然不到三千块了。当问及剩下的那40%什么时候发时，财务部却面无表情地抛出一句话："这要看公司效益，如果效益好，年底一次性发给你，如果不好就不发。"

听着这句话，小顾有一种被欺骗的感觉，财务部说的话不就是骗人的吗？为公司干了一年，好不容易眼巴巴地等到年底，拿剩下的那40%薪水，可是老总一句"今年公司效益不好"，公司上下一年的那40%薪水就没了，小顾越想越不愿意在这里干了，干一年不但得不到应得的薪水，而且还赔给老板几万块钱的工资。于是小顾决定辞职了。

有着类似遭遇的年轻人不在少数，合同上给出一个可观的薪水数字，可是公司的规定却投机取巧与合同打擦边球，这就是公司想方设法使工资缩水的技巧。公司常以效益不好为借口，既能激发员工工作热情，又能扮楚楚可怜状，堵住员工的嘴，还能省下好大一笔现金。一举三得，何乐不为？员工的薪水就是这样被老板一句"效益不好"就那样抵消了。从表面上看来是合同动了你的薪水，其实是老板，这是年轻人对工资最容易犯迷糊的职场潜规则，对此，要学会辨别，早一步了解早受益。

隐性欠薪不可妥协

大家都知道，欠薪最厉害的就是农民工了，可是一些刚进入职场的年轻人，也被圈入"隐性欠薪"的浪潮中，一些不明白职场潜规则的年轻人，对此并不了解，再加上公司抓住年轻人的这一弱点，进行比较隐蔽性的工资拖欠或不发现金，用公司的一些产品来兑换未发的工资。

朱杰毕业于物流管理专业，他非常喜欢管理一类的工作，经过了痛苦地寻找工作的日子，最后，朱杰来到了一家酒类企业，来应聘生产主管的工作。

试用期过后，月薪是七千元。很快，试用期过了，朱杰成为正式员工。看着部门里的老员工对自己还可以，而且这工作对朱杰来说，根本就没有任何阻碍性，朱杰便全心全意地工作。

前几个月的工资朱杰都如数地拿到了自己所应得的，可是这一个月，朱杰的工资少了不少，仔细琢磨着一算，原来是按工资的百分比发的。后来，朱杰听说，公司有一个规定，如果销售部门未完成额定的业务量，所有员工的下月工资就只发80%，因为销售业绩一直不好，因此，一位老员工在这里呆了几年，从来没有拿过一次全额工资，春节时的年终奖更不用提了，如果实在不行的话，老板就把公司里的酒发给大家，以此来抵工资。

又到发工资的时间了，这次还是不能发全额，当老板又说，拿公司的产品来抵现金时，朱杰在会议上没有说什么，到会议结束时，朱杰便找到了财务部，对他们说："我不要酒，不然的话，给我打一个欠条算了，到每年的年底，咱们清算一次。"对此，财务部同意了。到了年底，公司竟然还想不承认，当朱杰拿出了欠条之后，公司才发放了欠的那部分钱。

一些年轻人在刚进入职场时，"保薪"意识较弱，或者说根本就没有。一些公司就是如同朱杰所在的公司一样，欺骗年轻人的工资，对此老板会常提出"少发钱"、"缓发钱"、"抵消现金"，这是一个陷阱，不具有一点说服力，对此，年轻人要寻找解决措施，防患于未然，对这种"隐性欠薪"提高警惕。

职场小规则

每个人的劳动都是有价值的，某些公司因完不成任务而不发工资，或拖欠薪水的行为，是一种被人所不齿却又极其普遍的行为。对此，年轻人要懂得维护自己合法的劳动利益。职业指导师提出，对于那些找借口拖欠工资的公司，员工应采取一定的措施，比如：打欠条，或在签订正规而有效的合同时，应要求在合同中写明劳动报酬数额、支付方式及支付形式，越明晰越好，这样以防后患，当老板再拖欠或不发工资时，就有依据可寻了。

8. 按劳分配最公平

国家早就将按劳分配当成了一种分配原则，但是如今在一些企事业单位，这项原则，总是有漏洞。一些公司，对员工的工作任务有规定，任你如何加班都完不成，而且还与工资挂钩，完不成则会扣除工资、奖金、年终奖。还有一些公司规定，新员工与老员工相比，哪怕你完成的任务再多，发的工资都没有老员工的多，只有一个理由，就是老员工做的时间长。这些都没有按劳分配，对于初入职场的年轻人来说，这种薪金制度更是没有公平性可言的。

最为常见的免费加班问题

靠能力吃饭在这个竞争激烈的社会里，成为了一种看似普遍的公平，好像这种分配制度让人无话可说，可这与"按劳分配"的公平性原则是相违背的。一些公司按员工完在的任务量发工资，首先这就是不公平的，对于进入一个行业，经验还不成熟的年轻人来说，只有靠加班来完成任务，才有可能拿到工资；还有一些公司，不完任务量便要加班却没有加班费，这是常有之事。

小伟刚进入公司，试用期还没有过，为了保住这份工作，小伟不顾一切地努力工作，就像女友说他的一句话："工作成了你的情人。"

刚去的一个星期，部门里的员工和领导对他都还好，工作还可以应付过来。可是一个星期过去了，小伟感觉到工作不是越做越容易，而是工作量越来越多，加班到零点是常有的事。对此，小伟没有任何反对的意识，而且为了这份对自

已很重要的工作，他决定要坚持到底。可是，女友要与小伟分手，小伟承诺女友，过了试用期之后，就会好点，不用加班了，因为现在还在试用期，当然要努力工作。

试用期过了，老板对他承诺的工资却没有如数发放，而是找借口说，小伟的工作质量不好，但是这在面试时，并没有说清楚，工资就这样被扣除了一半。不过老板承诺，这个月过了试用期，这样就可以拿到全额工资了。

可是，当成为一名普通的员工时，工作任务更多了，加班的时间从零点提到了第二天的三四点，但是到发工资时，却没有加班费。对此，小伟感觉到自己的劳动被无偿地剥削了，当问及一些老员工时，才知道，公司加班到三四点还是比较正常的，有时候连睡觉的时间都没有，这样能拿到全额工资就已经不错了，更不用提什么加班费用了。

了解这些之后，小伟决定要辞职，理由是自己的付出与收获不成正比。

对于职场中的一些白领来说，这种情况是见怪不怪的，而且这在一些人的脑中已经形成了一种习惯，明知自身付出与得到的有很大的反差，为了有一份工作，甘愿被剥削，承受着劳动却不公平的收入。这是隐性的用工资来压榨员工劳动力的行为，对于年轻人来说，由于对职场中一些潜规则不太了解，很容易走进这种劳与得不公平的误区，因此，年轻人要懂得按劳分配的道理，使薪水与劳动力逐渐趋于公平的态势。

奖金与年限挂钩

薪水在职场中是一个永恒不变的话题，人人都有遭受不公平的痛苦，提到薪水，围坐在一起，可以开一个茶话会，薪水与付出的不成正比、公司不按劳分配、常常为公司免费加班……对于刚进入职场中的年轻人来说，在一些公司形成一个这样的规定：奖金与年限挂钩。这是非常不公平的现象，因为很多老员工做的工作少，但是资金却比新员工的要多。

刚过了试用期的翟英英对公司里的一些规定还不是太熟悉，但是由于自己非常喜欢这份工作，她决定好好干几年，进而多学些经验。整个工作流程翟英英都熟悉得挺快，感觉工作都很顺手，她很喜欢这份工作。

转眼间，在这个公司里一年的时间了，到了该领年终奖的时候，翟英英的心里很高兴，因为这份期待，翟黄英不再对领导经常让她加班、干的活也比老员工多而埋怨了，而且是更加努力地工作了。领年终奖的日子到了，看了看自己得到的年终奖，翟英英高兴极了，可是当听到师傅比自己多两倍的年终奖时，她呆住了，没想到那位天天什么都不做，只是吆喝几声的师傅得到那么多的奖金，她心中泛起一丝涟漪，可是想一想，他是师傅，是老员工也就不在乎了。

可是当听到有人提起，"做的工作多与少也就不说了，可是到头来奖金却还按工作年限来发，真是不公平。""是啊，老员工拿着我们工作一年赚来的钱怪舒服。""工作时，闲的人却在那里研究化妆，而我们为了工作都快累死了，最后却得来这么点奖金，真是不公平。"……如此的哀怨声，引起了翟英英心中的那份不平，此时她明白了，公司的这种奖金制度与工作看似有关也是无关的，于是她便对财务部说明了这一情况。

过完年公司便把那一项年终奖与工作年限有关的规定废除掉了，而且公司还找了一个任务分配大调整，对于此次的改革，员工们都感觉很满意。

像这样不按劳分配的公司还不少，主要是为了"照顾"那些公司的老员们，怕好不容易"培养"的员工辞职了，还要再花费一笔钱"培养"新人，可是这对于那些刚入道的年轻人来说，他们的工作大部分时间都是为老员工服务的，而在发工资时，老员工却比新人多，与情与理这都是不公平的，奖金与年限挂钩更是不合理的规定。

职场小规则

每个人都想使任何事情都公平，身在职场的人更是如此，总是感觉自己付出的太多，而得到的却很少，可是面对老板的加班没有加班费，敢怒不敢言，怕因此而失去了工作，所以长久以来，这就在职场中形成一种既定的规矩，可是这是不合法的，这是隐形的欺骗员工工资的手段。年轻人在找工作时，一定要本着按劳分配的原则与公司进行薪水的商议。

9. 经验重于薪水，薪水重于职位

对于很多初入职场的人来说，他们的起点是不同的，这一不同主要表现在各自的想法上：有的人认为找工作就是为了赚钱，所以不管什么性质的工作，只要能够挣到钱就可以，其实这是"薪水重于职位"的观点。还有一些人认为，刚进入社会薪水的高与低无关紧要，只要能够找到锻炼自己的职位就可以，这是"经验重于薪水"的观点。薪水、职位、经验，三者的关系在这个竞争日益激烈的现实社会里，各有千秋，都有着其很重要的价值，它们的关系，也正体现了大学生对薪水的另一种认识。

经验造就不同的遭遇

一些年轻人的思想与成人的思想是有偏差的，特别是在找工作时，一些人认为，工作的目的就是为了赚钱，而赚钱就要有一定的社会经验基础。所以在找工作时，不会在乎薪水的高低，关键是锻炼自己的能力，把自己潜在的能力给挖掘出来，为的就是学习经验。经验是衡量薪水高低的一个标准，对于一些大学生而言，刚进入社会，最重要的还是先学习职场经验，经验丰富了再工作就能游刃有余，那么薪水是会有所提高的。

项朋与志强都是刚毕业的大学生，当被通知得到了聘用之后，他们在薪水上却有了分歧。因为这份工作所提供的工资非常少，与他们研究生的学历极不相符，志强就是看到了这一点，于是他决定不去报到，可是项朋并不是这么认为的。他认为刚毕业对于职场中的一些问题和规则还不太了解，而且眼前的工作很能锻炼人，锻炼与人的沟通能力，可以接触到社会上各行业各类型的人，所以他决定去报到。

两个人从此走上了两条不同的道路，几经周折，最后志强找到了一份自己不是很喜欢，工作繁杂但稳定，工资相对项朋要高的工作。每当提起工作时，志强就感觉自己在项朋面前抬不起头来，唯一可以骄傲的就是工资。可是每当项朋回来时，就能听到项朋在工作一天中的所见所闻所感。志强每次与项朋相见时，项朋一会儿那个李总的电话，一会儿又是王总监的电话，起初志强是在心理祝福项朋，可是时间一长，志强心生嫉妒。

转眼间，三年的时间过去了，项朋在公司里当上了销售部的经理，有着丰富的经验、较强的人际关系、固定的客户，最重要的是他现在的月薪过万。而志强，现如今还是一位白领，每天辛辛苦苦地像个机器人一样做着重复的工作。

"职场老手"都明白这个道理，在职场中，"有经验走遍天下都不怕"，有经验就不怕没有高薪水。经验在职场中就像一个常青树，永青不显老，还带动了薪水的上升。经验与薪水对于刚进入社会中的年轻人来说，薪水其实就是一个迷魂计，如果重薪水而弃经验，那么在今后的生活中，选择经验的人才是最后的胜利者。

为了职位忽略薪水的后果

在找工作时，我们常常被"你想要什么待遇？"问住，对于初来找工作的年轻人来说，由于对自己缺乏自信心和经验的缺乏，当遇到这样的问题时，有些人往往是让 HR 来定，到最后 HR 定好了薪资，签订了合同之后，才发现，自己"亏"大了。虽然说对自己工作的能力还不能确认，但是薪水是找工作时必谈的一项，是马虎不得的。

张雪从来没有外出打过工，对于工资她没有太多的要求，只要工作安稳，不要太复杂就可以，再说以后工作成绩好，工资不就提升了吗？

毕业了，张雪与他人一样踏入了找工作的路程，但是她找工作的过程似乎要比别人艰难，找了两个月的时间还没有找到，当朋友问她是何原因时，她说："别人都爱问我一个月想要多少工资，我不想提工资，只要工作符合我的要求，

工资无所谓。"看着她一脸的无奈，朋友便把找工作的技巧一并告诉了她。

过了一段时间，张雪找到了一份工作，在一公司里当文件管理员。她很喜欢这份工作，安逸而且稳定，只要认真做就不会出现错误。面试时，当 HR 问及她期望的工资待遇时，她随便说了一个数字，没想到，最后她被录取了。可是，试用期还没有到，她便找同学说要辞职，因为她一个月的工资还不够自己吃饭用的，而且有时候还会往里面垫钱。这样的一个结果，张雪接受不了，张雪还听说，公司里所有的员工，她的工资是最低的，而且公司里所有员工工资是不一样的，就算是同一个部门做的同一份工作，也是不一样的。公资一旦由面试时被 HR 确定了之后，想要调工资那是很难的。对此，张雪很是后悔，后悔自己太在乎眼前的这份安逸的工作，而不重视薪水，造成如今的后果，于是，她决心辞职。

在后来找工作的过程中，张雪对薪水不再那么随便了，在工作符合自己要求的同时，工资也是决定这份工作的一个条件，张雪总结了她找工作的经验：薪水有时候是重于职位的。

像张雪这样的年轻人在现实生活中并不少，为了有一份体面而又稳定的工作，对工资的要求就很随便，如果是一份有发展前途的工作还好，如果像张雪的职位，可以说没有什么大的发展前途，只是工作稳定，不需要面对那么激烈的竞争而已。

薪水是一个员工在付出之后所应得到的，不管什么样的工作，都不能因为职位而忽略了薪水，否则，就会造成职位与薪水失调的现象。

职场小规则

"职业的发展重于薪资"，在职场上，可以说这是一个不变的定则，可是如果没有一定的经验，那么再好的职位，薪资也会因为成事不足而缩水，初入职场的年轻人要懂得这一点。另外，不管应聘的职位是多么的不入眼，它也有一定有存在的价值，如果相信自己有能力将这份工作做好做精的话，那么就要有要求高薪水的观念，不要怀疑，不要犹豫，以免造成让自己日后后悔的结果。

10. 不能太计较得失

不要太计较得与失，不管是在工作中还是为人处事时，对于年轻人来说，初入职场能否有一个立足之地，"得"与"失"这两个字起着决定性的重要作用。比如，两个刚毕业的大学生同时进入一个公司，如果一个人能"吃亏"，完成工作时就帮助同事，如果同事有事就代替他把工作完成了，一个是只做自己的工作，这样的两个人，过了试用期之后，相信大家都会同意那个爱帮助他人的人留下来。

过分计较得失者必然失去更多

有职场经验的人都知道，哪怕自己与其他同事在一个公司的不同部门，也难免会在工作上需要相互协调、相互帮助。在这种时候，为了完成整体目标而付出的那些额外工作，有时候是可以忽略不计的，可是有些人，却总是感觉自己付出了那么多，如果得不到一点薪水补偿的话就吃亏了。于是便想方设法地把自己的"功劳"表现出来，可是不曾想，这种过于看重得失的事情却非常容易造成令自己不可收拾的后果。

苏红刚毕业就找到了一份当资源检测的工作，她认为自己非常幸运。可是这个工作的内容很杂，并不一定就是只做自己工作职位里的事情，有时候还会做一些本职以外的事情。

还没过试用期，老板对她的工作效率进行了一次调查，先是让她自己做调查，最后再由行政管理员对其进行汇总、总结。整理好了之后，行政管理

员发现在苏红的表格里其岗位名称填写的不止"资源检测"四个字，后面还加了一个"等"字，于是行政管理员就帮她改过来了，为了使苏红下次不再犯类似错误，也为了再次确认一下她的职位，于是行政管理员便通过QQ告诉了她。

对于行政管理员给她的提示，苏红是这样回答的：工作内容是好几个，所以填了"等"字。行政管理员说："公司给你定的岗位名称就是'资源检测'，你填这个就可以，这只是个名称而已。"苏红便说："那我所做的那么多，全都是无用功了？是不是更不用提薪水了？"面对苏红这样的问题，行政管理员把这件事情反映给了领导。

领导与苏红尽量解释，可是苏红还是抓住，"做了除工作之外的事情该怎么处理？为什么不发工资？是不是白工作了？"这个问题来问领导，无论领导做何解释，苏红都只有一个要求，那就是多做的工作要另外算工资，或是加薪水。当再次苏红提出这样的要求时，领导递给了她一份辞职申请表让她填写。

面对这张辞职报告，苏红再也无话可说，离开了公司。

面对苏红因为斤斤计较而丢了一份很有发展前景的工作，实在是令人觉得可惜，但也许有人会说，苏红这样做是正确的，是在维护自己有价值的劳动权利，可是有时候，有价值的劳动力是建立在一定的基础上的，对于刚进入职场，什么都不会的年轻人来说，失去一点有价值的劳动，换来一份有价值的工作和经验岂不是更有意义？

看淡得失、专注工作才可获得发展

如果有一份自己期待已久的工作，而工资待遇只不过一般，但工作任务却很繁重，而且公司还时不时地让你做其他的工作，这些额外的工作是不计工资的，老员工也经常以一种居高临下的态度，时常让你帮助他们，你还会选择这份工作吗？对于一些人来说可能会说"不"，但是还有一些人却说："这是应该的。"两种不同的回答，却代表了年轻人对未来两种不同的看法。

找工作找了好久才找到一份渴望已久的工作，经过了初试、复试、试用期之后，何威终于成为了公司里的一名正式员工，他高兴万分。

何威知道自己的能力不算太突出，为了使自己在最短的时间内掌握更多的工作内容，他在原来努力工作的基础上，又下了一番工夫，并决心要把自己的工作成绩给提高上去。在三个月的试用期里，何威早就熟悉了工作的整个流程，有时候在完成了自己的工作后，他还帮其他的同事工作，虽然是不同的部门，但是他都能够做得很好。与他同在一个部门里的小李，对何威如此的做法总是很怀疑。

一天，一位同事又来找何威帮忙，他想也没想就答应了。可是最后，由于他的疏忽，而使他统计的一组数据出现了错误，而且是"连锁反应"，一组错了，后面的接着就全都错了。自己犯的错误，那就要自己来解决，这一次，何威花了一晚上的时间才完成。

那位找何威帮忙的同事对何威说了对不起，可是何威却说："说对不起的应该是我。"两个人都受到了批评，而当领导问及何威不是自己工作范围之内的事，为什么没事儿找事儿做，而又得不到额外的工资时，何威说："这是我应该的。"

当听到领导听到这样的一句话之后，对何威说："从这个月开始，每个月的月薪在原来的基础上加一千元。"

对于大多数人来说，也许不相信有哪位领导会这样傻，自己的员工出了错，不但不惩罚还奖励，可是，何威那种不计较任何得与失，而只求经验的精神，被领导发现了，并得到了领导的理解与赞赏，所以他得到的是奖励而不是惩罚。

得与失只在一念之间，如果能够权衡好这二字之间的利与弊，在刚进入职场时本着先多付出一些，就能掌握更多职场中的经验、学习经验，然后慢慢地就会得到自己想要的一切，这就是得与失在职场中的潜规则，如果年轻人把握不好，是很容易"失足"的。

职场小规则

在智者眼中,得与失在工作中是平等的,特别是对于年轻人来说。那些商业中成功的伟人,他们有钱、有房、有车……我们之所以认为他们成功,那是因为我们只看到了他们现在的得到,而没有看到他得到之前的失去,只有付出了那么多,才会得到"牛奶面包"。年轻人记住这句话:"不要太计较得与失,因为每个人的得到和失去都是平等的,只有用心地付出才会换回更为丰厚的收获。"

第三章
领导的心思你别猜

职场中最难揣摩的应该是上司的心思，每个职场员工都会挖空心思地讨好自己的上司，希望能从他们身上挖出点油水，可事实上，上司才是公司里最精明的人，他怎么可能让你占自己的便宜！其实，领导们的心思并非不能猜，关键是看你能否猜到正点上。

1. 和领导抢风头没有好下场

聪明的员工不和领导较真儿，这话说得一点都没错，放眼古今，有几个和领导作对的人有好下场的！的确，有些领导的水平确实没有员工高，业务也是平平，但这些不应该成为你不满或是嫉妒的理由。有些人认为领导都是靠一时的运气，或是走后门，但实事求是地说，领导们更能够承担相应的责任，眼光也比一般员工远一点。所以不要和领导针锋相对，那样只会让自己陷入难堪的境地。

与领导较真儿，自讨苦吃

在人们心中，领导者应该是事事精通，业绩突出，头脑聪明的人，但事实上，这样的领导在工作中很少见。不要渴望每个领导者都能采纳你的意见，更不要在你们出现矛盾之后到处抱怨，因为那些都是无济于事的。领导都爱面子，你当众指责他的不是，他不但不会赏识你，甚至会对你大加指责，你绝对不会有好果子吃！

小刚是个工作及其认真的小伙子，大家都这么说。他为人老实、刚正不阿，对就是对，错就是错，没有丝毫的偏差。小刚老实憨厚的形象已经得到了全公司的认可，再加上他心直口快，公司一些不合理的规定他马上就会做出相应的反应。

在公司里，小刚一直都对实行双休日的要求有很多想法，因为直到现在公司还是实行一周单休，一周双休的制度。在小刚看来，这是老板在剥夺员工的合法权益，是在与法律对抗！他一直在寻找机会向老板提出这一事件，只是苦于没有时机。

这天，公司召开管理会议，公司人力资源部门的同事提出了实行双休日的要求，小刚抓住时机，接着他们的提议与老板较真儿。小刚大声说出了自己的看法："双休是国家法律规定，这既保证了员工的休息可以提高工作效率，也能激发大家的工作激情，广大员工都要求按法律办事，为自己的合法权益合理争取。"此话一出，老板的脸色马上就暗淡下来了，会议室里的气氛也变得有些僵持。

老板轻咳了一声说："这个问题我会考虑的。"说完，老板的话题马上就转了方向。他批评小刚工作不认真，专业也不精通，从来都不加班……总之就是说小刚不好好工作还想讲条件，所有批评的词语都用上了。以小刚的脾气当然不能忍受，他非常气愤，较真儿的脾气再次爆发出来。"你这样做是不对的，你应该就事论事，不能转移话题，对于双休的问题我只是讲述一下我的看法，执行与否是你的事情，再说我这也是为广大员工考虑，为公司的长远发展考虑。"小刚的话让会议顿时陷入了僵局，老板默不作声地转身走了出去。事后，大家都说小刚一定不会有好下场的。

大家说的一点都没错。第二天，小刚刚走进办公室就被老板找去谈话了，说他们部门做的工作不合格，而且还有好多堆积的工作迟迟交不了。小刚这才意识到是老板在故意找茬。经过一番深刻的教训，小刚拖着无力的身子走出了办公室。

看到了吗？这就是和老板较真儿的下场，小刚的教训虽说有点惨，但惨痛的事实才能让人铭记于心。和老板较真儿没什么好下场，否则怎么会有那么多喜欢拍马屁的人呢？他们绞尽脑汁哄着领导开心，为了什么？还不是为了在自己的事业中一帆风顺？人有的时候确实要学得灵活些，在容易出现矛盾的事情面前尽量绕着走。

永远让老板先说话

领导与员工的问题永远是值得人们探讨的话题，是领导都爱面子，他们希望下属能在人前给足自己面子，所以如今的社会才兴起了"马屁精"的称号。但事实上，马屁精的存在也是社会发展的必然产物，不遵循这个原则的人只能被踩在别人脚下。

有这样一个寓言故事向人们深刻地阐述了"永远让老板先说话"的重要性。

一个阳光明媚的中午，经理约一个业务代表和一个行政职员到隔壁的餐厅吃午饭，希望借此机会多熟悉一些公司的情况。可是在吃饭的过程中，三人意外地发现了一个古董神灯，经理感到很吃惊，于是拿起试擦。可就在他指间碰到神灯的那一刻，只听"噗"的一声，一个精灵从一团烟雾中钻了出来。

三人吃惊地看着眼前的一切，难道神话会在现实中出现吗？此时，精灵开口说："是你们把我召唤出来的，我只能满足三个愿望，所以就给你们每人一个。"这话让三个人着实感到震撼，这可是个千载难逢的好时机，行政职员抢着说："我先来，我先来。我要到巴哈马，开着游艇，自在逍遥。"话刚说完，只听"噗"的一声，他消失了。

剩下两人瞪大了眼睛不敢相信眼前的一切，可惊吓过后，业务代表又抢着说："我要在夏威夷，和女按摩师躺在沙滩上，还有喝不完的椰汁。"噗！他也消失了。

精灵将目光看向经理："现在该你了。"此时的经理反倒镇定了许多，他不紧不慢地坐到餐桌前："我只希望他们两个吃完午餐后回到办公室。"

结果可想而知。虽然这只是一个简短的幽默故事，但其寓意却很深刻，老板与员工在公司内的不平等地位决定了二者的发言权是不对等的，作为员工要时刻谨记：除非事先有约定，永远让你的老板先说话！工作中，很多心直口快的员工总是抢在领导前说话，将领导准备的台词抢先说出；而那些善于察言观色的人却总是等领导说完之后稍加补充两句即可。这两种情况得出的结果是完全不同的，前者会倒大霉，而后者却接连升迁。

职场小规则

　　身为一名职员，应尽到自己的工作本分，知道在什么时候该给老板一个合适的台阶下，这是最重要的一点。很多员工愤世嫉俗，看不惯老板们摆架子，产生与之较真儿的想法，其结果落得事业上接连受挫。和老板较真儿没什么好下场，聪明的人努力让自己适应环境，并懂得抓住时机为自己创造利益，而愚笨的人只能被社会所抛弃。

2. 心腹与大患的区别

在职场，"心腹"与"大患"之间的距离仅有一步之遥，能成为领导的心腹这是一种幸运，也是一种危险。为什么这样说呢？做领导的都希望有个可以助自己一臂之力的人，因为单凭自己的能力，很难向上延伸，而心腹却可以帮自己打理很多事情。心腹的关键作用正在于此，危险之处也在于此，因为心腹必定会掌握领导者大量的信息，了解得越多，"死"得就越快。

咎由自取的狐狸

对于一个普通的小职员来说，能成为公司领导人的心腹，无疑是一件自豪的事情，因为曾几何时，有多少人为博得领导的信任，用尽了浑身解数，说尽人间阿谀奉承的话，为的就是要得到领导的信任，成为领导的心腹。毕竟，跟着领导者就有饭吃，成为心腹，就意味着在接近权力。表面上看，大多数员工都讨厌领导的心腹，因为他们是作为人际关系的收集者和监督者而存在，而如果换作自己，他们也很愿意做那个让上司"放一万个心"的心腹。

森林的统治者是狮王，可老虎心里就是不舒服，于是它暗中找狐狸帮忙，想夺取王位，并允诺会给狐狸"高官厚禄"。此时的狐狸也正在郁郁不得志，因为狮王根本就不懂得赏识自己的才华，在听了老虎的许诺后，狐狸大喜，当即答应出谋划策。

善于出谋划策的狐狸很快就想出了绝妙的计划，设计毒杀了狮王，然后谎称狮王重病暴毙，紧接着在森林里大造舆论，老虎德高望重，理应接替王位。此事做得天衣无缝，没有谁看出这是个阴谋，老虎顺利地坐上了王位。狐狸献计有功，受到虎王重用，从此，狐狸每天跟随虎王左右，大摇大摆，好不威风。整个森林里没有谁不知道狐狸是老虎的心腹，谁都不敢小看它，见到之后都要毕恭毕敬地行礼，狐狸更是踌躇满志，自鸣得意。

有一天，森林里突发大火，一只小野猫向虎王当面举报，说亲眼看见狐狸故意纵火，想烧死虎王，趁机篡位。狐狸在旁边听了，心中冷笑，虎王跟我什么关系，岂会听信谗言？可让它万万没想到的是，虎王突然脸色大变，竟不分青红皂白，立即将狐狸处死。很明显，这根本就是虎王的阴谋。

狐狸对自己的遭遇感到很不甘，于是向上帝大声喊冤。上帝冷冷地说："你聪明一世，糊涂一时，今日之祸实属咎由自取。"狐狸大惑不解："可是，我是虎王最信任的心腹，为何非要除掉我，没有理由啊？"上帝告诉他："毒害狮王是你为老虎设下的计谋，从好的方面想，你是他的心腹，但如果换个角度思考，你也是他的心腹之患。"

聪明的狐狸最终竟然落得惨死的下场。这虽然只是个小小的故事，但却寓意深刻，它告诉我们，凡事都有两面性，不要只想着跟着领导就能吃香的、喝辣的，有时它所带来的负面影响要远远超过其积极作用。所以，在与领导相处的时候，要把握一个度，不让原本的丰功伟绩变成送命的尖刀。

"心腹"与"大患"的距离

古人云："夫为将者，必有腹心、耳目、爪牙。"每个做领导的在攀升之前都会先为自己找个"心腹"，其实，与其说是心腹，倒不如说是垫背的。此人通常会受到领导者的重用，而且还能从中得到了很多好处。但是当领导者顺利走上自己的轨道之后，"心腹"的利用价值也就没有了。通常情况下，领导人为了掩人耳目，会找种种理由将其驱逐出境，张亮的命运就是这样的。

张亮是一个刚毕业的大学生，凭着自己出众的表现，他刚进公司就被安

排在业务部当经理助理。张亮的工作经验虽然不足，但他很聪明，学习能力也强，遇事善于思考，不懂就问。部门经理从来不把他当"可以欺负的对象"那样呼来唤去，反而处处关照，传授业务知识也毫无保留。张亮在心里暗自庆幸，自己刚出校门就能遇见这样的贵人，他打心眼儿里对部门经理充满了感激之情。

这天，经理第一次带张亮出差谈合同。谈判中，经理游刃有余，不时地逼着对方降价。而张亮更想趁机努力表现，找出各种理由拼命压价，分毫必争，让对方有些招架不住。可就在张亮为自己的表现得意之时，经理却一声不吭，而且脸色阴沉，于是谈判不欢而散。

晚上，经理来到张亮面前，递出一个红包，"这是今天的马总给你的。"张亮这才恍然醒悟，这就是要自己贪污回扣！万一被人发现了，是要被开除的！经理很快就看透了张亮的心思，"只要咱兄弟俩不说，没有人会知道的。而且，就算我们现在不拿回扣，对方也不会降价的，这都已经是行业的老规矩了，以后你会明白的。"

第二天的谈判非常顺利，双方心照不宣地签了合同，这件事也就这样结束了。一年过去后，部门经理顺利走上了总经理的职位，上任第二天就将工作转交了张亮。张亮觉得自己的春天马上就要来了，他可是经理的心腹，按照现在的形势，自己飞黄腾达的日子不会远了。

这样千载难逢的好机会对于张亮这个刚毕业的大学生来说，是何等的不易！他兴奋得一整夜都没睡好。可没过多久，公司里就传出要裁员，闹得人心惶惶。张亮为此特意找总经理证实，总经理说："好好工作吧，有我在，其余的事情就别多想了。"听到这样的话，张亮心中的担忧就完全放下，自己和总经理是什么关系，就算公司里只剩一个人，那也一定是自己！

可事情还是出乎了张亮的意料，周一刚上班，张亮就接到通知，自己被裁掉了，而且是第一个出局的人。张亮不相信，于是打电话给总经理，但是他的手机已经关机了，毫无疑问，这件事早有预谋。气愤之下，张亮想去找老总揭穿总经理的老底，可是刚迈出两步，理智又把他拉回来了。毕竟那些贪污贿赂的事情自己也参与了，一旦说出来，不是搬起石头砸自己的脚吗？

现在真是哑巴吃黄连，张亮只能黯然离去。

张亮的经历就是一个典型的"由心腹转变为大患"的过程，他的出现就已经注定了只是个垫背者，最终是要被踢出局的。很多企业中都存在有窝里斗的现象，他们拉帮结派搞内耗，领导没有二郎神那样的三只眼，那么培养一些心腹做耳目就是完全必要的。当领导达到自己的目的之后，很可能会做出过河拆桥的事情，所以，作为员工一定要懂得保持自己和领导者之间的距离，即使是心腹也要维持距离感。

职场小规则

"心腹"与"大患"之间的距离其实只有一步之遥，做领导者的心腹，必须懂得做心腹的潜规则：千万不要让领导觉得你对他产生威胁！在职场，一个掌握上司秘密的人、一个参与过上司阴谋的人，就是岌岌可危的人，其结局不外乎两个：东窗事发，你和上司一起滚蛋；在东窗事发之前，你被上司用一个小计谋给赶跑了。这两种结果无论哪一个，对员工来说都是不公平的，但职场就是这样，聪明人能很好地把握"心腹"一词的含义，真正做到大智，为自己创造利益。

3. 领导永远不会成为哥们儿

领导人在开会的时候总是这样说:"领导与员工的地位是平等的,没有高低贵贱之分,作为一个企业或者部门的领导,只有把员工当成哥们儿,经常与员工保持零距离接触,不定期和员工交心、谈心,随时掌握员工思想动向,认真了解员工疾苦,以理服人,以情动人,才能得到员工的敬爱、尊重、信赖和支持。我希望大家在平时的工作中能够做到认真负责,而在生活中把我当作自己的兄弟,我们共同努力,创建企业的长远发展。"领导的一番讲话让员工们之间的士气大增,个个都感叹"好领导"。但领导真的能当哥们儿吗?

再好的哥们儿也要分场合

领导与员工之间建立和谐的内部关系既是增强团结、提高向心力的需要,也是提高工作质量、完成经营指标的可靠保证。从某种意义上说,领导与员工做哥们儿是建立和谐关系的有效方式之一。但是领导与员工之间真的能做哥们儿吗?

小平与张经理的关系很要好,两个人在工作中相互配合,在生活中相互帮助,建立了人们都不敢相信的"哥们儿"关系。有人曾断言,他们的关系用不了多久就会破裂,并以此警告小平,但小平却不以为然:"张经理不是那样的人,有机会你们会看到他和善的一面。"小平是个乐观而又傻气的人,为人大方,在公司里的人缘也很好,除了有时候做事有点不靠谱之外,其他方面也都无可挑剔。

也正是他的这种性格,让张经理对他很信任,起码他不会背叛自己。小平走进办公室,没大没小地说:"张经理,你最近的人气好像不怎么样啊,大家都当你是大领导，不敢和你说话。"张经理看了他一眼，没有说话。小平又接着说："我给你出个主意吧，明天休息，干脆今天晚上请大家娱乐一下，借着犒劳大家的机会，也拉近一下感情！""你干脆说你想玩不就行了。"张经理停下手中的工作。小平狡猾地笑了笑。张经理想了想："好吧，这件事就交给你办了。""好嘞！"小平应声出去了。

其实张经理也知道公司里的情况，小平的提议也确实不错，不如趁此和大家拉近关系，以后的工作也好顺利进行。

晚上，在小平的带领下，大家走进了一间 KTV 包厢。开始的时候大家还有点拘束，小平看出形势后，主动拿起酒，大声说："同志们，今天可是老板请客，大家不玩白不玩啊……"一阵哄笑后，气氛逐渐缓和，大家尽情地玩起来。不一会，小平就有三分醉意，将张经理的事情抛在脑后，只顾着和女同事调侃，全然不顾旁边的张经理。

张经理也在心理抱怨：平时工作不咋样，喝起酒来就不要命，简直忘了自己是谁了，在女同事面前出尽了风头，我叫你来是陪酒，不是抢彩头！现在弄得我在员工面前很渺小，也很被动，这叫哥们儿吗？

经过这次的事件，张经理明显地疏远了小平，但小平似乎还不知道发生了什么事情，用他的话说，那天自己是怎么回去的都不知道。但没过多久他就被调换了部门。

小平的遭遇为我们提出警告，和领导的关系再好也不能当哥们儿，因为哥们儿不会和你斤斤计较，而领导则不同。在公共场合，和领导的关系再好，也要顾及到他的立场，做每件事都要围绕着他转，如果你忽略了这一点，哥们儿关系很快就会解散。

把握好哥们儿关系

领导与员工之间的哥们儿关系很难维持，因为要真正做到平等相待，不以官压人是不可能的。很多领导每天将"与员工做哥们儿"的旗号打得很响，但却从来不用实际行动表示。通常都是只做个表面文章，遇到实际工作时，就开始摆自己的官架子了。

梁主管是公司里的老职员了，虽然年纪不大，但他的工龄却着实让人尊重。工作中，梁主管比较喜欢聪明上进的人，而且很爱惜人才。小吴就是这样一个员工，他不仅工作能力强，遇到突发事情也能够从容应付，深受梁主管的赏识。

久而久之，小吴就借着自己这点小聪明耍起宝来，在同事之间相互比较，显示自己的优点。一段时间下来，同事们对他的意见很大，但仗着梁主管对自己的爱护，小吴并没有收敛自己的行为，还是到处批判。其他人虽对他有意见，但却苦于无法开口，于是都尽量避免和他出现矛盾，惹不起还躲不起吗？

同事们对他的忍让，让小吴的骄傲心理更加猖獗。有一天，梁主任在开会的时候，发现小吴并没有像其他同事那样做笔记，而是津津有味地看着手机报。谁都知道，梁主管在工作上要求很严格，每次开会都要求员工认真做笔记。但念在小吴初犯的份上，并没有当场责怪，而是不动声色地给他提醒。可沉浸在娱乐中的小吴怎明白梁主管的良苦用心，非但没有收敛，反而看到动情之处大笑出来。

这让梁主管在面子上很过不去，他生气地说："有些人仗着自己有点小聪明就不把公司的制度当回事，这样的员工再有才，公司也受用不起！"

小吴的失败就在于太把自己当回事，当然，他也坚信梁主管爱惜人才，不会责怪自己。正是这样的思想注定了小吴失败的结局。这同样也在警醒我们，在职场的大舞台上，一定要看清自己的立场，永远不要把领导当成自己真正的哥们儿，否则最后吃亏的还是自己。

职场小规则

职场中的人际关系很复杂，任何人做任何事情都与利益有关，不要觉得你和领导人的关系好就可以捷足先登，有时候，爬在最后的一个人或许就是你。领导要开除一个人很简单，即使他不主动提出来，也会有办法让你离开。如：他可以不让你工作、不让你值班、不让你出差、不让你加班……只是让你拿死工资。但就是这么一点，就足以让你主动走人了。因为那点工资根本不够你养老婆孩子。在这种情况的迫使下，想必他不说让你走，你都要主动辞职。

4. 老板娘才是最大的

职场中的人有时候真的是身不由己，和老板的关系好不一定能升职，但如果能讨得老板娘的欢心，升职恐怕就不成问题了。这么说的道理其实很简单，通常情况下，家庭中的男人都要听女人的话，尤其是有事业心的女强人，总是将男人管得服服帖帖的。作为一个女人，如果连这点能耐都没有，那还有什么家庭地位可言？所以说，老板大，老板娘的权力更大。想要升职，就要懂得讨老板娘的欢心。

懂得在老板娘身上下注

职场中的人，为了得到一点点的小利益，每天都跟在老板背后拍马屁，有事没事送个礼，吃个饭，可大量的投资进去了，却一直都不见收益，想必是石沉大海了，钱也砸进去了，事情没有办成不说，还被别人说成是"马屁精"。聪明的人不会让自己陷入这样境地的。

王荣是职场的一名普通员工，刚进公司没多久，看着身边的人一个个跟个马屁精一样跟着老板身后，王荣觉得这不是个办法，在这么多竞争对手面前，自己不可能被老板看到。更何况王荣没有高学历，没有让人赞服的口才，就连送礼的钱都没有，要让老板透过众多职员看到自己，实在是难。

王荣实在不甘心，自己一家大老远地从外地搬迁来，为的就是生活好一点，而如今，眼前就有一个升迁的职位，但竞争对手实在太多。让她这个普通的不能再普通的小员工与众多高等学府出身的职员相比，她没有信心。

一天下班的时候，听同事们说老板的太太生病住院了，大伙打算一起去看望。王荣顿时觉得机会来了。她随着公司职员一起去医院看望老板娘，在病房里，看到老板忙乱地收拾东西，心中更加确定了自己靠老板娘赏识得到升迁的想法。

第二天，王荣提着自己在家煮的粥来到了医院。当她站在病房门口的时候，老板和老板娘的表情都有点茫然，因为王荣普通得没有给老板留下任何印象，以至于站在门口都没有人认出来。经过尴尬的介绍后，王荣来到病床前："人生病的时候，不能吃大鱼大肉，这是我专门煮的粥，营养又保健，对身体很有帮助。"老板娘的眼中流露出无限的感动，王荣接着说："昨天我们来的时候，老板慌乱地收拾东西，看得出来，他一点都不会照顾人。女人的身体最宝贵了，容不得半点马虎，你要吃得好才会健康。我也刚从外地搬来的，知道身边没有亲人照顾的困境。汤都快凉了，快喝吧。"

王荣可以看出来，老板娘已经被自己煲的汤给"收买"了。之后的几天里，王荣每天都煮好了粥到医院看望老板娘，陪她聊聊天。她知道老板娘平时一个人在医院无聊，于是故意拿几张报纸给她消遣，几天下来，两人的感情也就顺理成章地以姐妹相称。

后来，老板娘健健康康地出院了。一次她和丈夫一起吃饭时说："你们公司不是正好要选个什么职位吗？你看王荣怎么样？""怎么啊，她要你替她说情的。"老板娘正言道："本来我也觉得她照顾我是为了那个职位，可一直到我出院的时候，她一个字都没提。我觉得她这个人挺踏实的，而且办事又细心，待人也和善，为什么不用呢？"

两天后，王荣收到了人事部的通知，顺利地走上了升职的道路。

王荣的成功在于她懂得把握时机，善于利用别人看不到的机会，为自己创造利益。王荣是个普普通通的小职员，普通的老板对她没有一点印象，但最后却走在了众多高学历职员前面，这不因为她有多大能耐，而是因为懂得"老板娘才是最大"的道理，充分抓住老板娘的感动之心，为自己的升职创造了最有利的条件。

惹老板娘不会有好下场

人们常说"每个成功男人背后都有一个成功女人"。其实在员工眼里，这句话也可以理解为"每个成功老板背后，都有一个强悍的老板娘"。现实生活证明，这样的推理一点都不为过。

小杨可是老板的心腹，有什么活动都是他直接通过老板去组织的，在公司里他虽然还只是个小职员，但他相信不久以后自己肯定能升官发财，同样，办公室里的其他职员都这么认为，所以和小杨说话的时候都是客客气气的。

老板和老板娘的夫妻关系一点都不好，这一点整个公司的人都知道，但他们却不知道老板在外面还有个女人。而这件事情只有小杨一人知道，并且他和那个女人的关系还挺熟悉的，每个周末小杨都要负责打电话到老板的家中，谎称公司有事，希望老板能在百忙中到公司一趟。一开始，老板娘对小杨的印象很好，认为他是忠于企业的好员工，可后来，他打电话的次数多了，老板娘反而有点不太喜欢了。好不容易一个周末，总是让小杨一通电话就将丈夫唤走。

这个周末还像往常那样，小杨说公司有个合同没有谈妥，希望老板尽快赶去，老板娘的好心情自然也就被破坏了，一个人闷闷地上街上逛。可是当她经过一家咖啡厅的时候，透过窗户看见自己的丈夫和另一个女人在喝咖啡。她生气地走上前，准备大闹一场。而这时，坐在车上等老板的小杨看到后，马上也跟了上去。

当老板娘来到咖啡桌前的时候，丈夫先是一副吃惊的样子，后来竟然淡定地介绍起来，"这位是我的太太，这位是小杨的女友莉莉。"老板娘用怀疑的目光看了女孩一眼，似乎不大相信，丈夫忙解释，"小杨上洗手间了，一会就过来。你怎么会到这儿，也不找几个姐妹逛街去？"老板娘还没有开口，小杨就在后面亲切地喊起来了："哟，我就说看着像老板娘，果真就是。介绍了吗？这是我女朋友莉莉。"看到小杨爽朗的笑声，老板娘的心才放下。"你不是说

今天有个合同要谈吗？怎么跑这来了。"老板娘问。"今天的合同谈得太顺利了，没一会就签上了。刚巧莉莉给我打电话，就来这坐坐。"小杨不好意思地摸了摸后脑勺，老板娘也不再追究。

后来，老板就这件事给小杨加了薪，说他表演得太像了。可是后来，事情却又有了意外变化。老板娘在无意中看见了丈夫手机里的短信息，知道他确实在外面有女人，而且就是小杨谎称是自己女友的人。知道东窗事发，老板将一切责任都推给了小杨，并苦苦哀求妻子给自己一个机会。老板娘或许也是碍于面子吧，没有将事情闹大，只是让丈夫将小杨辞退了。

这就是和老板娘唱对台戏的下场，小杨在这件事情中或许是无辜的，但最后却成了受害者，完全在于其选择的立场不对。对于一个女人来说，谁不希望自己的丈夫爱自己，发生这样的事情，她宁愿相信是小杨的教唆，也不会真的把自己的丈夫推给别的女人。而小杨一开始充当的角色就是破坏其家庭和睦的"小人"形象，东窗事发后，怎会有好下场！

职场小规则

老板的职位再高也高不过老板娘，无论是拍马屁还是求职升迁，将目标锁定在老板娘身上就对了。即使她没有掌管公司里的生杀大权，但每天的枕边细语，也会让老板们招架不住，所以，说老板娘的权力最大一点都不为过。如果你想升迁，不妨从讨好老板娘开始，女人既好哄，又好说话，一点小便宜就能收买人心。

5.　有些事只能想不能说

　　职场中的潜规则让很多初入职场的新人昏了头，明明不喜欢，却还要在老板面前表现出自己的喜爱；明明是老板的错，却还要点头哈腰地说一大堆奉承的话；明明那么讨厌加班，却还要笑着说"为企业付出是我的荣幸"。这些现象虽然让新职员感到压抑，但却是个锻炼自己的好方法。

不要和老板较真

　　一个固执的员工在办公室里很难受到同事的欢迎，为什么，太较真！对待工作认真负责是件好事，但过分执著，抓住一个问题不放，就不是好事了。

　　王军在公司上班的时间不太长，但期间加班的情况却时有发生，对此，王军的心里一直都很不满意，虽然有加班费，但每天工作那么长时间，让他觉得身体很疲惫，晚上工作到很晚，早上还得早起赶公交，这样的生活不是他想要的。

　　一次会议上，经理讲过话后，问大家是否还有什么问题。王军早就和几个要好的同事商量过，要求公司取消加班的情况，可现在办公室安静得很，没有一个员工站起来提这件事。眼看着经理的眼光扫过每个人，王军的心理波涛汹涌，如果一直不说，岂不是要一直过着加班的生活么？"如果大家都没什么意见，那么现在散会。"经理起身，向门口走去。"等等，"王军也起身，喊住经理说，"经理，我们希望公司取消每天的加班。"经理又用眼光看了看会议桌上的每个人："我们？谁！"王军本希望其他同事也都站出来，一起建

议取消加班，却没想回头一看，每个员工都低着头，根本就没有要站出来的意思。经理说了句"我会考虑的"转身就走了。

王军是个急性子，看到在场的同事们如此表现，心中万分愤怒："私底下怨声载道的，真正让你们站出来的时候却一个人都没有，哼！"

王军是真的很生气，自己主动站出来为大家争取利益，到最后却落得被人抛开，孤军奋战！但越是挫折，王军就越是要前进，既然大家都不敢站出来，王军就决定一个人提议。一周之后，又是一个会议。王军在散会前，又一次提出取消加班。经理先是有些吃惊，然后脸上又流露出一种厌烦的表情。王军说："即使真的要加班，也可以让员工自主选择，他们觉得自己有精力就可以选择加班，如觉得疲劳，可以选择休息。"经理似乎有些恼怒了，他想，这个世界上怎么还有这么顽固不化的员工，提一次就算了，现在居然又提出来，一点都不懂得看领导的脸色。"加班是公司的意思，再说员工加班都有加班费，多拿点收入不好吗？如果有人不愿意，完全可以离开。"

很明显，王军的提议只是在给自己找难堪，以他的性格，绝对不会再呆下去了，于是他愤怒地走出了会议室。

王军的做法虽然是在为全体员工争取利益，但却没有人敢站出来为他说句话，这让王军的心里很不是滋味。但公司绝对不会因为王军的离开而无法正常运转。相反，王军的辞职只会使别人不再走王军与领导较真儿的道路，而加班的事情也就会一直维持现状。如果王军在第一次碰壁之后就妥协，放弃三番五次提意见的做法，也就不会有他辞职的事情发生了。

不要指责老板的不是

老板是最要面子的人，尤其是在自己职员的面前，绝对不能输了威信。聪明的员工明白，即使老板真的错，也不要在公共场合提出，而应尽量选择一个单独的时间，用委婉的口气提醒老板，而且话要说得"点到为止"，剩下的事情最好是双方心照不宣地理解。但是有些员工就是不懂得这中间的窍门，三番五次地让领导人当众出丑。

小林是公司新聘用的职员，刚进入公司，很多事情都不是太了解，所以他总是严格要求自己，对待工作更是兢兢业业，不敢有半点马虎。小林的勤劳踏实受到了很多员工的好评，他也因此被经理看重，直接升职做经理助理，这个消息对小林来说实在是太兴奋了，他高兴得一整夜都没有睡。

第二天上班，小林看上去还是格外精神，一点都不像失眠的人。他不断告诫自己，刚进公司的新人有这样的机会真的很难得，一定要珍惜眼前的一切，不能有丝毫的怠慢。在这种精神的鼓励下，小林进步很快，但比起一个优秀的经理助理来讲，还有太多要学习的地方。

但是时间久了，小林觉得身边的同事并不是什么名牌大学毕业的，有的时候也会出错，而且错得很离谱。小林的这个发现是有根据的，因为他每天都在为经理办事，他有很多错误也是让小林哭笑不得。

这天，小林下班后和同事一块回家，在路上，小林无意间提到了经理在会议上出现的口误，当时他真想当面指出来，但硬是压住了脾气，没有笑出声。

可是第二天，小林就被经理叫进了办公室。他和颜悦色地说："小林啊，你是不是觉得我的普通话不标准？""没有啊，我没这么说啊！"在说这句话的时候，小林的心中就想：不是普通话不标准，而是经常表达错误，偶尔还会用错词语！

"小林啊，你不要觉得拘束，有什么意见就说出来，我很欣赏大胆提出问题的员工。"经理话语中确实有几分诚意，小林想了想，说："经理，我说了，你可别往心里去啊。你昨天在开会的时候出现了很多口误，还经常念错一个字的发音……"经理的脸上有些不好意思，让一个新员工来指责这样的过失，面子上实在过不去。

可是，没想到的是，小林这一开口还就合不上了，滔滔不绝地将经理身上出现的错误一点不漏地讲了出来，甚至讲到兴奋处的时候他高兴得笑出了声，连经理故作的咳嗽声都没注意到。直到有人来敲门的时候，小林才收敛住自己捧腹大笑的样子。

之后的一段时间里，很多同事都说没见到小林，听说是被辞退了。

小林犯下的错误是很多初入职场的新职员都曾遇到的事情，有的时候这种员工连自己被辞退的原因都不知道，这就是不懂得职场潜规则的结果。职场如战场，很多新职员由于没有认识到事情的严重性，随着自己的想法胡乱说一通，结果得罪了自己的老板也不知道。有些话放在自己肚子里要比说出来更保险一些，因为说不准哪句话就会给你带来厄运。

职场小规则

在职场中，有些话自己一个人唠叨唠叨就行了，没有必要非找个人诉说；有些事情自己一个人知道就行了，没必要非要当着领导的面说出来。职场中的人际关系非常复杂，尽量还是不要为自己找麻烦的好。但有些脾气执拗的人就是不能容忍不合理的事情发生，对一件小事死抓不放，既让领导伤神，又给自己带来霉运。所以，做人不要太死板，有些话也只能说说而已，不要太认真。

6. 不拍马屁难成大器

有人说，现在的社会中，不拍马屁的人根本就混不下去。作为一个白领，在职场上你应不应该学会"拍马屁"呢？答案是肯定的。在一个公司里，下属拍上司的"马屁"，实际上是一件很正常的事。回想过去，人们之间相互"拍马屁"也就跟街坊邻里见面时互相道安问好一样，是一种人与人之间的交流沟通方式。

作为一位白领人士，谁敢说自己从来没有拍过上司的"马屁"呢？白领在职场上打拼，不可能一点也不"拍马屁"，只不过大多数时候你"拍马屁"是玩笑与善意，没有什么"不可告人"的企图，对方也就一笑了之罢了。因此，对于身处职场的白领来说，你应该反省一下，应该将"拍马屁"当作是一种正常的交流沟通方式来对待，自我挣脱那种陈腐过时的意识形态的枷锁。或许作为一名白领的你不屑于用"拍马屁"去提升自己的职位，但是，"拍马屁"会让你提升得更快，大大降低你晋升的成本。

正确看待拍马屁

职场里的白领们打拼多是在为生存而奋斗。为了多加点薪水，为了晋升得快一点，你给自己的上司说几句好听的话，这有什么错？特别是对于职场新人来说，你的上司就是上帝的影子，在某种程度上他决定你一生有什么出息和有多大出息！混杂的社会并不是你眼中那纯洁公正的校园，每个人的生存都不容易，你再骄傲，再有本事，也得看老板的脸色行事，老板说你行你就行，不行也行；

说你不行你就不行，你行也不行！

小思在公司做文秘快一年了。上个月老总的助理被调走了，小思以为助理这个位子非己莫属，可是，昨天老总让一个到公司才不到半年的前台接待占了这个位子。为什么是那个"接待"而不是自己当助理？小思认为其主要原因是那个接待是个"马屁精"，她是靠"拍马屁"爬上去的。所以小思一直都不明白，为什么在这种强调能力至上的外企，也要用"拍马屁"才能得到提升？

小思觉得，一个人如果不能坚持自己的意见，在老板面前唯唯诺诺，没有个性而唯命是从的话，就算不得真正有本事。她不愿意用"拍马屁"的方式来获得晋升，因为她认为那是对她人格和尊严的一种侮辱，况且，她也不想让同事们在背后戳她的脊梁骨。可是，眼看着人家一个个都在往上爬，小思不仅觉得没面子，而且心里也感到很失落。

现代职场中员工与上司的相处，很多时候就跟谈恋爱一样，双方都需要适度地"哄一哄"，而这"哄"无非就是嘴甜一点。你的这种恭维无伤大雅，只不过是融洽一下气氛，增加上司对自己的好感和了解。在职场上，包括你的上司在内，有几个人不爱听甜言蜜语呢？你完全可以换位思考一下，倘若你是上司，你会希望自己的下属整天绷着一张脸，让自己难堪吗？

"拍马屁"是现代职场人的一种需要，是最佳的人际沟通方式。每一个人的内心都渴望得到别人的肯定和尊重，你的赞美正好使对方心灵深处的需求得到满足，你的赞美同样也是对方自我价值实现的一种方式。没有人会讨厌别人对自己的赞美，所以，在人际交往中千万不要吝啬你的赞美之辞，它不仅使你活得轻松，而且经常能化腐朽为神奇，帮你扭转局面。夸赞别人是有技巧的，要寻找对方的长处来夸奖，当然，这也并不是什么难事，每个人都有一定的长处，懂得欣赏别人，也能使别人了解你的品味。夸奖对方也是表达自谦的方式，聪明的人总能够在合适的场合和合适的时间用合适的方式来"拍马屁"，而那些自以为是的人总爱找别人的缺点加以批评，或者找不在场的人的缺点来取悦在场的人。

如果哪位白领人士认为拍上司的"马屁"会对自己的人格尊严造成伤害，那么只能说你的心灵太脆弱和狭隘。有些职场新人认为"拍马屁"会失去自己的个性，作为现代人，必须有自己的个性。但是究竟什么才是真正的个性呢？作为一名白领，你讨厌有员工在大庭广众之下给上司献殷勤，但却不知道，如果"马屁"拍得含蓄一点，说三道四的人就会少很多。这是一种技巧，同样也是一种个性。

拍马屁能少走很多弯路

如今的社会太复杂，尤其是职场人际关系，要想在办公室里出人头地，赢得上司的青睐和同事间的和睦，并不是一件轻松的事情。有一些职场中的人最受领导喜欢，不管他们是否有能力，老板时时会想着他们。但通常情况下，职场中人都认为这是种不正之风，应该防微杜渐，坚决抵制，并且对喜欢拍马屁的人"敬而远之"，殊不知这种拍马屁，也是能力的一种体现。

其实，企业里的"拍马屁文化"究竟是好事还是坏事，关键要看"拍"者的动机。倘若他是出于真心的一种赞美，或者是出于想搞好人际关系，能够让大家有一个其乐融融的工作环境，如果动机是良好的、是正面的，这是可以允许的。

我们都知道，清代大贪官和珅是最会哄皇上开心的人，他能赢得皇帝的一再信任，关键就是有一双巧嘴，但实际上领导人也很喜欢这样的夸赞。通常老板对于马屁有两种态度，跟自己意见相同的这些人拍马屁，他觉得都是真的；但倘若此人表面上拍自己的马屁，而暗地里又有着不同的想法，甚至于背后议论自己，他就觉得这种人非常讨厌。

会拍马屁的人无论走上哪个岗位，都会深受领导的爱戴，因为拍马屁在一定程度上是对领导的尊重，对领导的一种赞美，甚至是对领导某些好行为的一种鼓励。领导高兴了，职员的生活也必定会有所改善，所以，这是一个连环的利益，只要有利益可寻，为什么不做呢！

小张是个很懂得看领导脸色的员工，因此在公司里的人气也很旺。在领导面前，小张很听话，很会办事，脑子也比较灵活，只要老板使个眼色，他

就能很快地做出相应的反应。和老板一起出去的时候，他都会事先将一切安排就绪，让老板爱怎么玩，就怎么玩。

例如，小张得知领导明天要去哪家宾馆饭店休闲屋留宿吃饭休闲，他就会提前把账单给买了，或者干脆在那里等着，让老板切实体会到"宾至如归"的感觉。小张每次和老板在一起玩牌的时候，都会输得很体面，不留一点痕迹，让周围的人不得不佩服。虽然也有很多人对小张的行为嗤之以鼻，但却不得不承认一点，小张的办事能力确实很强。

老板经常当着职员的面说："小事看人品，大事看能力，像小张这样聪明的员工一定会有大作为的。果不其然，没过多久，小张就迎来了自己的春天——加薪升职！

现实情况里，有很多人在职场中对拍马屁很不以为然，觉得只要自己有能力，认认真真地工作，踏踏实实地做事，领导就会清楚，早晚有一天，也会得到大家的认可。当然这样做不是错的，拍马屁者，如果没有一点工作能力，只会乱说话，早晚也会一事无成的。领导又不是傻瓜，他们也需要一些要做事的人。凡是都没有十全十美的事，有能力的人可以大胆地表现自己的能力，但是没有必要去讽刺那些拍马屁走出来的人，因为毕竟不是每个人都有这样的能耐。

职场小规则

其实，这对于那些有能力的人来说，不妨学得圆滑一些，在工作时也拍点马屁，有点能力，又会说话的人最受领导的喜欢。不要以为工作只赚点工资就可以，每个人的生活目的不一样，工作态度也不同，在职场中受到领导的重视也是一种价值体现。当然，同事之间拍马屁有利于建立良好的人际关系，是自己的工作得以顺利完成，目的得以顺利实现的一种方法。拍马屁并不是要让你不分场合地乱拍一气，成功的奉承是一种为人处世的技巧。不要小看了那些拍马的人，真正换成你，也不见得就比别人强，所以，拍马屁也是现代社会的交际能力和沟通能力的一种体现。

7. 别和老板谈公正

　　工作中，职员不能苛求老板一碗水端平，一味追求公平往往不会有好结果。"追求真理"的正义使者也容易讨人嫌，有时候，你所知道的表象不一定能成为申诉的证据或理由。对于这样的现象，你不必愤愤不平，因为等你深入了解公司的运作文化后，会慢慢熟悉老板的行事风格，也就能够见怪不怪了。

　　老板和员工是两个截然不同的阶层，各有各的所需，是阶级性决定了老板和员工关系，这与道德、感情、人性无关。如果你是一个好员工，就要对上司交代的工作负责到底，并且要完成得漂亮。倘若你遇见了一个严格的上司，要觉得那是种福气，因为在这种人下面工作，只要能够撑过来，将来就再也不会碰到比他更严格的人了。

老板的话就是公正

　　在一个企业中，平等只是相对的，而不平等却是绝对的。屋檐下的职员向强势的老板"叫板"怎能行得通？通常情况下，"叫板"的人都是平时不太有机会和大老板打交道，或者太有机会和大老板打交道的人才会做"叫板"这样的事情。因为大多数的普通员工在老板眼中都是一群面目模糊、寡言少语的家伙，轻轻地来了，又轻轻地走了，不会留下什么深刻的印象。

　　"沟通"一词多存在于平级之间，因为平级之间可以比较容易地做到双方意思的传达和接收，彼此不用谨慎地去防备说错了话怎么办。然而，在上下

级之间，就真的是有条不可逾越的"沟"了，这种情况下，下级就需要掌握时机，用技巧向上级传递信息或者自己的思想见解。

这种情况在私营、民营企业里尤其明显。在那里，老板的权力最大，员工只有服从的份。当然，这也不是说员工不可提意见，意见是可以提，但老板接受不接受就是两码事。这就是职场中的潜规则，说白了就是一场交易，你觉得可以接受，那老板就会给你工作机会；你骨头比较硬，那也就只有走人的份。

事情的起因是这样的：一天晚上，某公司区域总裁回办公室取东西却发现没带钥匙。此时他的私人秘书已经下班，总裁试图联系未果后，难抑怒火。于是他连夜给其秘书发了一封语气生硬的电子邮件，并同时抄送了公司其他几位高管。

但是让人意想不到的是，该秘书收到了总裁的"谴责信"，非但没有主动道歉，反而向公司全体员工发了一封同样措辞严厉、据理力争的邮件。这封信着实让员工们大跌眼镜，全公司员工在惊讶之余后开始疯狂转发这一邮件。没过几日，这一公司内部事件就成了全国皆知的秘密，女秘书更是获得了"最牛女秘书"称号。总裁当然不会让此事一直发展下去，于是便更换了秘书，而原来的女秘书在辞职后一直都没找到工作。

女秘书的做法无疑是太过偏激了，毕竟那是自己的上司，和上司叫板，你行吗？这一事件中的女秘书就为广大职员做了一次代表，当职员一方遇到困难，尤其是遇到上司、老板的误会、刁难，甚至欺压时，是直言不讳、据理力争，还是忍气吞声、默默承受？究竟是要和老板对抗到底，还是该委曲求全，接受批评和指责？如果你实在忍不住和老板叫板，又如何才能全身而退呢？

是员工或许会说：一定要力争自己的合法权益。但是你想过吗？和老板叫嚣还想不吃亏，这简直就是一个笑话！就算你的叫板有理有据，也会让你成为刺头、反抗者，叫板无论输赢对你个人都没什么好处。即便你的叫板真的成功赢回了面子，但结局不还是丢了饭碗吗？老板在上，员工在下，叫板多半是注定要失败的。

企业没有绝对的公平

员工在企业中遭受老板的刁难、欺压的情况，在我们日常工作中似乎很常见，但却很少有人敢站出来抵抗，因为大家都知道，这就是在用鸡蛋碰石头，绝对不会有好下场。是的，和老板谈公平是绝对不可能的事情，只有那些"箭在弦上，不得不发"的员工选择了"叫板"。

其实，叫板也是讲究技巧的，不一定非要咄咄逼人才能显出你很有道理。理性的、按理说事的叫板更有杀伤力。作为职场白领，涵养与修养是很重要的，生硬的叫板只会让老板厌烦。在叫板之前，首先要学会衡量老板对自己的依赖程度。倘若在公司里你是一个可有可无的人，就算突然离职了，公司也随时可以找人顶替。如果真的是这样，自己便不能贸然顶撞老板，只能忍受各种不公正。

小李最近的工作很不顺利，经常被老板骂，而且还没有一点解释的机会。小李是公司人力资源部门的一名员工，他们每次外出都需要带公章办事，比如社会保险工伤类，劳动纠纷类，医院结账，法院诉讼等等，尤属社会保险部门需要盖章的地方更多，而且是不能拿回公司盖的。但是公司的其他部门也有很多需要盖章的情况，这样就经常会造成用章的冲突，况且公章离开老板的视线他也觉得不踏实。后来，为了办事方便，老板专门给人力资源部刻了一个假章（当然，这也是事后才知道的），专门交由人事外用。

本来这件事情一直都是按照老板的想法好好发展的，可刚好小李来公司的时候运气不佳，由于那个盗版章年份已久，导致边缘部分有点残缺不全，而小李只是跟主管发出个这样的疑问，反映过类似的问题，但是主管没有响应，所以小李外出办事还是照旧盖那个章。说起来这事情也够凑巧的，之前这个破章用了那么久都没问题，刚好赶上社保站站长查资料。检查中发现小李公司盖的章有问题，再后来就发现那个经常用的章是假的，于是要求打电话给老板，导致老板颜面无存……

小李看得出来，老板当时也是忍气吞声，但回去后就对人力资源部大发雷霆。由于那个章是小李盖上去的，所以理所当然地成了炮灰。虽然小李也不知道那个章有问题，只是参照以前的做法，但老板根本不听小李的解释，完全把他当作了出气筒。

从这之后，每次需要带公章出门时，都要到老板那里申请。小李本来说好了要在周二用公章，但是老板人又不在，导致准备办事的人员以及司机空等了一场，最后只好将行程改在周三下午。小李担心老板下午又不在，于是一大早就到办公室拿章，但却又遭到一顿臭骂。骂就骂了吧，谁让自己这么倒霉呢？小李心里抱怨着。可老板却不给章，说是下午自己还要用，还质问他昨天为什么没来拿。小李忙解释昨天来了却没见到人，但老板却不听他的话，说自己昨天一天都在！

经历了这么多事，小李感慨万分：千万不要和老板谈公正，因为那根本就是不可能的事！

小李这样的遭遇确实很倒霉，糊里糊涂地挨了批，还不能有什么怨言。这样的事情在现实工作中确实很常见，但却不是每个员工都能像小李这样忍耐。工作中确实很难有绝对的公平、公正，尤其是上司和下属之间，一旦产生矛盾，吃亏的一定是员工。

职场小规则

如今的就业形式如此严峻，找一份满意的工作不是件容易的事，所以员工在面对争端与冲突时，首先应该为自己的利益着想，能忍的时候尽量多忍耐着，不要因为一时的冲动而丢了饭碗。从企业角度讲，虽说人才有的是，可是在这种情况下走了一名重要员工，再招人来填补的期间所损失的也不小，况且现代社会传媒如此发达，众说纷纭中，对企业本身也会产生一些短期所不能消除的负面影响。所以，如果职员与管理者出现了矛盾纠纷，应尽量做出点让步，采取偏激的做法只会给自己带来不利。

8. 越级报告是禁区

在工作中越级汇报是不明智的举措，操作不当，不但直接得罪了上级，还很有可能给上级的上级留下负面印象，但运用得好，则可以获得很多机会。很多供职于公司拥有体面职位的人，其实都没什么安全感，越往高的职位就越没有安全感。这种情况往往都是因为上层领导的默许，于是下属开始越级汇报，直接把他当成了架空层。这些公司通常会有一种奇怪的企业文化：不要觉得现在的位置是因为你工作出色，那是因为你在公司这个平台上，告诉你吧，你爱来不来，门口等着这个位置的人正排着队呢！

不做"架空层"

无论你和自己的顶头上司是否有矛盾冲突，最好不要选择越级报告的方式。越级报告属于非常规性武器，如果你因为一点鸡毛蒜皮的小事就去越级汇报，或是仅仅看了事情的表面现象而未进行深入分析，就很容易让自己深陷越级报告的泥潭。即使你和公司高层领导有私交，也不要轻易越级报告，一旦你的主管知道了，就会对你产生想法，觉得你扰乱了整个单位的秩序。

王汉是公司的部门中层，他的顶头上司是分管副总。相当长一段时间以来，两人关系还算维护得不错，因为利益一致，所以目标与手段全都能统一在一起。王汉是新晋升的中层，锋芒毕露，一心要在职场中崭露头角。所以，他除了对自己要求比较严格外，对部门里的同事管理也较严格，从上下班时

间到业务考核，全都不放过。当然，王汉的这一做法并没有错，是一个负责任的中层必须要做的。可问题的关键在于，别的部门没有他这里管得这么严格，所以下属们开始转了风向，要把对他的不满意转诉到更高一层的领导那里去。这一转诉不止是员工的不满，工作上任何事也直接向上级领导汇报了，直接把他给当成了架空层。

巧的是，他的顶头上司分管副总也是个刚从子公司调任上来的，急于搞好人际关系，不管和谁都打得火热：先是百般赞扬王汉，告诉王汉无论怎样严厉对待下属都是理所应当的，自己会力挺王汉的做法。可是当他听到那些下属对王汉管理方式的不满意时，又全盘接收，说王汉这种管理方式属于"用力过猛"，应该更"以人为本"。后来，这位分管副总以下属的投诉意见来控制王汉，温和但又严肃地正告他，再这样下去，人心会散掉，队伍也会带垮掉的。

王汉看到这样的情景，心中感慨万分。一是他感觉人心难测，部门里的同事大半都是他招聘进入公司的，自己于他们有恩，这些人现在居然在背后这样告自己黑状；二是就没见过一个像这位副总一样的高管，成天和一帮公司的基层人员打成一片，偏听偏信，时不时还把那些意见拎出来吓唬一下自己。现在王汉才明白，所谓中层就像老鼠钻在风箱里，两头受气，与其这般忍耐，不如另谋高就，反正也有人排队等着自己的一个小位置。

在职场中，很多高层管理者都希望对公司的事情掌握足够的信息，但是单靠中层管理者向上汇报，又担心事件的真实性，于是他们愿意让一些普通员工直接汇报。一方面通过层层汇报上来的信息来了解，另一方面也希望得到一些未加处理的信息，作为辅助参考，使得所掌握的信息更加全面真实。其实，这样的方式早在武则天的时候就有，她不但在朝堂之上设立了一个专收告密信用的铜匦（等于一个举报箱），还允许普通老百姓直接上告。所以，越级汇报的方式不仅是高层领导了解中层领导的一种方式，甚至是一种牵制中层领导的手段，现实生活中的各种实例也说明，中层领导者的许多问题往往都是基层员工的越级汇报揭发出来的。

越级报告是大忌

在职场中，员工如果没有特殊情况而越级汇报，就是犯了职场上的大忌。当领导的都希望自己能全面及时地了解下属的各方面动向，再反映给上一级。如果发生了越级汇报，就会有高层直接过问一些自己尚不清楚的情况，这时候自己就会变得很被动。话说白了，就是明摆着员工眼里没有他这个领导，这种事儿放谁心里都会有一个疙瘩。

张文良在一家设计公司工作，他所在的设计组总共有十来号人，由一个组长负责，这个组长也就相当于公司的小中层。平时设计组的大小事情以及与其他部门的沟通都是由这个组长出面，每次的任务也由组长从公司高层那里接过来，然后分配给设计组的成员。正常情况下，一个方案往往要经过大家多次的讨论才能最终确定，决定之后再由组长上报给公司高层。

一周前，张文良和他的同事们为了一个企划案争持不下，小组的意见很多，但最终都没有一个确定的说法。就在这个时候，组长临时有事出差了，临走之前留下一句，这个企划案放到他出差回来之后再讨论，于是大家也就没再想这个事。

但就在小组长出差期间，张文良在公司餐厅偶然碰见了公司的一个高层领导，两人坐到一起吃饭。吃饭的时候，这个高层顺便问起了那个企划案的事情。当时的张文良并没有多想，只是把目前组里对这个企划案的各种意见都一五一十地向高层作了汇报，顺便也提了一下自己的想法，领导似乎对他的想法很感兴趣，两人还深入地谈了一会儿。

可让张文良意想不到的是，组长出差回来以后就没给他好脸色看。有同事在私底下告诉张文良，公司高层经过讨论给出了这个企划案的最终意见，而这个想法竟然是张文良那天吃饭时与那个领导说过的。该同事也觉得张文良做的事情有点过分了，自己捞功劳不说，关键是没把直管领导和其他同事放在眼里，这就叫越级汇报。张文良这才意识到事情的严重性，怪不得大家

对自己的态度都改变了，原来是吃饭时的多嘴搞得如此尴尬。

再后来，小组长找张文良交流了一下，在谈话中，他暗示张文良：组里的事情在没有确定之前是不能泄露出去的，包括公司的高层，而有些事情则必须要通过组长去做，他只要做好分内的事情就好。经历了这段风波以后，张文良就乖乖做着自己分内的事，并严格管好自己的嘴，绝不做越级报告的事情。

从这个小故事中，我们不难看出，越级汇报不是不可以，但要少用、慎用，关键时候用。比如你的主管领导为了自己的私利，故意曲解高层领导的方案，或者对你存在故意的、明显的打压行为，甚至为了逃避责任，设计种种圈套将责任转嫁到你的身上。如果你在多次和上级领导沟通无效的情况下，这时候进行越级汇报，就是一个保护自身利益的有效手段。

但即使真的采取越级汇报的手段，也要注意自己的方式和方法。尽量争取面对面谈话的方式；态度要诚恳，处处体现对领导的尊敬和对工作的负责；要站在整个单位利益的角度，而不要光是从自己的利益出发；摆事实讲道理，客观、真实地陈述事情发展的过程，不要带有主观的判断；阐述一下跟主管领导的几次沟通情况，让对方明白你是不得已才越级汇报，让对方全面了解事实，并非打小报告；提出你所面临的最主要的问题，并以委婉的语气提出一些解决方案等等。注意这些小方法，越级报告的采纳程度才会高，领导对你的看法才会公正。

职场小规则

自作主张、越级报告，是职场新人自负和不成熟的表现。新人们应该学会全盘考虑各方的利益，学会尊重同事，尊重上司。工作中，若是要越级报告，首先需要先检视一下自己的动机，是为公司利益着想，还是为了个人利益。确认了这一点，你就能选择正确的做法了。所以，当工作中出现一些事情需要打报告时，一定要逐级上报，最好先与直属上司进行沟通，这样才能收到更好的效果。

第四章
同事之间的那些事

工作时间里，相处时间最长，见面次数最多的人就是同事了，可出现矛盾最多，最容易反目成仇的人也是同事。同事之间的相处有很大的学问，聪明的人能和每个人都和睦相处，为自己搭建一条长长的人生道路，而死板的人则处处碰壁，时常受人挤压。正确处理同事之间的关系很重要！

1. 同事之间最难处

社会在不断进步，经济在逐渐发展，整日早出晚归、东奔西跑，老婆孩子热炕头的时代早已一去不复返，下班就回家已荣升为"城市四大傻"，老朋友见个面仿佛比登天还难……蓦然回首，你将会发现，每天与你在一起时间最长的人既不是你的亲人，也不是你的朋友，而是你的同事。

从某种意义来说，与同事相处融洽非常重要，为了公司的共同利益，为了各自的私人利益，曾经素不相识的人们走在一起，心往一处使、劲往一处使，原本无需拒绝亲密。可是，你必须明白，同事就是同事，而不是朋友，同事与朋友是两个完全不同的概念。如果你误把同事视为朋友，那么，日后你若有什么不顺，也只得自己来承受了。

职场中没有朋友

职场如战场，同事就是竞争对手。在平日的工作中，同事之间是有一定利益冲突的。与同事做朋友，只能在无形中为自己埋下一颗定时炸弹，一旦发生爆炸，将会尸骨无存，毕竟他（她）已经了解你的所有缺点，甚至还握有你某些见不得人的"把柄"。

小何和小羽相继进入同一家公司，小何是一个人见人爱的女孩，小羽比她大两岁，二人的关系一直很好，可以说是闺中密友，不分彼此。

初进公司的时候，小何独自与顶头上司到某个城市出差，在当地城市呆了半个月左右，回到公司后，不论是公司的领导，还是周围的同事，都对小何刮目相看。由于小何在当地工作比较卖劲，深受当地各代理商的好评。再加上回到公司后，顶头上司对她"大力宣传"，一时间，小何成为公司瞩目的焦点，先后被评为"十佳员工"、"三好员工"等。

第二次，小何、小羽与顶头上司三人一起出差，这次出差并没有上次那般顺利。在出差的过程中，出现了许多麻烦事，最为麻烦的不是工作本身，而是他们之间的内部矛盾。在当时，顶头上司也分别与小何和小羽进行谈话。小何并不知道顶头上司与小羽谈过话，当顶头上司与其谈论一些比较敏感的话题时，小何才意识到与领导说话应该有所保留、有所顾忌，这样一来，顶头上司与小何就没有深谈某些问题。但回到公司后，顶头上司对小何的态度大有转变，而小何并没有多想，她认为只要把自己的工作做好，一切都是次要的。然而，事情并没有小何所想的那么简单。回到公司以后，小何与顶头上司的关系日趋恶化，但小羽却对小何异常亲近，与此同时，小羽也成为顶头上司身边的"红人"。

第三次出差又是小何、小羽与顶头上司三人，他们共同到某个城市出差，不幸的是，诸如上次出差之时的矛盾再次发生。这次，小何遭遇了许多倒霉的事情，到头来，她居然莫名其妙地成为众叛亲离的一个罪人，身边所有的人，包括小羽、顶头上司、代理商与当地所交的朋友，都在无形间对小何敬而远之，认为她是一个不可深交、不可招惹的女人。

小何简直不敢相信所发生的一切，她只知道那次出差是其一生都难以忘记的。事后，她整理了一下情绪，又从朋友口中得知，之所以会发生许多不快，都是由于她视如姐妹的小羽为了争宠，为了地位，在背后故意使诈，不讲原则地在背后"捅"了她几刀。

职场上没有朋友，只有对手。同事之间的情谊来得快，去得也快，在某个时期，彼此会朝着同一个目标工作，相互之间保持着良好的关系。但若把这种工作上的亲密无间发展至个人关系上，一旦产生利益冲突，就会彻底决裂。所以说，同事之间的关系是最难处的。

同事相处要多个心眼

在职场中，人与人之间的关系是最难处的，尤其是在同办公室的同事之间。在不断工作的同时，由于同事之间职位晋升等因素，往往会产生消沉、对立等不良情绪，并引发妒忌、自卑等心理，有的还会产生自暴自弃，酿成人格障碍。

小潘刚参加工作不久，见到部门的同事，就像见到亲人一般，每天与大家一起上班、下班，在谈笑之间，就把所有的任务都完成了；中午一起到餐厅吃饭，大家不分彼此，互相品尝着食物，其乐融融犹如一家人；晚上绝大多数人或前去泡吧，或一起蹦迪，或去打保龄球，不论是在工作方面，还是在生活方面，都感到尤为惬意。单纯的小潘竟然把这些同事视为自己的朋友。她时常自言自语道："谁说工作以后就不能交到真正的朋友？"

既然彼此互为朋友，大家就可以常在一起，大把大把地发牢骚，比如：这个偏心，那个变态；这个如此无知，那个是马屁精……谁人背后不说人，既然大家都是这样，小潘也不觉得自己卑鄙。然而，没过多长时间，小潘的意见便陆陆续续地从各个渠道得到反馈，当事人听取她的"意见"后，有的对她怒目而视，有的索性以牙还牙，有的偷偷为她"穿小鞋"。一时间，小潘感到尤为愤怒，异常伤心，但却发现自己找不到任何伤心的理由，毕竟最终被她视为朋友的同事，却难以想象地出卖了她。

同事之间的关系尤为难处，表面上看似关系甚好，但彼此之间又必须留个心眼。即使开个玩笑，也要注意用字、用词得当。若要做到这一切，你就要挖空心思、做好自己的本职工作，远离是非圈，避免自己成为职场八卦者。

职场小规则

  人际关系的处理是一门不易掌握的艺术。在学校时，与同学之间拌嘴吵架，并没有什么利益冲突，关系处理起来还较为容易；而工作后，与同事之间存在着各种各样的利益冲突，人们很容易在暗地里较劲，甚至在明处相互拆台，最终演化为"武斗"，这种事情已屡见不鲜。因此，对于身在职场的你来说，对周围的人一定要有所警惕，毕竟与他们只可能是同事而不能成为朋友，只有与他们保持适当的距离，才能避免自己受到不必要的伤害。

2. 不过分表现自己

在职场中，若要出人头地，的确需要适时展示一下自己的能力，使上司与同事均看到你的卓越之处，但许多趾高气扬的员工却时常陷入这样的误区，即把表现自己的时机错误地放于与自己同处一个阶层的同事面前，不知何为收敛，到头来，往往在激烈竞争中输得莫名其妙。

刻意表现往往适得其反

在现代社会，充分挖掘自己的潜能，展示自己的优势与才能，是适应挑战的必然选择。然而，表现自己也要分方式、分场合，倘若看上去矫揉造作，则会使人认为故意装模作样给他们看似的。尤其是在诸多同事面前，如果你一个人表现得异常积极，就会被人认为故意造作，最终将会得不偿失。

周丹是一家科贸公司的高级职员，平时工作积极主动，待人尤为大方，与同事相处得也很融洽。然而，在一个周二的下午，一个细小的动作却使他在同事心中的形象一落千丈。

那是在会议室里，当时好多人都在等待着开会，其中一位同事觉得会议桌的桌面有些脏，便主动拿起抹布擦了起来。而周丹仿佛毫不关注，一直站在窗户旁，漫不经心地向外张望。突然，她到那位同事跟前，一把拿过同事手中的抹布，坚持替她擦洗桌面。原本桌面差不多已被擦完了，无需他人的帮忙，但周丹却执意要求，在无可奈何的情况下，那位同事只好把抹布递给周丹。

刚接过抹布不久，董事长便推门而入。望到周丹在勤勤恳恳地擦洗桌面，一切仿佛都不言而喻了。

从那以后，大家再看周丹时，不禁觉得她为人假了许多，曾经对她的良好印象也由于这一动作一扫而光。

在工作的过程中，许多员工总是把握不好热忱与刻意表现之间的界限。他们总是把一腔热忱的行为演绎得看上去像是故意装出来似的，换而言之，这些人们学会的是过分表现自己，而不是真正的热忱。真正的热忱既不会使同事认为你是在刻意表现自己，也不会招致同事的反感。

在同事需要关怀的时候关心他们，在工作上应该出力之时全力以赴，则是智慧的表现；而不失时机或尽可能地抓住一切机会表现出自己"雄心壮志"、"是上司的好下属"，则会使他人觉得虚假而不愿与之接近。

不要在同事面前显示自己的优越性

法国哲学家罗西法古曾这样说过："如果你要得到仇人，就表现得比你的朋友优越吧；如果你要得到朋友，就让你的朋友表现得比你优越。"在办公室里，每个人都渴望得到他人的肯定性评价，均在有意无意地维护着自己的尊严与形象。倘若某位同事过分地显示出自己高人一等的优越感，就是在无形中对别人自尊与自信的一种轻视与挑战，其他同事的排斥心理，甚至敌意也会由此产生。

小李是某人事部门的一名科员，虽然他聪明能干，但却在很长一段时间内交不到任何朋友。之所以会造成如此结果，就是由于他整日在同事面前使劲鼓吹自己在工作中的成绩，每日有多少朋友前来请求他帮忙，那个不清楚名字的人昨日硬要为其送礼等。然而，听到他的"得意事"后，同事们不但没有与之共同分享成就，反而还颇不高兴。他自以为春风得意、骄傲跋扈，殊不知，同事们早已反感他的骄傲自大与强烈表现欲，逐渐与其疏远。

职场中，尤其是在同事面前，聪明的员工总会对自己的成就轻描淡写。

只有保持谦虚的态度，不过于狂妄，才能永远受到同事的欢迎。

职场小规则

　　卡耐基这样说道："如果我们只是要在别人面前表现自己，使别人对我们感兴趣的话，我们将永远不会有许多真实而诚挚的朋友。"的确如此，真正展示自己的教养与才华，是一件无可厚非的事情，但过分的自我表现则是愚蠢之举。在办公室里，同事之间原本就处于一种隐形的竞争关系之下，倘若一味地过分表现，不但得不到同事的好感，反而会招致他们的排斥与敌意。

3. 不要忽视"小人物"

在普通人的意识中，只要自己在公司里尽心尽力，取得一定的业绩，就能赢得领导的赏识，晋升、加薪也就指日可待。对于职位比自己低的"小人物"，他们没有给予应有的尊重，认为他们的协助是理所当然的，时常对他们指手画脚，甚至在急躁之时对他们瞪眼睛、拍桌子，将人际关系学的理论抛至九霄云外。事实上，小人物往往会改变大事情。不尊重小人物，会使得自己的职场之路变得曲折起来。

小人物会使你栽跟头

在办公室里，总有这样一种人，他们职位不高，权力不大，与你没有直接的工作关系，但所处的地位却异常重要，他们的影响无处不在。他们的资历比你高，办公室的风浪经历比你多，虽然身为小人物，但是要想在你的身上发现若干失误之处，实在是易如反掌。

不要轻视办公室里那些鸡毛蒜皮的小事，它们时常能左右你的工作效率；更不能忽视那些平日中毫不起眼的"小人物"，他们的潜能会使你异常震惊，甚至影响到你的晋升与业绩。在职场中，许多能力突出、业绩超群的优秀人才，经常由于忽视小人物而壮志难酬、大栽跟头。

陈聪是一家大型公司的管理人员。在公司即将倒闭，高层领导均急得像热锅上的蚂蚁般团团转而又束手无策时，她却主动提供了一份调查报告，找出问题的症结所在，这一举动不仅为公司解决了难题，还为公司赚得了几

千万。

由于工作出色，陈聪深受总经理的重视，成为全公司的一颗明星。凭借自己的智慧与胆略，她又为公司的产品开拓出国际市场。在短短的两年内，她为公司创造了上亿元的利润，成为公司里举足轻重的叱咤人物。

踌躇满志的陈聪，原以为销售部经理一职非她莫属。然而，她却没有被晋升。公司本打算提拔她为销售部门的副经理，但在提名的时候，却遭到人事部门的强烈反对，原因是各部门对她的负面意见过多，譬如，骄傲自大、不懂得人情世故、不善于与同事交往等，若使这样一位不懂人际关系的人进入公司的管理层，是不太适宜的。

就这样，销售部经理一职由他人担任了，陈聪不得不拱手让出自己创建并培养成熟的国际市场。它就犹如自己亲手种下的果树，所得的果子被别人摘走一般，刹那间，陈聪感到非常痛苦与不解。

一次，她外出为公司办理业务，需要一大笔汇款，在紧要关头，却迟迟不见公司的汇票，使得那次业务活动"泡汤"，令她非常难堪。实际上是由于一位出纳员为她穿了一次"小鞋"，毕竟在平日里，她对这个出纳不冷不热，丝毫没有把她放在眼里。

还有一次，她外出办事，需要公司派人进行协助，却不料，协助的人在半途中却被撤回去了。原来，一些资格较老的同事认为她很狂妄、目中无人，在工作方面从不与她交流，因此，她想方设法拖陈聪的后腿，使其工作难以开展。

陈聪不明白公司与周围的同事为何这样对待自己，自己究竟错在哪里。后来，一位同情她的朋友为其解开了心中的迷惑：她的问题是忽视了身边的小人物。

在这个故事中，尽管陈聪工作业绩辉煌，但她却忽视了人际关系的重要性。那些她尚不熟悉、从不放在眼里的小人物，在关键时刻毁了她的大事，阻碍了她在事业方面的发展与成功。

不要轻易得罪小人物

在职场里，既不要忽视小人物，又不要得罪小人物。小人物帮不上你，但他却会坏了你的大事。倘若你不小心得罪了那些小人物，他们就会处心积虑地对付你，甚至不将你推入"死地"绝不甘心。

在某市一家网络公司，行政部与财务部两个部门的经理均是重点院校的毕业生，年龄、经历均相仿，且都非常有才华。

行政部的经理为人和善，善于与同事打成一片。在不断工作的过程中，对待下属恩威并施、分寸得当。在业务方面，严格要求他们，毫不懈怠。然而，偶尔出了什么差错，他也总能替下属着想，主动为下属担保。每当出差的时候，他总是为下属们带一些小礼物，以示自己的情意，因此，他深得同事们的喜爱。

而财务部经理尽管工作业绩不凡，但在对下属的管理中，他却温情不足、严厉有余，有时甚至缺少必要的"人情味"。一次，一位下属的母亲患得了疾病，这位下属匆匆忙忙地把母亲送到医院，又匆匆忙忙地赶到了公司，中间只耽误了两分钟左右。虽然这位员工平时工作就兢兢业业、一丝不苟，但这位经理还是给予其严厉的通报批评，并处以相当数目的罚金。这件事情过后，许多同事对此怨声载道，他开始大失人心。

长期如此，两位经理的职场生涯出现了截然不同的结局。在之后的一次公司内部人事调整中，行政部由于其口碑甚好、工作业绩颇佳，符合一位高层领导的素质要求，被提拔至副总经理。而虽说那位财务部经理工作做得也不错，但在领导看来，他有失人情味的管理模式，既不利于笼络人心，又不利于留住人才，不得不继续停留在原来的位置上。

由此可知，"小人物"的力量汇聚在一起，足以推翻任何一个"大人物"。通常来说，小人物有一种自卑的心理，越是自卑的人，越在乎自己所谓的"自尊"。即使你对他进行丁点儿的侵犯，他们都会认为是对其极大的侮辱而千方

百计对你进行报复。因此，不要轻易得罪小人物，或许有一天，你心中的"小人物"就会在关键时刻成为影响你前程与命运的"大人物"。

职场小规则

在不断工作的过程中，既不要忽视"小人物"，也不要得罪"小人物"，以免为自己留下不必要的后患。与此同时，还要学会与"小人物"结交朋友，毕竟多一个朋友就多一条路，不要用实用主义的观点去处理自己与"小人物"之间的关系，等到"有事才登三宝殿"时，则为时已晚。你要知道，你平时花费在"小人物"身上的时间与精力，都是具有潜在优势与长远效益的。或许在不远的未来，你就会得到加倍的回报。

4. 装糊涂有时也是必需的

孔子说："水至清则无鱼，人至察则无徒。"不论是谁，倘若沦落到没人关心的地步，无疑都是一种悲哀。在日常工作中，虽然我们需要练就一双明察秋毫的慧眼，但在必要的时候，也应学会睁一只眼闭一只眼，做到难得糊涂。否则，雪亮的眼睛不但对其事业毫无益处，反而还会招致诸多不必要的麻烦。

凡事切莫太较真

对于身在职场的人们来说，有些时候，睁一只眼闭一只眼是一种必要的明哲保身之道。倘若你的眼中容不下任何沙子，特别是在一些细枝末节上吹毛求疵，到头来将会自讨苦吃。

经过研究决定，"指点江山"咨询服务公司打算开发一套立足中国本土、拥有独立知识产权的培训教材。为了确保万无一失，董事长还以高薪挖来业内高手任静，并任命她为全权负责人。

然而，任静的表现却令他感到大失所望。原来她是一个完美主义者，甚至达到吹毛求疵的地步。比如，在工作方面，若需要一个数据，原本打个电话查询一下即可，但她却非要派人到实地进行考察。除此之外，任静还缺乏合作精神与容人之量，两个新进的策划编辑刚刚进入工作状态，便被她气走了，七个老员工也对她的意见极大。就这样，公司里荡漾着一种颇浓的火药味。

董事长看在眼里，急在心上，私下与她谈论了好多次，劝她以公司的利益为重，毕竟是培训教材，又不是字典，差不多就行，并让她树立领导风范，多与下属进行沟通。虽然任静表面答应得很好，但一到关键时刻，她就把董事长的话语忘得一干二净，依然我行我素。为此，董事长专门召开了一次全体会议，强调形势逼人，且委婉地督促任静注意提高效率，搞好人际关系，如此一来，任静却认为自己的辛苦不但没有得到肯定，反而伤了她那极强的自尊，于是便如火山爆发，不仅拍案而起，还摔了茶杯，话里话外把公司形容为一个没有人性的"冷血"处所。

经过这场"战争"，一时间，董事长的威信扫地。然而，考虑到任静的确是行业内仅有的人才，董事长最终做出决定，让她暂时停职反省，几天后，再为她"平反昭雪"。为此，总经理还专门吩咐一位能说会道的总经理与她谈话，但她怎能受得了这般"屈辱"，第二天便径自离开了公司。

在现实生活中，诸如任静这样眼中容不进沙子、宁为玉碎不为瓦全的人不胜枚举。或许她们真的很优秀，某些地方也值得我们敬佩，但是在风起云涌的职场中，我们有必要对每件事情都保持绝对的清醒吗？我们有必要对每份任务都精益求精吗？更严重的是，有些人之所以会失败，是由于其只不过看到了不该看的事情，说了一句无心的话语。与故事中的任静相比，她们岂不是更加冤枉、更不值得吗？因此，对于职场人士来说，懂得时不时地装糊涂也是需要学习的处世之法。

揣着明白装糊涂

职场中，倘若你的能力的确超过周围的同事，则有必要装一下糊涂。绝大部分同事是有疑心病的——在其漫长的职业生涯中，难免会有人背叛他，或得到他的好处而不知报答。长期如此，他们就不敢对周围的人推心置腹了。他们仿佛觉得别人就应该比自己低一截，唯有如此，他们才会有成就感。当发现同事的能力高于自己时，便会显得坐立不安。因此，当你的才能高于同事时，千万不要过于锋芒毕露。

张亮应聘至某公司时，同事高阳对他很有戒心，毕竟张亮的各方面能力都比他强，高阳是自学成才的"土八路"，而张亮却是海外归来的"洋博士"。

在张亮上班的第一天，高阳就拍拍他的肩膀，并说道："兄弟，我可遇到大对手了！"在他的眉宇之间，透露出些许悲凉。然而，张亮深知自己的身份，高阳是老员工，而他却是新员工，他们之间是平等的关系，且张亮从未拥有"争权夺势"的歹念。

于是，张亮想方设法在大智若愚方面做文章，以消除高阳对他的戒心，毕竟如果张亮稍有张扬，他的才气就会喷涌而发，立即会引起高阳"捉襟见肘"的尴尬。在一次业务洽谈会上，张亮故意掩饰自己的真知灼见与远见卓识，为高阳留下一定的思维空间。在平日的工作中，张亮也极力表现得笨拙一些，收起他的锋芒，遇到不懂的问题，主动向高阳请教。每当遇到重大决策时，他都会在高阳的表态下进行。

一次，高阳到外地出差，张亮看准了一笔业务，认定它肯定能赚大钱，但他还是与远在千里之外的高阳商讨，声称自己吃不准，渴望高阳定夺，并把"功劳"全部归于高阳。经过一段时间的相处，高阳对张亮完全消除了戒心，他把许多重大的决策权都让于张亮，使其纵横驰骋地发挥自己的才华，而毫无后顾之忧。

郑板桥曾这样说过："聪明有大小之分，糊涂有真假之分，所谓小聪明大糊涂，是真糊涂假智慧，而大聪明小糊涂，乃假糊涂真智慧。所谓做人难得糊涂，正是大智慧隐藏于难得的糊涂之中。"的确如此，在与同事不断相处的过程中，糊涂并不是无智，而是人类隐藏着的智慧；糊涂并不是无能，而是未被启动的潜能。只有适时故装糊涂，才能达到胜利的彼岸。

职场小规则

　　有道是"木秀于林，风必摧之。"在自己的同事面前装糊涂，会避免其嫉妒心理与防御心理，进而不会把注意力集中于你的身上，处处为你"穿小鞋"。既然如此，我们何不"糊涂"一下？这种糊涂，是不与别人正面较真，看似糊涂，实则聪明；这种糊涂，并不是真糊涂，而是假糊涂，嘴里说的是糊涂话，手里做的却是明白事。因此，这种糊涂不仅是精明的另一种特殊表现形式，还是适应复杂社会的有效方法。

5. 居功自傲，是职场生存的大忌

居功自傲乃职场之大忌，对自己尤为不利。在日常工作中，如何正确地对待自己所取得"功"，不仅是一个道德修养方面的问题，还是一个事关生存发展的大问题。大量事实表明，那些由于居功自傲而导致得不偿失的职场人士不在少数，听起来既令人惋惜，又令人深思。

居功自傲是大忌

在赵本山的小品中，有这样一句话："地球就得围着你转，你以为自己是太阳呀？"你必须清楚，不论这个世界少了谁，地球都会照转。大有成就的人尚会成为历史，更何况作为普通职员的我们呢？

小徐是某销售公司的一名业务员，他的销售技能与业务关系都很出色，因此，他的业绩在全公司里也是最好的。然而，在取得这些成绩以后，他却开始对别人指手划脚了，尤其是对那些客服人员。

原本这些客服人员十分支持小徐的工作，只要是他的客户打来的电话，客服人员就会在第一时间进行售后服务。然而，小徐动辄就说："不还是我给你的饭碗吗？倘若没有我，说不定你们都要饿死。""你们的服务一点都不好，我的客户不断向我投诉呢……"虽然从表面看来，客服人员对他所说的话置之不理，但却在暗中通过行动与之对抗。

之后，凡是小徐客户打来的电话，客服人员均会一拖再拖。最终，这些客户给小徐打电话，并把怒火发到他的身上。由于后继服务不到位，小徐的

续单率非常低，昔日所联系的客户也被其他业务员挖走了。

从这个例子中，我们可以看出，一个员工的成功必定有他自己的因素，但也绝不能脱离企业团队的配合。倘若没有强大的团队作为支撑，即使再有能力的业务员，也不可能将其销售工作做到最佳状态。

不论做什么事情，倘若认为这件事情没有自己，就必定不会成功，那么，你就会有一种骄矜之气。在整个团队的角色中，或许你是最突出的一个，在整个任务的完成中，或许你是最重要的力量，但它并不代表失去了你就不行。

不要居功自傲

不可否认，职场中不乏那些才高八斗、学富五车的员工，他们以其超凡的能力为企业做出了一定的贡献。如果你以自己独特的智慧为部门带来了巨大利益，但此时则应谨记，这不是你一个人的战斗果实。一次胜利，并不能代表以后的永不失败。

大学毕业后，俊逸到一家著名的外资企业去上班。在不到半年的时间内，他便刷新了公司的许多纪录。然而，同事们不但没有对其加以称赞，而是逐渐疏远了他。为此，他感到异常苦恼，不知如何与同事们相处。

终于，在一个偶然的下午，一位朋友对他说道："他们之所以渐渐远离你，就是由于你时常在他们面前鼓吹你的工作业绩……"

居功自傲，不仅会导致你的人际关系紧张，还会使你丧失许多理性的东西。比如，在日常生活中，绝大多数居功自傲的人都难以汲取别人或自己的失败教训，他们看到的仅仅只是成功方面的经验与荣耀，对于别人对自己的建议与意见，时常保持抵触的态度，更不用说与同事站在平等的位置上进行沟通与交流了。试想一下，在这种情况下，如何搞好同事之间的关系呢？

因此，当你被上司晋升、嘉奖时，当你为公司立下汗马功劳时，不要独自在那里洋洋得意，而应认真在涵养上下工夫，唯有如此，才能在适者生存的激烈竞争中占有一席之地。

职场小规则

　　自傲并不等同于自信，尽管两词之间只有一字之差，但其内涵却相差甚远。简而言之，自傲的外在表现往往是傲气十足，则自信则时常表现于傲骨的自然挺立。总的来说，在不断的工作过程中，千万不要居功自傲，而应谦逊以求自保、谦逊以求进取。

6. 与同事保持适当的距离

对于职场人士而言，或许他们都有着这样的困惑：不知如何与同事相处。与同事关系太远，别人会认为其孤僻、不合群、不易交往；与同事关系太近，不仅容易引起他人说闲话，还易使上司产生误解，认定你是在搞职场政治。因此，只有与同事保持适当的距离，才能成为一个颇受欢迎的人。

不要对同事推心置腹

西方有一种"刺猬理论"，也就是说，刺猬浑身长满着针状的刺，当天气寒冷的时候，它们就会彼此靠在一起取暖。然而，仔细观察后，才发现它们之间始终保持着一定的距离。原来，距离太远，它们会感到寒冷；距离太近，它们身上的刺又会刺伤对方。只有保持适当的距离，才能既保持理想的温度，又不伤害对方。

这一事实在无形中暗示我们：同事与自己就如同寒冬里的刺猬一般，既需要相互协作，也需要保持一定的安全距离。同事之间的距离如果太远，便会感觉到孤独；如果太近，又会刺伤对方。通常而言，与人密切相处并不是一件坏事，否则怎么会有"如胶似漆"、"亲密无间"等誉词呢？但任何一件事情都不能过分，一旦过分，就会走向极端，正如俗话所说的那样："过俭则吝，过让则卑。"在日常工作中，同事之间不能过于亲密，否则将会造成彼此之间的伤害。

在某乳业集团创建初期，进了许多新人，其中有两个是在同一天上班的女大学生，她们十分要好，在平日里，总是一起吃饭，一起工作，相互之间似乎没有任何秘密可言。

在她们之中，一位女生担任业务员一职，另一位女生担任出纳一职。从事业务员的那位女生尤为单纯，每当在工作中遇到疑难的问题，就会向另一个从事出纳的女生请教；即使在生活方面遭遇不顺，也会讲给另一位女生听。慢慢地，从事出纳的那位女生对搞业务的女生了如指掌。当搞业务的女生在工作中出现过失时，那名出纳总是会在第一时间向领导汇报，即使搞业务的女生用公司电话与客户多聊几句，她也会不厌其烦地向上司打小报告。

在这个故事中，我们可以得知：在不断工作的过程中，许多人都习惯于与同事"交朋友"，反过来却伤害了自己。因此，同事就是同事，应与其保持一定的距离，而不要轻易对其推心置腹。

与同事保持应有的距离

对于两个同事来说，犹如两条铁轨一般，只有相互平行，才能走得更远。真正的痛苦是无法与别人分担的，真正的快乐也是难以与他人分享的。心灵方面与情感方面的某些东西是无法替代的，正如两条铁轨永远不能相交。倘若完全敞开自己的心扉，就容易伤风着凉；倘若将内心的秘密昭示于怀有恶意的同事，就会成为其手上的把柄。

小贺在单位里掌握着一定的实权，就是由于他的"一些小权"，围在其身边的"朋友"数不胜数。与此同时，他也尤为随和，把身边的同事视为生死相交的兄弟，对他们无所不谈。在内心深处，他认为既然是同事，就不应该有所保留，而应坦诚相待。

于是，在那些"朋友"与"弟兄"面前，他自然也就没有了"隐私"。后来，当他出国考察时，就有同事在不经意间造谣说他不会再回来了。这时，他的一位最知心的"朋友"为了讨好上司，向其讲了许多不利于他的话语。谁知，

过了一段时间后，他却不声不响地从国外回来了，且依然还在原来的职位上掌权。

在一个周二的下午，他亲眼目睹了一次异常精彩的表演：那位朋友不但毫无愧色，反而还要为他这位"知己"接风洗尘。刹那间，他不禁自言自语道："同事，值得信任吗？"

事实上，在不断的工作中，诸如此类的事情是不罕见的，这类职场人士的错误不在于他们过分相信同事，而在于他们与同事之间没有保持必要的距离。同事之间以诚相待并没有错，但它却非意味着同事之间就应毫无保留、没有一点隐私。在某些境遇下，同事是值得信任的；但在有些时候，同事也是最危险的人。因此，同事之间应该时刻保持应有的距离，一旦越过雷池，受伤的不仅仅是自己，你苦心经营的事业也会由此走向低谷。

职场小规则

同事与同事之间，距离太大，就会产生一定的隔膜；距离太小，又会失去吸引力，甚至为自己带来不必要的麻烦。就像在动物园参观那样，远远张望大老虎的时候，你会产生一种神秘的美感。然而，一旦靠近老虎，即使安全防范做得再好，也会使你不寒而栗。同事与同事之间也同样有其"安全距离"，倘若"安全距离"被破坏，矛盾就会如影随形。

7. 永远不要同"红人"争道

或许你有过许多上班族都曾拥有的困惑与牢骚：看看对面那个女孩，真会巴结人，瞧她那副"小人"的嘴脸，实在令人看不惯。现在这年头，有能力的人爬不上去，而她却能成为上司面前的"红人"，真可谓小人得志……由于看不惯"红人"的种种做法，便在无形中产生这种念头：我究竟要不要与"红人"争斗？不斗吧，她过于仗势欺人，显得自己懦弱；斗吧，又害怕自己丢官弃职。真是让人大伤脑筋、左右为难。

不要与"红人"发生冲突

不论在何种境遇下，都不要得罪上司身边的"红人"，而应与他们和睦相处，想方设法得到他们的认同，即使不能做到这一点，也不要与他们发生正面冲突，一时的忍让，将会为你换来永久的好处。

周俊峰是外资企业的一名管理人员，年轻有为。在一年前的年初，他被这家企业高薪聘请为总经理，但年底他就辞职了。口头原因是心累了，需要歇息一下，实际上，他辞职的真正原因却是：他完全从公司的利益出发，不论是董事长身边的"红人"还是"皇亲国戚"，均依照相关的管理制度去要求他们，这使得他得罪了不少人。

工作后不久，周俊峰便发现下面的一些部门主管，表面上颇为"听话"，但却难以调动他们的积极性，即使解聘一个老员工，也会遭到极大的阻碍。于是，他便对董事长周围的那位"红人"说道："我觉得不能一味地按照所谓

的规章制度去要求员工……"但那位红人却冲着他嚷道:"做好自己的本职工作就行,在这个公司,你有决策权吗?与我们讲'大道理',你分明是自找苦吃……"就这样,由于他始终难以融入公司内部的核心圈子,便不得不选择离开。

上至闻名世界的跨国公司,下至三五人构成的小公司,无论何种组织机构,权高位重者身边或多或少都会有一些亲近的、信任的人,他们就是所谓的"红人"。从表面看来,这些人无关紧要,没有实质"决定权",但他们将会对上司的决策产生重要的影响,他们既可以托起你,也可以随时把你打入"地牢"。因此,不论在何时何地,都不要与上司的"红人"争道。

与 "红人" 结为朋友

上司面前的"红人"原本就是你的一个普通同事,他之所以能够成为上司的心腹,就说明他有比你强的地方。最起码,他比你的心思细腻,他能够"眼观六路、耳听八方",再加上其手脚麻利、动作轻快,因此,他才能得到上司的宠幸。尽管你并不喜欢他,但也没有必要对其加以攻击,毕竟与他斗心眼,还不如自己谨慎一些,与之交友。如此一来,不仅能够明哲保身,还会使其为你扫除前进的障碍。

23岁的董雪在大学毕业后,到一家中外合资企业上班。尽管她年纪轻轻,但却在工作中表现得尤为出色。在短短的半年内,她便被晋升为公司的部门领导,上司也对她异常赞赏。每当她提出建议或意见的时候,都会引起上司的高度重视。

懂得人情世故的她对上司毕恭毕敬,即使对上司的得力助手——一个毫不起眼的小秘书,也皆是以礼相待。每逢过节的时候,她总会从家中带一些特产与这位秘书分享。为此,同事们都感到非常奇怪,上司的确是一个知人善任的"明主",但秘书也没有多大权力,何必去巴结她呢?

于是,一位与董雪关系较好的同事按捺不住心中的好奇,便向她询问原因。她心平气和地回答道："或许这位秘书没有我们的业务能力强，但她在为人处世方面的心眼却比我们多，否则，她不可能连续做了几年秘书而不下台，这足以证明她是上司面前的'红人'。我与她保持亲密的关系，虽然不指望她帮我说什么好话，但至少她不会起消极作用，这已经足够了，余下的就要依靠我自己的实力去打拼。"果然不出她的所料，在平日的工作中，一旦有什么风吹草动，上司的秘书便会在第一时间为她通风报信，这使董雪工作起来更加顺手了。

从某种程度来说，上司身边的"红人"就是与领导关系较好的人。即使有些时候，他们并不参与上司的决策，但其言行也会对上司产生一定的影响。或许你会认为，只要自己踏实能干，就能赢得上司的青睐，因此，时常忽略甚至轻视上司周围的"红人"，认为他们权力不够大，与自己的工作没有关系，便不重视他们，其实，这种想法正是使你在职场中走弯路的罪魁祸首。

职场小规则

"红人"之所以能够得到上司的宠幸，自然有他的过人之处。在上司面前，尽管他们的话语不是句句顶用，但其影响力也是不可低估的。即使他本身没有丁点儿值得你欣赏的地方，你也要避免与其发生正面的冲突，毕竟他依然还在重要的位置上，你与他争斗，无异于牵动他敏感的神经，在日后的工作中，你自然不会有好果子吃。因此，倘若你是一个聪明的人，就应明白努力做好自己的本职工作固然重要，但也不要轻易招惹"红人"，别让自己被"红人"不清不楚地绊倒，与"红人"争路，只会对你有害，而与"红人"和平相处，才是职场生存之道。

8. 不要侵犯同事的"领地"

每个人都有一片属于自己的"领地"，只不过当它以无形方式展现出来的时候，就时常被他人忽略，而这也是极易出问题的时候。

所有动物都有其领土意识，大至狮子老虎，小至昆虫老鼠，无不如此。比如，小狗在住处四周撒尿，就是在划"领地"，警示其他小狗不要越界闯进，如果哪只小狗闯了进来，它就会立即驱逐。尽管人的"领地"意识没有动物那般直接明了，但其自卫意识也尤为强烈，只不过是在方式上略有不同而已。倘若你没有意识到这一点，随意侵犯别人的"领地"，就很容易自讨没趣，或遭到迎头一击。

不要冒犯别人的私人空间

在不断的工作中，应该尊重别人的空间，它既包括私人空间，也包括权力空间。一般而言，不要轻易侵犯同事的"领地"，毕竟每个人都有一定的"领土意识"。当你未经同意就坐在同事的桌子或椅子上，未经同意就私自闯入主管的办公室时，或许你以为这并没有什么，但这一举动已侵犯到他人的领土，对方会感到不愉快的，虽然这种不快不会立刻表现出来，也不会像小狗那般把你"驱逐出境"，却会潜藏在对方的心底，进而对你产生坏的印象，甚至怀疑你另有企图。

舒丽在一家公司工作三年了，平日里踏实能干，与同事的关系也颇为融洽，尤其与隔壁办公室郭燕的关系异常要好。然而，自从她无意间侵入郭燕的领地以后，郭燕就渐渐地疏远了她。

一个周四的下午，舒丽为郭燕送一份文件，恰好郭燕不在，于是，舒丽就顺势坐在郭燕的椅子上等她，无聊中看到办公桌上摆着一个笔记本，就顺手翻了一下，里面全是一些简单的工作记录。当她正在翻阅的时候，郭燕回来了，望到此种情形，她感到十分不满，尽管当时没有表现出来，但日后她面对舒丽的态度却变得异常冷淡。

在这个故事中，舒丽的错误就在于她的行为侵犯了郭燕的领土范围，她首先不应该坐在郭燕的椅子上，更不能随意翻看她的笔记本。虽然里面没有什么秘密，但它毕竟是私人东西，未经允许偷看，别人自然会不高兴的。

每个人都有较强的领土意识，比如，家是一个人自由支配的场所，倘若未经他人，擅闯别人的家中，轻则遭到责骂，重者就要遭受法律的制裁。因此，在与同事不断相处的过程中，千万不要贸然闯入对方的领地，尽管这种领土意识看起来较为荒唐，但在现实中，它们却是存在的，你不能忽视它，更不能冒犯它。

不要冒犯别人的权力空间

在办公室里，有的人由于没有摆正自己的位置，原本出于一番好心帮别人的忙，到头来却惹得被帮的人与自己都不开心。甚至，被帮助的人将会借机"报恩"，偶尔使些"绊子"，假如这时你觉得他们不可理喻，或暗骂他们被人帮助还不知好歹，那么，你就大错特错了。

赵琳在一家企业做部门经理，上司特意把自己的亲戚珍珍安排给她做助理。望着珍珍为人处世的态度，赵琳觉得可以接受。虽然上司总是对她说，不要由于珍珍是自己的亲戚就有压力，要像对待普通员工那样对待珍珍，但她还是十分谨慎地处理与珍珍的微妙关系。

起初，赵琳带领珍珍逐渐了解公司的一切，在珍珍均熟悉后，赵琳就放心地出差了，并把部门的事情暂时交给珍珍处理。在赵琳出差归来的当天，

她约了一位客户，并吩咐客户提前到公司等她，珍珍自然而然地就接待了这位客户。

珍珍一边沏茶，一边询问客户对其公司的印象如何，是否要订购公司的产品。听到珍珍的提问，客户半开玩笑地说道："这件事情恐怕还需由你们的经理来提吧，我们每次都是向她联系业务，尽管你是她的得力助手，但也比没有必要知道这些吧……"珍珍刚要接话，赵琳回来了，说了几句场面话后，便约客户到办公室细谈。当赵琳与客户谈到一个项目的时候，珍珍便开始插起嘴来，这令客户与赵琳没有反应过来，两个人愣在那里听珍珍说话。面对客户疑惑不解的眼神，赵琳苦笑了一下。

当珍珍说到一半的时候，赵琳示意她去沏茶，这场谈话由于珍珍的掺和，双方均感觉不是很愉快，但珍珍却没有意识到这一点。当客户离开后，她还对赵琳说，倘若这笔业务谈成了，一定要为她记一功。

碍于上司的面子，虽然珍珍没有因此而被辞退，但她却被赵琳调至另外一个部门。

在职场中，你只需要做好自己的本职工作，而不是发挥自己乐于助人的天性，侵犯他人的"领地"，虽然你的初衷是善意的，但是这种越位行为却极少有人喜欢。

职场小规则

假如你与打字室的某人关系不错，便由此直来直去，把一些需要打字的文件直接塞入他的手中，全然忽略了打字室的主管，就是一种容易得罪人的行为，它无异于是对其领地的公然践踏，原本忙的都是公事，却在无形中结下了私怨。你要知道，你若不注意自己的言谈举止而侵犯了他人的领土，是会惹出意想不到的麻烦的。因此，"相互尊重主权与领土完整"是和平共处的基础，不仅国际政治如此，同事之间也是依然如此。

9. 学会宽容，赢得同事信任

　　在不断工作的同时，若要与同事和谐相处，信任是必不可少的，而宽容则是赢得信任的前提。职场犹如一个大家庭，各个同事之间在文化背景、生活经历、性格脾气等方面都有着较大的差异。而每天至少三分之一的时间均生活在一起，难免会产生这样那样的矛盾，或是工作方面的分歧，或是交流方面的误解等，面对这些问题，我们应该从维护大局出发，相互理解，相互帮助，这就是宽容。

宽容同事的过错

　　倘若你凡事锱铢必较，将会加大与同事之间的矛盾。与之相反，假如你总感觉有人与自己"过不去"，最好的方法不是你也与他"过不去"，而是从自身寻找原因，宽容一些，大度一些，乃至吃些无关紧要的小亏，这样不但能够化解矛盾，而且还能赢得同事的信任。

　　芊芊和彤彤都是刚刚毕业的大学生，在一次招聘会上，她们被同时招进一家生产模具的公司，并成为电子数控方面的技术人员。由于在学历、技术与技能方面，两个人都大同小异，无形中便成为一对竞争对手，芊芊对彤彤时刻表示出敌意，甚至在背后说她的坏话。但对于这一切，彤彤佯装不知，每逢见面，仍然热情客气地与她打招呼。

　　一个周三的下午，临近下班的时候，由于偶然的失误，芊芊把一组急需使用的数据弄丢了，刹那间，她着急万分，毕竟主管已经交代过，第二天一早，

就要用这组数据去召开一个重要会议，而这组数据很难整理，即使整晚加班，次日早晨也不一定能够整理出来。这时，形形对她说道："不要着急，我们一起整理吧，明天早上一定不会耽误事情的。"

那天晚上，她们一直忙到凌晨五点，终于把那组数据整理了出来。望着眼睛满是血丝的形形，芊芊惭愧地说道："形形，对不起，以前都是我不好，不该……"还未等她说完，形形便拍着她的肩膀说道："一切都过去了，不要再提了。"通过这件事情，芊芊对形形最初的敌视态度很快转变为一种热情的友谊，她还时常对其他同事说道："形形宽容大度，是一位值得结交的朋友。"

宽容既是一种高尚的品格，又是一种上乘的境界。人非圣贤，孰能无过？在不断工作的过程中，每个人都难免犯下错误，因此，我们应该宽容同事的错误，给予其改正错误的机会，而不能以牙还牙，抓着他的小辫子不放。如果缺乏宽容的品质或不注意此方面的修养，在工作中就会人为地制造出许多矛盾，或在矛盾出现后针锋相对，或在冲突呈现后火上加油，酿成更大的矛盾与冲突，它既不利于自己的发展，又不利于工作的进行。

学会宽容，才能快乐

常言道："处世让一步为高，退步即进步的根本；待人宽一分是福，利人是利己的根基。"面对一个微小的过失，时常由于一个浅浅的微笑、一句轻轻的歉语而包涵谅解他人，这就是宽容；在与同事相处的过程中，经常因一件琐碎的小事、一句不经意的话，使他人误解或不被信任，但千万不要苛求任何同事，而应以律己之心恕人，这也是宽容。

有一个年轻人，好不容易才找到一份销售工作，勤勤恳恳做了大半年，不但毫无起色，反而在几个大项目上接连出错；而他的同事，纷纷干出了一番成绩。他实在难以忍受这种痛苦，便走到董事长的办公室，对他说道："李董，或许我不适合这份工作。"

董事长沉默了一会儿，心平气和地说道："莫非你就愿意以失败者的身份离开？你真的甘心？"一时间，年轻人无言以对。"安心工作吧，我会给你足够时间的，直至你成功为止。到那时，即使你选择离开，我也不会留你。"董事长的宽容令年轻人无比感动。

一年后，年轻人又走进董事长的办公室。然而，这次他是异常轻松的，他已经连续几个月在公司销售排行榜中位居首位，成为当之无愧的业务骨干。他渴望知道，为何董事长会把一个败军之将留在身边。"因为我比你更不甘心，因为我想使你信任公司，信任我，也信任你自己……"董事长的回答完全出乎年轻人所料。

董事长接着说道："还依稀地记得，在当初招聘时，公司收下百余份应聘材料，我面试了30余人，最终却只录用了你一个。倘若接受你的辞职，就说明你不相信我的眼光，我无疑是非常失败的。我深信，既然你能在应聘之时得到我的认可，也必定有能力在工作方面得到客户的认可，你缺少的只是时间与机会。与其说我对你依然有信心，倒不如说我对自己有信心——结果证明，我并没有用错人。"

从董事长的话语中，年轻人懂得只要给同事以宽容，便能赢得对方的信任，或许未来将是一个全新的局面。

在不断的工作中，同事之间原本就是唇齿相依的关系，犹如泥土与牡丹的关系一般。人们赞美牡丹的瑰丽，不一定会联想到泥土的芬芳，但若没有泥土的养分，又何来牡丹的瑰丽呢？又何来人们对牡丹的赞美呢？同事之间也是如此，只要多一些宽容，才能促进彼此关系更加和谐；只有多一些理解，才能在工作中取得更大的成绩。

职场小规则

宽容一些，我们才能发现同事的优点，并包容他们的缺点。"生活中不是缺少美，而是缺少发现美的眼睛"。在每个人的周围，都会有美的存在，我们应该以宽容的心态去发现工作中的美。只有善于发现美，我们才能拥有激情与活力；只有以宽容的心态发现同事的优点，工作才会有动力与凝聚力。

10. 善于给同事一个台阶

> 生活中，随处可见各式各样的台阶，既有精致的，又有粗糙的；既有贵族化的，又有平民型的；既有铺着红地毯的，又有被雨水践踏过的……普通的台阶令人感觉实在，豪华的台阶却令人心生敬畏。在人的一生中，台阶能够帮助人们到达其所想要去的地方；而在与同事交往的过程中，给同事一个台阶，不仅能使其在人前不丢面子，留住其做人的尊严，还可为自己构建良好的人际关系，进而达到自己的目的。

给同事一个下的台阶

21 世纪既是一个多元化的世纪，又是一个信息化的世纪。社会在不断发展，一个人若要在职场中生存发展，就需与同事频繁交往。不论在何种境遇下，都要给同事一个台阶下，不要把同事推向绝路，也不要将其逼入死地，唯有如此，才能使自己轻松愉快地对待工作中的各种问题。

松下幸之助是日本松下电器公司的总裁，他因自己先进的管理方法，被商界奉为神明，其高明之处就是善于给同事一个下的台阶。后腾清一原本是某知名公司的副董事长，慕名投奔至松下的公司，并担任厂长。他本想"新官上任三把火"，大干一番自己的事业。令他感到出乎意料的是，由于自己的失误，一场大火把其工厂烧为废墟，给公司带来巨大的损失。

此种场景，让后腾清一惶恐万分，他觉得自己的厂长职位将会不保，还有可能被追究刑事责任，甚至还会坐牢，如此一来，他的这辈子也就完了。

他深知松下是不会姑息属下的错误的，有些时候，为了丁点小事，就会对下属大发雷霆。但这次失误，松下不但没有过问，反而在他的报告中写下四个字："好好干吧！"

松下的做法令后腾清一为之一怔，由于这次火灾后没有受到惩罚，后腾清一心怀愧疚，更加努力地为松下效命，就这样，他为公司所创造的价值远远大于那个工厂。

在平日的工作中，每个人都拥有着强烈的自尊心与虚荣心。在这种心态的支配下，他会由于你下不了台而产生异常强烈的反感，甚至与对方结下深仇大恨。与此相同，也会由于你给他一个下的台阶而对你产生极强的好感，这种好感对于你们之间的交往，甚至对你事业的成功都会产生较为深远的影响。

保住同事的面子

在《圣经·马太福音》中，有这样一句话："你希望别人怎样对待你，你就应该怎样对待别人。"这句话被绝大多数西方人视为是与同事交往的"黄金准则"。在与同事一点一滴的日常交往中，真正有远见的人不但会最大限度地为自己积累人缘，而且还会给同事一个下的台阶。从某种程度来说，给别人一个台阶，也就是给自己一个台阶。

玛丽是一家食品加工公司的行销专家，她的第一份工作是对于一项新产品的市场测试，但她却因此铸成一个大错，导致整个测试过程都必须重新进行一遍。当她向主管报告这一情况时，害怕得浑身发抖，原以为主管会狠狠地批评她一顿，但主管却对她的付出表示感谢，并声称在开展一个新计划的过程中，犯错是不足为奇的事情，且对玛丽的第二次测试充满信心。

主管为玛丽保留了面子，使玛丽深为感动。果然不出她的所料，玛丽成功地完成了第二次测试。

为同事保留面子，是何等重要的问题。然而，在不断工作的过程中，却

极少有人考虑到这个问题，他们时常喜欢摆架子，我行我素，在众人面前指责周围的同事，而没有考虑是否已伤了对方的自尊心。其实，凡事只要多加思考，说几句关心他人的话，设身处地地为他人想想，就能避免诸多不愉快的发生。

职场小规则

每个人都有自己强烈的自尊心，即使是乞丐，也不愿接受嗟来之食，毕竟它太失面子了，更何况是原本地位相等、平起平坐的同事呢？但许多人却当面指责同事，令其面子难保，甚至当面撕破脸皮，致使有些事情因小失大。殊不知，只有给同事一个台阶，你自己才能得到一片蓝天；只有给别人留有余地，才能游刃有余地穿梭于事业之中。

第五章
办公室里的潜规则

办公室里的制度，并不单指墙角粘贴的几张制度表，其更注重的是个人的工作能力与为人处世方式。精明的人在办公室里如鱼得水，而糊涂的人只能被别人踩在脚底下。办公室是员工工作的地方，更是其学习为人处世之道的地方，小聪明与大智慧就在办公室的潜规则里被体现得淋漓尽致。

1. 不在办公室里唠家常

很多人都喜欢唠家常，家中的事情说出来，会觉得非常轻松。"你的女朋友怎么办？""他的儿子在哪儿上学？""我家又出了什么烦心事……"人们不知不觉就将家常带到了办公室。有事没事的时候，在办公室唠唠家常有很多好处，比如增进同事之间的感情，比如增加同事之间的了解，比如学习一下他人处理家务事的方法等。然而，唠家常虽好，但是若选在办公室，却常常会出现许多大问题：秘密被泄露，把柄被抓住，无端被陷害等等。

利弊权衡，即便没有想过要在办公室中求得大发展，也勿在办公室中唠家常。

小心祸从口出

唠家常是一件轻松有趣的事情，对于单纯、善良、随和的人来说，唠家常简直就是利己利人的好事情。当同事有人伤心时，希望有人分担自己的伤心事，从而帮助自己尽快走出悲伤。当同事有人开心了，与其分享他们的快乐，从而增进了整个办公室的感情。然而，说者无心，听着有意，当你的这些家长被小人记在心中后，你的单纯故事便会成为他人添油加醋后的流言。

葛琴工作两年，已经成为了中层领导。但是，葛琴仍旧像一个孩子，非常善良，而且喜欢帮助同事，对于新进公司的员工也很乐于指导。

这天中午，葛琴刚刚吃完午饭，便看到新员工刘柳正在伤心地流眼泪，瘦小柔弱、形单影只，葛琴觉得她就像自己刚走上工作岗位时候那样寂寞、可怜。于是，葛琴连忙走上前，关心地道："怎么了？工作不顺心是吧？以后熟悉了，就会好起来的……""嗯，我知道了。谢谢姐姐。"听到葛琴的关心，刘柳连忙感谢。"那怎么还在哭泣啊？是不是不听姐姐的话啊？"葛琴听到刘柳喊她姐姐，心中瞬间温暖起来，心灵的距离瞬间就拉近了。说着，葛琴还连忙掏出纸巾为刘柳擦拭眼泪。这一亲昵的举动让刘柳眼泪更加肆虐了，接着说出了自己的伤心事："我和男朋友恋爱四年了，感情特别好。我们说好大学毕业后就结婚的，可是他却爱上了一个千金小姐……""哎呀，我以为是什么事情呢。这种男人根本就不值得为他流眼泪。你看咱刘柳长得这么漂亮、聪明，而且工作这么努力，以后成才了，想找几个男朋友就找几个，对不对？"葛琴安慰道。然而，刘柳却并没有因此就停止哭泣，说道："谢谢姐姐了，你不用安慰我，我知道我不如那个女孩，可是，我还是很想他。"又是一个痴情种，葛琴感叹着，不禁产生了更加强烈的保护欲。于是，葛琴以身试教："跟你说说我的他吧。我们大学毕业后，也像你俩一样分手了，但是他却没有给我一个理由。那个时候，我也非常伤心，也很恨他。但是，我告诉自己不能哭……最终我有了自己的事业，而他发现那个女孩不适合他，他又回到我身边，还求我原谅呢。""真的吗？"刘柳问。"是啊，所以你要好好加油。等他回来了，你再甩了他。"葛琴开心地大声鼓励道。

第二天，刘柳便真的鼓起勇气了，和葛琴一起努力。这件事情也便渐渐被他们遗忘了。

然而，就在公司要举行选举的时期，关于葛琴的流言传开了："为了报复男友，用尽手段，等男友回来跪地求饶时，她再无情地当众甩掉男友……这样斤斤计较，耍心机的人，一定不能当领导。""你怎么这样对待姐姐？"葛琴质问刘柳。"不是我啊，这不是我的原话啊。"刘柳连忙辩解。然而一切都完了，葛琴无心再追究，因为这次她一定会落选，甚至无法再在公司待下去。

流言可畏，但是流言却极其容易滋生，且不论是谁制造的流言。葛琴在办公室中唠家常，也就为他人制造流言提供了文本。办公室中唠家常，听者无数，同样的一句话，被不同的人说出口便会有不同的意味。这样一传十，十

传百，几番轮回过后，它便可能是意义完全相反的一句话了。而其中若有小人作梗，那么这句话便可能完全面目全非，活生生变成贬义，令你怎么解释都无法还原，而且可能越解释越糟糕。

社会复杂，办公室就是一个小社会，其中不乏居心叵测的小人。办公室中工作，勿要唠家常，所谓害人之心不可有，防人之心不可无。

小心被小人陷害

有些人天性热情、随性，没有防备心理，即使在办公室这样的工作场合中，只要有说话的需要便会尽情表达自己的意见和看法。这种习惯虽然不是什么大问题，但是如果不懂得控制和地点的选择，便会让心胸狭窄者抓住把柄，趁机作乱。

秦娟的工作很轻松，每天只要忙完固定的工作，就没有其他额外的工作，办公室的人几乎就是呆坐着喝茶、看报纸和等待下班。工作五个月了，秦娟对一成不变的工作内容已经非常熟悉，不再需要再费尽心思去学习和锻炼。然而这让秦娟觉得欣喜之余，也感到了熬日子的痛苦。

这天，秦娟硬是磨磨蹭蹭才把工作做完，然而，抬手看表，距离下班时间还有两个小时。秦娟只好拿出一份早报，细细研读，消磨时间。一个小时后，一份报纸被秦娟读完了。无奈，秦娟只好起身在办公室闲逛，然后又搜罗到一份杂志。坐在位置上，秦娟觉得痛苦极了，一个字也看不下去。环顾四周，秦娟看到同事们也都精神萎靡，不知道是和自己同样的原因，还是没有休息好。于是，一个主意涌上秦娟的心头：反正都没什么工作可做，闲着也是闲着，不如聊会天，让办公室同事们多一些了解。

"王大姐，你怎么了？"秦娟想到便做，关切地询问身边同事的难处。"哦，最近太忙了。"王大姐说道。"是不是孩子闹的啊？昨天我逛街时，看到你的小宝贝正在调皮呢。不过小孩子就是这样，这说明他聪明啊，别担心。"秦娟安慰道。女人最怕聊到孩子，刚刚王大姐还不愿意打开心扉，这下滔滔不绝起来。"是啊,他整天特别调皮,就像一个科学家,看到什么都要问'这是什么,它的作用是什么,它工作原理是什么'哎呀,麻烦着呢。"王大姐虽然是批评,但是脸上却洋溢出幸福的微笑。这时候,旁边同事张师傅也凑过来,无奈地说:"我的孩子基本上不和我们交流,你们说该怎么办啊?"

人都说三个女人一台戏,而这办公室聊天的阵势也不容小觑。这边说罢,那边说,起起伏伏。终于下班了,办公室同事脸上不再是颓废,取而代之的是轻松和愉悦。"哎呀,多亏你,我好久都没有这个轻松地上班了。"一个同事这样对秦娟说。

第二天,第三天,同事们总能找到聊天的内容,当然是在快要下班的时间和工作之余了。不过这引起了一个同事的妒忌。这天,马上就要下班了,大家又一起唠家常,这个同事起身走进了主任办公室:"主任,我还在工作呢,秦娟就和大家唠家常了,好几天了呢,你说这……"虽然,主任并不愿意干涉,但有同志反应,他还是佯装生气状来到办公室,秦娟自然要受到严厉的批评。

办公室是工作的地方,即便没有工作可做,家常也是千万不可唠的。唠家常不是三两句便可以止住的,你一句他一句我一句,整个办公室就能变成会议室。且不论是否有同事故意向领导告状,这样的势头若起,总有一天,领导会为了大局的和谐而大发雷霆。所以,不要在办公室唠家常,不管这是否影响到工作,影响到他人,这永远都是不应该出现在办公室的内容。

职场小规则

办公室环境看似没什么可以触碰的雷区,其实除了明文规定外,其中还有很多隐藏着的规则,"不在办公室中唠家常"便是其中最容易理解,也是很容易犯的职场禁忌。它看似再单纯不过的思想交流和情感交流,但却很容易被居心不良的办公室小人所利用;它看似被领导认同,但如果有同事指出,领导也会铁面无私。平日里,办公室中唠家常是一件令人开心的事件,但是一旦环境特殊起来,便很容易击中你的软肋!

2. 做个看上去永远忙碌的员工

"做个看上去永远忙碌的员工"，相信，很多人看到这句话后，便会有一种不屑和鄙视的态度，认为这样的人要么是做样子，要么就是最愚笨者。其实，这样的想法并不完全正确，其中自有玄妙。要知道，"永远忙碌"是一种勤劳的表现，这样的员工即使愚笨，也会受到人们的喜爱，至少不会被人踢出队伍；"永远忙碌"是一种工作态度，良好的态度是取得良好业绩的希望，人们都这样认为；"永远忙碌"是一种美丽的光环，最能吸引他人的眼球，同事看在眼里会敬佩，老板看在眼中会欣慰。

所以，不管怎样，试着让自己做一个"永远忙碌"的员工吧，如果累了，那么做一个"看上去永远忙碌的员工"也是一个不错的选择。你不仅可以得到他人的喜爱，而且也不会让自己受累，前途无限光耀！

让老板看到你在努力

在工作中，很多人会觉得一个人只要问心无愧就行了，不必在乎他人是否看到了自己的努力。通常持有这种心态的人都是对工作非常认真、负责的人。然而，在现实中，当你没有说出自己的努力，没有表现出自己的用心，没有让老板知道你正在替公司思考某项重要的问题时，老板便很难知道你在努力、用心、额外工作等。不仅如此，这样的人由于做事情过于低调，从而难以被他人发现自己的努力。由此，你便很可能成为老板心目中的碌碌无为者。而你只能在"莫名其妙"地受尽委屈后，在黑夜中自我疗伤。所以，无论如何要让老板"看"到你在努力。

张览是一个老黄牛类型的工作者，兢兢业业，从不叫苦叫累。然而，尽管张览如此努力，却始终没有受到加薪或者升迁等好事的光临，这让张览非常痛苦。"何不出门，散散心，犒劳犒劳自己的胃？"这样想着，张览便出门了。

"小妹，我想吃烤鸭啊，你知道哪家的最好吃吗？"张览在网络上查找了一个小时，愣是没有找到一家中意的，只好请教有事没事在大街上搜罗美食的小妹。"哦，有一家非常好吃啊，只是地方有点偏，道路有点窄，店面有点小。不过，味道却是我吃过的最好吃的烤鸭了……"

听着小妹的讲解，张览便向目的地出发了。然而，张览凭着小妹给的信息寻找了三个小时，倒了三班公交车，走得脚掌都疼了，却还是没有找到小妹描述的"此物只应天上有，人间哪得几回闻"的烤鸭。

无奈，张览只好再次给小妹打电话。"哎呀，你怎么走到那儿去了。你已经走远了，刚刚你没有发现它吗？重新返回，他家的店面有点小……"小妹听了张览的描述，失望地叫喊道。

为了找到自己心爱的烤鸭，张览只好再次返回，虽然腿真的好痛。这次，张览不仅眼观六路、耳听八方，而且还主动向路人打听。

一个半小时过去了，小妹终于接到了张览的电话。"哈哈，好吃吧，给我带回来一些啊。"小妹开心地说道。然而，小妹却听到了张览无奈的声音："你说的地方是不是不在人间啊，我挖地三尺了，也没有找到。我肚子饿得咕咕叫了，随便找了一家吃过了，味道还可以。人饿的时候，真是吃什么都是美味啊！""哎呀，你真笨。不过也很正常，毕竟你们都不像我这样整天都在下苦工夫搜寻的侦探啊……"小妹骂道。

挂上电话，张览突然明白了：酒香也怕巷子深，工作莫不是如此。

第二天上班，张览便改变了自己的工作状态。他不再将自己完成的文案都收起来，不再总是默默承受所有压力，不再只是让思考的内容在脑海中打草稿……张览将工作桌上布置得全满，将日程表涂涂画画放在电脑上，而且还主动和领导探讨自己正在思考的问题……

一天，张览正在伏案写写画画思考问题时，老板突然出现在了身边。老

板轻轻俯身于耳，说道："我等着给你升职好久了，呵呵，你终于开始努力了啊，加油！"

事情就是这样让人觉得好笑，只有你看起来忙忙碌碌的时候，他人才知道并承认你在努力！其实，这种现象也很正常，老板日理万机，他不可能像张览寻找烤鸭那样用心；老板也会像张览那样实在找不到心中梦想的时候，随便找"一家餐馆喂饱肚子"，更何况老板永远不会这样卖命地寻找；老板也会觉得"随便找的那家餐馆也很美味"，只要它不是特别难吃，就都是佳肴……所以，请让自己看上去永远处于忙碌状态，而不要让那些装作忙碌的办公室能手遮蔽了自己的光芒。要知道，如今社会中，适者生存！

同事不会替你邀功

当听到他人劝说"做一个看上去永远忙碌的员工"时，相信很多人便会觉得非常不解："只要自己用功，他人总会看到自己的成果呀？就算老板看不到，同事们也在身边呀？群众的眼睛永远是雪亮的。"还会有人非常不屑："这是虚伪的做法，优秀者永远不会作秀。"然而，这种想法只能是一种幻想，幻想永远不会成真。

清晨的阳光很好，王迎的心情也同样如此，走在上班的路上，王迎对自己的工作非常有信心，她相信自己很快便可以成为同事、上司、老板喜欢的对象，就像这美好的阳光。

"王迎，你赶快把这份报表打印一下。我今天有点头晕。"同事小张说道。"哦，好，知道了，我马上就做。"刚上班，王迎便接到了第一份紧急工作，连回答的语气都变得急促。"王迎，这个你送到C区办公室王主任那里，他正等着要呢。"王迎刚开始做打印报表的工作，便接到了老员工李姐的任务。"哦，好，我这就去。"王迎犹豫了一下，但是却没有告知李姐她手头上还有工作。"小王，那你顺便也帮我把这个文件送到B区陈经理那里去吧。谢谢啊，我已经跟他打过招呼了。"王迎刚起身向C区走去，黄主任便给她下达了第三份任务。

"好。"王迎只好答应，要知道这可是主任，她刚开始工作的新人怎么敢拒绝。于是，王迎加快了步伐，以便更快地帮大家办好这些事情，她还要赶着打印报表呢。

"怎么这样着急啊？"B区经理关切地问道。"哦，没什么。"王迎答道，她不敢告诉经理大家都在"使唤"她，不然就有告状的嫌疑了，再说她也不喜欢邀功。不过，很快王迎就后悔了，要是不让他们知道我在工作，那么等会小张怪罪起来，就没人可以替自己辩解了。王迎决定让王主任知道自己的努力。终于到达C区了，王迎走向王主任，放下文件，正准备汇报工作，只见王主任看到文件，便低下头忙起来。王迎不能打扰，再说"汇报工作"也不是必需的，而且只要自己办公室的员工知道自己在工作就行了。

回到办公室后，王迎便看到同事小张站在自己的位置上看自己打印工作的情况。看到王迎，小张便生气地埋怨起来："你跑到哪儿去了，不是跟你说要'赶快'了吗？等会领导怪罪，咱们怎么交差？咱们刚来，就应该好好工作！赶快打印吧，我去跟领导汇报一下。"说完，小张便离开了。

王迎疯狂地打印、整理、装订……及时交出了任务，但是却仍旧免不了领导的一顿臭骂："今天这么忙，你怎么不好好工作。把所有工作都推到小张身上怎么行？等下个月，看你得到几颗奖励星！好了，现在把这个做了，弥补过失，这次别偷懒！""我刚刚……"王迎连忙辩解。"过去了就过去吧，以后好好工作就行。快去吧！"还没能王迎说完，领导便下了逐客令。无奈，王迎只好离开。"反正其他同事也会给我证明的，我问心无愧。"王迎这样安慰自己。

就这样，王迎渐渐麻木也释怀了，对于这样的冤枉，她不再在乎，她相信同事们会替他邀功。

然而，事情却不如王迎想象的那样，几个月后，小张成了领导，而她却经常被领导上司批评。

看了上面的故事，我们不免会替王迎叫苦喊冤。但是，社会就是如此，你的辛苦不仅要让大家看到，你的忙碌还应该让领导知道，不然领导不仅不能知道你在忙碌，而且还会认为你在偷懒。而同事通常因为种种原因无法替

你邀功，甚至辩解也不那么容易办到。更何况办公室虽小，却鱼龙混杂，其中不乏明哲保身者、犯奸耍滑者和图谋不轨者。

职场小规则

　　在办公室中谋生活，一定要懂得"低调做人，高调做事"的道理，当你认认真真做人的时候，一定要在不干扰到他人的正常工作、生活的情况下，尽可能地将自我行为外显化。只有这样，你才能成为老板眼中真正实干、能干和肯干的员工。或许这对于内向的工作者来说有些不屑，但这就是办公室中的潜规则，不然你将永远沉默下去，甚至受到他人在知情或不知情情况下的欺负。

3. 尽量少说"不知道"

如今社会，越来越复杂，人们大多采取明哲保身的为人处事之策略。如今职场，越来越繁杂，职场人士不得不采用缄默不言的为人处事之态。因此，一时间，"不知道"这句话在职场越来越流行。再加上这句话的确可以使人们免去很多麻烦，为人们免去很多尴尬，让人们免去很多思考，可谓妙招！然而，经常说"不知道"的职场人士就真的悠哉悠哉了吗？答案是否定的！

勿让老板看扁你

经济危机后，工作越来越难找，生意越来越难做，老板下达了越来越多的麻烦，职场人士纵使三头六臂，也难以将全部的任务完美完成。而其中不乏有些因为没有达到老板心意者被冷落，被降低和被炒掉的。

这些惨状，被很多人看在眼里。于是，一部分职场工作者便想出了个好对策：为了不出错，多说"不知道"。

刘溪是一个非常聪明的人，常能够在他人还没有发现问题严重性的时候嗅到危险的气息，能在他人还蒙在鼓里的时候便已经溜之大吉，能在他人还在拼命解决难题的时候已经将沉重的包袱卸下身来。刘溪的工作原则是：当危险来临，多说"不知道"，切不可惹怒领导。

一次，刘溪的公司在运作上出现了困难，老板大发雷霆："大家都有什么点子，赶快发言。"大家一个个绞尽脑汁地思考，刘溪也一样，但是刘溪思考

的是：办公室中那么多人，没有我也一样。刘溪始终没有发言，当老板的目光注视到他的时候，刘溪便尽其所能装作正在认真"思考"的样子。

"提的主意都是空想，只是纸上谈兵！再接着想。"老板生气极了，一向的儒雅不见了，甚至拍起桌子。刘溪暗自庆幸：幸好我聪明，什么都没说。这样的事情不是随便可以提的。点子要是好的话，不见得后福无穷，但是一旦错了，那就有可能被老板炒掉。刘溪刚想到这儿，一个同事提出的建议真的触怒了老板，老板大怒："你在这儿工作了这么多年了，怎么想法还是这么幼稚。从明天起，你就重新回到基层吧，好好锻炼锻炼。"刘溪更加相信自己的猜想，所以当老板新一轮扫视大家的时候，刘溪一边装作思考，一边将身子往下压，尽量让大家遮挡住自己。

"好了，大家都回到自己的工作岗位上吧。几个组长，半个小时后，到我办公室开会。"老板将问题抛给了具体人群，而刘溪刚好在内。没有办法，刘溪只好想了些尽可能保守的简单想法。"只要能够应付老板的提问，其他的就是'不知道'。"刘溪暗暗告诫自己。

"这个办法怎么样？"老板问道。大家一一发言，轮到刘溪时候，刘溪便猜测老板的看法发言，能不说的绝对缄默。几个问题过后，其他几个同事都被老板狠狠批评了，唯有刘溪安然无恙。突然，老板发话了："刘溪，大家都说了各自的看法，你好像一直都没有发言啊。""哦，不是啊，老板，我是学习中文的，对于这方面不怎么懂啊。"刘溪小心翼翼地为自己辩解。"哦，没关系。在现在这样的特殊关头，什么意见都是欢迎的啊！"老板说道。"老板说的都很好听，我可不能上当！"刘溪心里这样想，嘴上却回答道："我还没有想好呢，都还只是一点点看法。"刘溪这样应对。"没关系，说说看。"老板不依不饶。"我对经营真的没什么想法。刚刚想的跟大家的都差不多……说出来只能让您生气啊，我……"刘溪尽量说得温和。可是，还没等刘溪说完，老板哈哈大笑，转而突然停止，拍桌子道："又是不知道，你不说就不会触怒我吗？我最忌讳公司有像你这样的窝囊废，什么都不知道！"

就这样，刘溪成了被裁掉的第一人。

人无完人，孰能无过？一个只懂得逃避，即使在公司处于危难关头，也不懂得积极开动脑筋献计献策的员工，不仅不可能得到老板的喜爱，而且一定会成为老板最痛恨的"寄生虫"。"不知道"虽然可以让你逃过一时，但是却不能逃过一世。就像刘溪这样，虽然凭着"不知道"躲过了降职、挨批，但最终还是触怒了老板，被炒鱿鱼，不能不说是一种悲哀。或许刘溪的聪明才智并不比其他员工低，但是老板只相信他看到的、听到的，当你经常说"不知道"的时候，那么即便老板知道你"很知道"，也会以"你不知道"为由埋没你、辞掉你。因为没有能力的人，留在公司只能是环境的蛀虫。

别让同事鄙视你

职场混杂，人们稍不留意便被小人抓住把柄，稍不小心便会被他人误解，稍不用心便容易造成错误。所以，一些在职场中打拼久了的人便会事事采取"不知道"的态度。能不过问的便不过问，能不回答的便不回答，能说"不知道"的便说不知道。他们以为这样就不会犯错误，或者少犯错误，从而也可以处处赢得好人缘。殊不知，同在一个办公室中工作，你不做也就意味着他人要做，你不出错也就意味着他人很可能需要承担出错的后果，长此以往，同事不仅会以同样的态度对待你，而且还可能会在不顺心的时候向领导举报你。

王鹏本不是胆小的人，但是他家境贫寒，上有两位生病的老人需要照顾，下有嗷嗷待哺的孩子需要喂养，妻子的收入也极其微薄。王鹏终于从商海游出，安心地屈就于小小的办公室小心谨慎地谋生活了。

"王鹏，你知道上次这个文案是谁做的吗？"一个同事着急地问道，好像文案在质量方面出现了大问题。"好像是办公室刘师傅的小组做的，幸好我聪明，没有参与。可是这样说出来不就是在和刘师傅结仇吗？不能说，绝对不能说。"这样想着，王鹏装作非常担心地回答说："哦，这次我没有参与，也不太清楚，不好意思啊，你再去问问别人。"

回答完同事的提问，王鹏连忙低头装作进行自己的工作了。谁料，十分钟后，同事又回来了。"王鹏，今天周末，值班的师傅中就您最了解办公室的

情况了。他们都是些刚来的新人。您能帮我想想这次文案最可能是哪个小组做的吗？"同事更加着急了。"哦，让我想想。"王鹏一边敷衍，一边思考：看来这次不是简单的"不知道"能解决的了。我应该怎么……"哦，对了。我可以帮你分析一下啊。陈师傅最近好像主要在培训新人，应该不是；刘师傅这几天好像请假了，我这几天只顾着忙自己的事情了，也没有太在意，不知道来了没有；赵师傅、周师傅和刘师傅最近都在忙着做东西，不知道是谁负责了你说的这个文案。你要不给他们打个电话。"王鹏装作挖空心思才想出了这么多信息。"哦，谢谢。我这就去打电话。"同事走到安静的地方打电话。

看着同事离去的身影，王鹏终于松了一口气。谁料还没等他低下头，同事又转身回来了。"啊，哈哈，王师傅，这个文案今天上午必须要上交啊，等分清楚是哪几个同事，他们再集合、赶到，我怕时间来不及啊。师傅，您看，这应该只是个小问题，您帮着修正一下吧。"同事恍然大悟。什么？王鹏连忙调动脑细胞思考：这可不行，要是大问题，我不是也搭进去了吗？还没等王鹏思考完毕，文案已经放在了他的手中。无奈，王鹏只好就势低头研究。两分钟后，"认真"研究后的王鹏，张口说："哎呀，术业有专攻，我也不太懂这个东西怎么修改呀……"

"您是不是不愿意帮我啊！什么都'不知道'。也是，早听大家说您是这样一个人，我偏不信，原来，呵呵，是真的。就剩老板不知情了！"同事满脸鄙夷地离去了。剩下王鹏一脸诧异，他原以为他是办公室中人缘最好的啊！

如今，在职场中打拼的很多人都存在王鹏这样的思想，以为凡事少往自己身上揽，能说"不知道"的时候便说"不知道"，就可以得罪最少的人，做好最对的事，取得最好的成绩。殊不知，凡事说"不知道"的人在他人眼中只能是一个不懂得上进，不懂得思考，毫无责任心，毫无团队精神的愚蠢、冷漠的人。这样的处事态度，虽然可以在短时间内不让你得罪他人，但是时间长了，人们自然会知道你是一个怎样的人，从而疏远你、鄙视你，那么最终这种人也一定会成为被孤立的人。到那时，领导自然不会不闻不问，而其梦想中的好日子也将瞬间结束。

职场小规则

身为工作者，那么也就意味着你需要工作。聪明的人都知道只要工作就一定会出错，但是聪明者也更应该知道，从不出错者便是从不敢于担当者。"不知道"在为你卸掉麻烦包袱的同时，也同时让人贴上了不懂得学习，毫无责任心、上进心的标签。这样的人，在短时间内，或许会受到一定的好处，但是经常说"不知道"的话，不仅会让同事鄙视，而且更会让老板痛恨。要知道，哪个老板愿意让一个"废物"长久呆在公司里，哪个同事愿意和一个"逃兵"长期为伍？

4. 别把制度不当回事

制度，是一个公司内的办事规程、行动准则，它要求所有员工共同遵守。然而，在如今社会中，很多人却无视公司的制度，有人说："拿制度压人？太土了吧！"有人说："大家都这样，制度就是一个大概的准则，并不是要求员工分毫不差地执行。"有人说："如今社会，到处在讲人性化，制度也应该遵守人性化！"然而，虽然迫于压力，有些管理者渐渐放松了办公室的管理制度，但是这并不代表员工便可以将办公室制度不当回事。做得过分了，批评、处分、罚款，甚至被炒鱿鱼都是有可能会发生的事情。

别向办公室制度挑衅

对于办公室制度，很多人并不将其放在重要的位置上，当自己的事情与办公室制度发生冲突的时候，人们常常会撇开办公室制度，而选择执行自己比较看重的事情，并安慰自己道："我要生活啊，不能只是生存。""公司领导非常人性化，一定会谅解我的。""我也没有办法，也是生活所迫啊。""反正这一个月的全勤奖已经没有了，索性就不理会办公室制度吧。"然而，这些都并不能成为违反办公室制度的理由。当情况严重时，上司一定会杀一儆百，到时向办公室制度发起挑战者只能欲哭无泪、自认倒霉了。

张涛是一个对工作非常认真的人，工作多年从来没有出现过任何违反办公室制度的事情，他常以此为傲。但是最近一段时间，张涛不敢再这样标榜自己了。

原来，张涛是一个积极爱国者，奥运圣火很快便要传递到他所在的城市，而他们公司却不一定会在当天给他们放假。

"张涛，你决定了吗？明天我们都会看圣火传递，这是举国盛事，为国家尽一份力啊。"同事小 A 说道。"我还没想好呢。"张涛回答说。"哎呀，涛哥，这么多年了，你从来都没有违反过任何制度，你不觉得很不过瘾吗？为了奥运圣火，值了。"同事小 B 说。"是啊，张涛，领导们也没有将制度当回事，你看有人迟到了几分钟，先斩后奏式的请假，被上司抓到了说几句好话，都没什么大事的。"同事小 C 也来劝说。"是啊，我也想去，你看人家都休息，就咱们几个好欺负，被迫加班！这可是咱们国家的第一次啊！"同事小 D 也抱怨了。

月亮也睡觉了，张涛还是没有睡着。他不知道自己该怎么办。回想多年来的工作经验和同事们的劝说，张涛终于下定决心：翘班，豁出去了，法不责众！

第二天，张涛有些担忧，想着办公室制度中"旷工者，抹去二年内的所有晋升机会"的规定，他犹豫了。但最终张涛还是选择了冒险。"办公室制度都是吓唬胆小者的，我看从来没有执行过。"张涛安慰自己不安的心，拿起自己制作的小红旗，快速走向了计划中的地点。

告别圣火，张涛的心又全部回到了工作岗位上。然而，当他带着连夜赶做出的工作内容走进办公室时，却看到了上司愤怒、无奈和痛心等多种情感交织生成的复杂神情。张涛从来都没有见过上司如此，他知道上司一定失望了。

"张涛，你……"上司想要发火，但是却不知道为什么忍住了。张涛什么也没有说，抱歉地等待着上司的发落。上司的目光中流露出了痛苦，然后是无奈，也越来越复杂。然后，转身回到了自己的办公室。

两个小时后，上司召开了全体会议："我从来不喜欢处罚员工，因为我理解生活的艰难。但是，这并不代表办公室制度毫无作用。这次，张涛等人竟然如此辜负我的信任……虽然这是爱国的表现，但是圣火之所以可以出现在我们身边，其身后是无数人无数年对制度无条件的重视和遵守。一个不懂得遵守制度的人是对圣火的亵渎……虽然，张涛已经连夜弥补了工作，但是也

必须依照制度受到处罚……"

就这样，张涛的升职梦只有再延长两年，甚至更长了。

就像故事中的上司所说，制度之所以没有执行，是因为领导在进行人性化管理，这并不代表制度没有作用。当员工在公然挑战制度的时候，制度一定会发挥作用，不管违反制度者怎样弥补，都无法阻挡制度的执行。要知道，一个公司之所以发展、壮大，制度的作用不可磨灭。

别无视办公室制度

对于办公室制度，有人会这样看待："制度是人制定的，没有什么'必须'可言。"有人会天真地认为："制度只是为能力差的人制定的，只要我做好我的工作，只要我的工作做得好、做得多，那么制度就得为我开绿灯。"也有人会这样思考："只要不公然对抗制度，那么制度就会对我法外开恩。"然而，持这种心态者，通常都会因侥幸和高傲受到惩罚。

田天博士毕业，然而工作后的情况却远不是他梦想中的情景，不仅工资没有达到自己想象中的标准，而且他的老板竟然只是初中毕业，他的同事大多也只是本科毕业生。更让田天无法接受的是，他竟然整天陪着这些"愚蠢"、"低能"的人们加班，甚至熬夜！

"田天，你身体是不是不舒服啊。我听你的上司说你很早就离开了公司，看上去精神很不好啊。要不要回家休息几天啊。"这天刚上班，老板就找到了田天了解情况，并十分关心地要给他放假。"没什么，我会注意的。"田天生硬地回答道。田天早就在这里呆不下去了，但是回想自己已经跳槽多次，而这个老板还算懂得重视他，关心他，所以他才肯在这个小庙里"委曲求全"。

"田天，昨天没有休息好吗？听说你今天上午十点半才硬撑着来公司了。以后不要勉强自己，身体不舒服或者有急事就跟我说啊。"一天，刚到吃中午饭的时间，老板送来了营养丰富的午餐，并给了他"特权"。"知道了。"田天已经对老板的低声下气厌倦了，没有什么感激的情感涌动。

就这样，田天养成了随心所欲的生活，不把公司的制度放在眼里。

这天，田天揉着惺忪睡眼刚走进办公室，就被上司拉进了办公室。"你在等我吗？我今天家中有些急事，所以上午没来。"田天毫无愧疚地说道。"你怎么这样散漫，你不知道大家对你的行为议论纷纷，有人已经向老板反映了。你这样，让我，让老板怎么管理公司啊？"上司劝说道。"他们有什么资格议论？没能力就嫉恨有能力者！"田天毫不在意。"虽然你的能力强，但是你的工作却没有他人做得多。老板这样对你，是看得起你，你不要惹恼了他。"上司安慰道。田天烦了，转身离开了，他认为老板不会因为制度这样的小问题与他发生冲突。

一个月后的一天，田天又迟到了。当他准备走进办公室的时候，老板拦住了他。"田天，你的工资已经打入你的银行卡了，以后就不用再来上班了。"老板平静地说。"为什么？就因为制度？"田天质问。"你觉得制度没有你重要吗？因为制度严明，我只有初中的文化程度，却将公司经营壮大，但是你能为公司做些什么？你又为公司做了什么……难道就是扰乱公司的工作氛围？"

环顾公司，再看看自己，田天仍旧不能明白制度的意义。

别不把制度当回事，不管你的学历有多高，你的能力有多强，你的权力有多大，当你无视制度的话，你也就是逼迫同事、上司和老板无视你的学历、能力和权力。虽然通常情况下，制度好像并不起作用，但是一旦你触犯它，你必然要受到它的惩罚。

职场小规则

别把制度不当回事，制度就是无声无形无影的防线，你不触犯它的时候，你看不到它的威力，但是一旦你挑衅它、无视它，那么你必将受到制度所带来的苦果，它很可能让你受到处罚、丢掉工作，严重者还会使你名声扫地。这是职场的潜规则，若有若如，但是切不可招惹它，它若伤人，必定一招击中。

5. 小事糊涂大事精明

金无足赤，人无完人，没有谁可以完美无缺，同事是这样，上司是这样，老板也是这样。一群有缺点的人同在办公室中打拼，不免会出现很多问题。其中，有小问题，也有大事件。这两种情况，不可以按照同样的标准处理，不然即便你耗尽精力也难以将这些问题处理得漂亮，也很可能聪明反被聪明误，落个有理说不清的下场。

对此，有人提出"小事糊涂，大事精明"，事实证明，这样的处事方式可以有效地打造美好的工作和生活。

小事糊涂，必有后福

水至清则无鱼，人至察则无徒。一个人在为人处世之时，唯有不过于较真，在不必要纠缠的问题上睁只眼闭只眼，敢于牺牲些小利益，才能够使自己与同事之间保持和谐的关系，才能够使自己的工作氛围长久保持良好的状态。

终于要过春节了，张峰开心极了。这是张峰工作以来的第一个春节，他觉得自己真的成熟了，可以赚钱孝顺爸妈，而且还可以常常拿着自己的工作福利回家有成就感地对爸妈说一声："我生活得一切都好，请爸妈放心。"

张峰这样想着，感悟着，迎着朝阳，走进了公司。"张峰，今天不用上班，你负责帮大家发福利好吗？然后，就可以回家看望爸妈了。"上司安排道。"好啊，能够带给大家'福和利'，我求之不得啊！"张峰欣然接受。

发福利，看似容易，其实是一项并不好做的事情。大家紧张了一年，终于放松下来，而且归家心切，很容易便会出现差错。张峰深谙此理，他非常认真地分配，然后配以微笑。

"哎呀，怎么少了一份啊？"最后一个领福利的同事惊讶地叫道。"没有啊，你是最后一位了啊……还有谁没有来吗？"张峰疑惑地问道，接着便有些担心了。"呵呵，我是说我要是领走了，你不就没有了吗？"同事不好意思地说道。"哦，购买福利的老师傅，可能忘记咱们前几天公司刚添了一位新员工啦。"张峰突然醒悟。

听到张峰这么说，同事也觉得不好意思了，拿着福利的手又松开了。"没关系，我等会跟老师傅联系一下就行了，你拿着吧。"张峰准备将最后一份让给同事。"你骗人吧，老师傅生病了，你才不会去打扰呢。"同事看穿了张峰的心思。"没关系，我去找老板，让他赔偿我，呵呵。女性优先嘛。"说着，张峰将最后一份福利全部发给了同事。

忙了一个上午，张峰什么也没有得到，满心期待的福利也没有拿到。但是，张峰却觉得自己做了一个正确的选择。冬日的阳光异常温暖，张峰心中的失落很快便烟消云散了。

新年很快来临，大年初一，全家人正坐在阳光下聊天，电话响了："张峰，我是老师傅啊，我今年少买了一份福利。让你受委屈了啊，孩子……""哈哈，明天您再补给我嘛。新年好。"张峰觉得特别温暖，更加坚定自己做得正确。刚挂上电话，门铃响了。"哎呀，老板，您怎么来了？"打开门，老板笑脸相迎。"你说呢，你的福利。我都知道了。"老板欣慰地说道。

送走老板，张峰拿出红纸、墨水，认真挥就四个大字：糊涂是福。

做人不能过于精明，对待职场琐事也应该如此。很多时候，在没有大碍的小事上闭眼、糊涂，不仅可以减少很多麻烦，丢掉很多烦恼，而且还会使自己心灵更加纯洁，头脑更加丰富，人缘更加良好，工作也会更加顺利。

糊涂是福，在小事上糊涂，在大事上才可能得到福报。更何况，人生中需要你做的大事情还有太多太多，何必执著于芝麻绿豆的小事？

大事精明，方成大事

虽然说宽以待人是职场工作者不可缺少的品德，但是如果遇到了原则性问题的时候，即使是再小的事情也应该将其当作大事情来对待，提高警惕、认真对待，才是上上策。只有这样，你才能在公司中永久地站稳脚跟、做事磊落。

郭文，是一个非常诚实的人，待人友善，对工作负责。从开始做会计开始，他所做的账目从来没有出现过差错。然而，这天刚上班郭文便被老板喊进了办公室："郭文啊，你工作这么多年了，从来都兢兢业业，所以我非常相信你……咱们还是朋友，你有什么困难，可以跟我说，你怎么能随便动用公款呢？""我没有啊！"郭文觉得非常纳闷。"没什么。你是老员工了，看在数目很小的情况下，周末之前，把它补齐……以后好好工作。"老板安慰道。"可是，我真的没有啊。"郭文连忙跟老板解释。但是老板失望地摆摆手说："出去吧，不要声张，就咱俩知道。"

出了老板办公室，郭文觉得天塌地陷。他从来都是一个正直的人，工作多年从来都没有做过一件投机取巧的事情，又怎么会做这样有损良心的事情？于是，郭文下决心一定要将这件事情查清楚："虽然老板并没有做出处罚，但是这与一个人的良心相关，属于原则性问题。一定不能糊涂了事。"

下班了，郭文留了下来，他要认真将所有的账目核算清楚，以便找出漏洞；夜晚21点了，郭文仍然没有查出端倪；周五过去了，郭文还没有查清事情的真相。"怎么办呢？"郭文着急地想，"先把账目补上，不可影响公司的大局。"郭文选择了牺牲小我。

周一，郭文收到了老板的"邀请"。"这件事情你做的非常好。有什么心得体会吗？"老板严肃地问道。郭文沉默片刻，小声说道："恕我冒昧。我觉得是您在考验我吧？这笔账不存在啊。""哈哈，的确如此啊。那你为什么要牺牲自己呢？"老板笑着说道。"因为是原则性问题，所以我要认真调查，而且要悄无声息，不达目标不罢休。公司大局为重，所以有必要时需要做出一些牺牲。"

第二天，郭文便被派到了公司新建立的分公司，成为了老板的得力助手。

社会是复杂的，一个人要想做出伟大的成就，就一定要分清楚什么是自己不应该做的，什么是自己一定要做的，什么时候需要小心谨慎，什么时候自己需要牺牲小我等等。就像郭文那样，认真对待工作，不投机取巧，不败坏良心；在需要闭嘴的时候，不声张，谨慎行事；在需要坚持的时候，彻查到底，绝不糊涂；在需要牺牲的时候，绝不犹豫。

一个人在办公室谋生活，只有将每件与工作、人格有关的事情都看成大事，精细对待，那么这个人才能行得稳，行得正，行得远。

职场小规则

小事糊涂，大事精明。人的精力有限，你若一味执著于小事情，那么你必将无法成就大事业。人无完人，世界不可能完全公平和纯净，你若事事讲究，那么你的心情不会良好，工作不会顺利，人生不会有成。但是，在面对大事情的时候，你一定要坚定立场，切不可认输、退缩，不然你的名声将会被毁，你的生活将被打乱，你的工作将会出问题，你的事业将永远无成。

所以，在工作中，面对小事时，得饶人处且饶人，能低头时便放行，不该计较的便放下。而遇到大事时，一定要认清、分清，且查清，从而游刃有余地生活于看似平静、实则暗潮涌动的办公室中。

6. 不要只做吩咐你的事

　　很多人都非常勤奋，在工作中，他们尽自己最大的努力将老板、上司分配的任务做到尽善尽美，然而工作多年，却难以得到一官半职的升迁。为何？其原因是这样的人走进了工作的误区：将老板吩咐的事情做到最好。然而，在现代竞争激烈的社会中，这样的做法最多只能保证自己能够安安稳稳保住工作，而得到老板赏识的人永远都是那些不只是做老板吩咐的事情的员工。

大胆提出问题

　　如今社会发展变化太快，昨天还是千真万确的事情，待今天来看的时候便可能会是陈旧的往事了。这便需要工作者在做好自己的本职工作之余，还能够做一些老板、上司并没有吩咐的事情，例如帮助老板发现错误，帮助上司指出问题等。

　　黄月是一个工作非常认真的人，这天刚上班，上司便给她布置了新任务："帮我把这份文件的板式优化一下，再打出来一份，要快，老板急着要呢。""是。"黄月非常高兴，觉得终于在上次出差错后，上司又一次分配重要工作给她做。

　　接到文件的一瞬间，黄月的键盘上便响起了噼里啪啦的打字声。"这是什么，这个数据好像不对啊？"黄月对上司文件中的一点内容产生了疑问。想到这里，黄月望向了上司的办公室，上司正在忙着处理事情。"我把它改了吧？"黄月自言自语。但是，很快黄月便否定了自己的看法：上司工作了这么多年，从来都没有出现过错误，应该是我记错了吧。于是，黄月跳过这个问题，继续敲打键盘。半个小时后，黄月完成了工作。通读一遍，黄月再次认真检查，当再次发现这个问题的时候，黄月又犹豫了。该怎么办呢？上司规定的时间马上就要到了。无奈，黄月走向了上司的办公室，准备向上司提出自己的看法。"终于完成了，赶快给我，我得马上到总部去开会呢。"上司一边穿外套，一边对黄月说，显得非常着急。"我觉得，这个文件，好像，还有一点点，小瑕疵。"黄月支支吾吾，她最终还是不敢向上司提出强烈的质疑。"没关系的，突发事件，不能尽善尽美也情有可原，只要尽力就行了。"上司误解了黄月的意思，以为黄月在自责，于是安慰道。而正处于紧张状态的黄月也没有很好地领悟上司的意思，转身回到自己的桌旁，按下"打印"键。"如果错了，上司也会发现的，就算上司没有发现，老板也会发现的。"黄月这样安慰道。

下午，黄月正在认真地工作，上司从总部回来了。黄月终于舒了一口气，可正在这时，上司的召唤来了。"黄月，上午你在整体文件的时候有没有发现错误？"上司问。"嗯，是不是一个数据出了问题？"黄月关切地问。"但是你却没有将它改正，也没有跟我说明？"上司说道。"我当时是想跟您说的啊，可是……"黄月连忙解释。但是却被上司打断了："一个秘书不仅要能工作，而且还要能开动脑筋地主动工作。我也会出错，我需要一个能够帮助我，而不是只懂誊抄的秘书……"

如今社会环境下，人们的工作节奏加快，工作内容复杂，工作状态趋于浮躁，因此常常会出现一些错误。员工会出现，上司、老板同样也会。这就需要员工有一颗主动、积极的工作心，及时发现并大胆提出工作中存在的问题和错误等。而非只是按部就班地完成上司、老板所吩咐的工作。

主动提出建议

在职场中打拼，只有成为一个优秀的员工才能逐渐实现自己的事业梦。那么什么才是优秀的员工？兢兢业业、勤奋进取，完美地完成上司、老板所吩咐的任务吗？不，在现代社会，仅是如此工作还不能被称之为优秀的员工。一个优秀的员工，除了做到勤奋、认真外，还需要懂得上司和老板的心思，帮助他们实现其终极目标，让自己成为他们的得力助手。

刘悭的上司是一个非常了不起的人，每天忙忙碌碌地为公司创效益。这让刘悭非常佩服，始终以上司为榜样拼命地工作，将上司所分配地任务按时保质地完成。

这天，刘悭终于完成了上司交代的任务。但是，刘悭却并没有觉得开心，因为刘悭发现上司正在为他们正着手做的这项工作烦恼。"这项工作不是进行得非常顺利吗？您怎么看上去非常烦恼啊？"刘悭关切地问道。上司惊讶于员工的用心，于是抬头认真地审视刘悭，笑笑说："顺利，只是表面现象啊。可惜，你们还没有成熟起来啊。"

离开上司的办公室，反复回味上司的话语，刘悭决定要帮助上司做些什么。于是，刘悭开始思考整个项目，不仅做好自己的分内工作，而且还废寝忘食地研究全局工作。这天，下班了一个小时了，刘悭还在加班，同事小王心疼地说："别瞎折腾了，上司还研究不好的东西，凭咱们这些刚开始工作的小虾米怎么能解决呢！""哦，知道了。"刘悭一边回答同事，一边继续研究，刘悭觉得他是这个公司的一员，应该为公司着想，为公司分忧，虽然公司可能并不需要自己的帮助。

不久后，刘悭终于思考出了一些成果。刚下班，刘悭便来到了上司的办公室："头儿，不知道您是不是正在为这个问题头疼，我想了一些办法，您看看。"上司又一次审视刘悭，许久，拿起刘悭的建议细细研读。

"你的工作态度，我很欣赏。只是，这些建议，不太实用啊。"上司认真评价道。"没关系，我再回去思考思考。"刘悭虽然有些失望，但是看到上司久违了的笑容，他觉得自己的工作并没有白费。

第二天刚上班，上司便将刘悭喊到了办公室。"哦，我还没有想出其他办法呢。等我的工作做完，就想办法。"刘悭连忙说。"哈哈，我已经想出了办法，灵感来自于你的建议啊！"上司开心极了。

就这样，刘悭真的成了上司的小助手，虽然他还十分稚嫩，但是上司看中了他积极、灵活工作的品德。

通常，人们都不会向上司提建议，因为大多数员工都只是满足于将自己的分内工作完成，而且也不愿意看到上司将自己废寝忘食思考得来的建议废弃不理。然而，要想成为一个受上司器重的员工，没有积极、主动的工作态度，没有承受失败的工作心态，那么永远也不可能实现愿望。

没有一个上司不希望下属能为自己分忧，他们无时无刻不在寻找可以看懂他的真实想法，并积极提出建议的得力员工。只是，绝大多数员工都只看到了上司所交代的工作的表象，而不能领会上司的真正想法。

职场小规则

不要只做上司吩咐你的事情，通常情况下，上司吩咐你的工作都只是工作的原点，他希望你可以从全局的位置上着眼，沿着他所吩咐的原点放射开去，完成其他一些他并没有提到或者当下还没有想到却需要完成的工作。这是职场的潜规则，看到并且完成，你便会成为上司所器重的员工，不然你只能靠自己的勤奋一年一年地在现有岗位上蜗牛般爬升。

切记，上司、老板，也是一个凡人，他们压力巨大，极其需要你的火眼金睛替他们发现错误、提出意见、想出办法。

7. 表面文章也很重要

随着时代的进步和竞争程度的有增无减，职场人士越来越多地认识到"实力"的重要性。于是，人们纷纷提出："不可仅做表面文章，一定要有真才实学，真打实干才行。""虚有其表者，将会被社会淘汰。"

然而，环顾四周，人们会看到很多真打实干者并不一定都通过自己的实力达到了想要的事业，而一些外表光鲜者却总是抢得先机。

其实，实力固然重要，但是表面文章也不可丢弃。毕竟，实力是通过长久实践才能确定的，而表面文章却可以瞬间打动他人的心。

声名也很重要

很多人都觉得工作便是踏踏实实地完成自己的任务，默默无闻也无所谓。然而，持这样想法的人便真的默默无闻了。很多人都觉得只要我工作做得好，老板终有一日会看到我，且重用我。然而，有这样想法的人却常常在悄无声息中等到了自己要"功成身退"的年纪。

其实，"声名"很重要，它决定了你是一直默默无闻还是快速加薪晋升。

刘京就职于某大型超市，一向能干的他在公司已经半年了，但是却少有人能够叫得出他的名字。这让刘京不禁感叹："在社会中要想求得好的收成，一味等待伯乐，而不吸引伯乐是不行的啊。"于是，刘京很快调整了战略。

刘京做的是采购工作，通常很难表现自己的能力。但是刘京开始努力寻找机会。他不仅开始苦练自己的表达能力，而且还开始注意自己的穿着和发型等外表工作。刘京相信外表是抓住对方目光的第一要素。

第二天，刘京改变了自己的作息。很早，刘京便起床赶赴公司，将采购车清洗一新。"刚好"，刘京的表现被有早起习惯的老板看到了。老板走过去，认真地问道："你们采购部人员什么时候也开始负责这方面工作了？"刘京停下擦车的行为，站起来身来，微笑说道："早上刷牙时，突然觉得车辆也需要清洗，是咱们公司的形象嘛。"

第三天，刘京将采购报表重新打印，并且换上了美观简洁的外观。这很快便迎来了领导的注意："呵呵，这是谁做的啊。不错啊，我刚刚看到客户们都在暗暗赞叹咱们的'专业'呢。"刘京的改变赢得了领导的好感。

一次，刘京和同事们在外出采购时，遇到了难题。同事与客户关于价钱方面的事情僵持了将近一个小时了，也没有谈成。显然，双方都想促成这桩生意。于是，刘京主动向小组长毛遂自荐。组长感到很诧异，一个默默无闻的采购员竟然有这样的勇气和不俗的气质！最终同意了刘京的请求。结果，顺利促成了合作。于是，业务部主任知道了他。

就这样，刘京在工作中，不仅认真完成各项工作，还在恰当的时间，通过恰当的手段吸引领导的注意和同事们的赞誉。

工作将满一年时，刘京真的通过自己的努力赢得了自己的伯乐。

很多人都会觉得在表面上做文章是一种肤浅的行为，殊不知肤浅也是一种简单。众多事实表明，最容易吸引他人目光的工具就是最简单的形式，例如外表等。一个人要想得到他人的认同，只有在吸引了他人的目光后才能够得到。试想，有哪一位日理万机的领导，会愿意绞尽脑汁地从人海中一个个甄别、挑选？所以，请先吸引他的目光，让他知道你，然后他才能看到你的内在。

别总是冷冰冰

职场是人们谋生的地方，然而也是一个是非之地。其中的复杂只可意会不可言传，于是，很多职场人士为了使自己避免揽入各种各样的纷争，采取了冷落的态度，不参与同事们的纷争，不参与办公室的讨论，不参与集体活动，甚至不搭理人们的邀请等。然而，这样的出发点虽好，但是结果却常常会令人遗憾。

余迪是一个非常老实的人，甚至老实得让人惊讶。在学校中，余迪总是替他人做事，代他人受过，而且毫无怨言。为此，好朋友们经常会劝说他："余迪，你不要总是太热心，不然总是被人欺负。"家人也会劝说："余迪，妈妈知道你是一个善良的人，但是职场上很多尔虞我诈。你工作后，可不能让自己总代人受过知道吗？你要改变，不要说太多话，也不要太积极，踏实工作就行了。"

回想从小到大的情景，余迪觉得自己真的是人善被人欺，事多被事扰，无法适合这个社会了。于是，他下定决心改变自己。

"余迪，你今天能不能帮我把这个东西打印一下啊？"刚开始工作，办公室大姐便吆喝他做额外的事。"等我忙完了，忙你的。"余迪小声说道，一副冷冰冰的表情。看到这个情景，同事小张接过话说："嗯，我们俩一会儿就忙完了，您放心吧。"其实，最后还是余迪帮助打印的。

"余迪，今天老板要来探访，要好好表现呀。被老板看中，对以后的发展会有很大的作用。"小张悄悄说道。"只要把工作做好就行了，老板早晚会看到的。"余迪说道。老板来了，大家都热烈欢迎，显得非常激动。余迪也同样激动，但是他却甘愿做了"幕后工作者"，埋头做"老板和同事的发言记录工作"。

"余迪，下班后咱们一块去逛街吧？我刚来咱们这个城市，需要采购很多东西啊。"小张知道余迪在这里土生土长，激动地说道。"哦，我最近不太舒服。等会儿我画一张简易地图，你去了那些地方，便能够买到所有想有的东西。"余迪很想帮助，但是却还不知道这个新同事的为人，所以回避了。

"余迪，你怎么一直不爱说话啊，身体不舒服吗？还是刚开始工作不习惯啊？"上司关心地问道。"哦，我的工作出了问题吗？"余迪不敢以为上司会关心他。

就这样，余迪终于摆脱了应付表面文章的麻烦，专心于工作的他业绩非常不错。然而，在晋升时，余迪却并没有成为幸运儿。因为，同事们都觉得虽然余迪业绩好，工作态度好，但是为人却冷冰冰的，所以大多都在犹豫后将票投给了他人。

从这个故事中，人们会发现其实余迪对待工作非常认真，也热爱公司，而且对待同事也非常用心，只是因为他总是将自己的努力放在暗处，将自己的热情压抑了下去。殊不知，要想适应职场中的人和事，要想在职场中谋得升迁，并非躲避就可以做到的。很多时候，打动他人，打动客户，打动老板的武器并不是实力，而是"表面文章＋实力"。

职场小规则

内在固然重要，但是内外兼修者会更令人倾慕。在如今竞争日益激烈的社会中，人们各个精益求精。细细回想，你便会发现，即便是一个小小办公室，其中也藏龙卧虎。而那些"长相"漂亮者，常能够在第一位便被你想到，进而分析。所以，要想在职场中早日出头，一定要懂得适当做做表面文章。

8. 办公室不是恋爱场所

爱情无禁忌，无论是什么地方，只要有男人和女人共同存在的地方，便会有爱情产生，办公室中同样如此。日久生情，办公室同事处事时间长了，再加上一些小暧昧，一段办公室恋情，便可能产生；一见钟情，在工作中找到志同道合的异性极其容易，很可能只是偶然聊天，甚至只因为一次公开展示的工作文件等，办公室恋情便会瞬间爆发；有意谋划，一位适龄异性主动出击，即便你知道对方很可能并非真的是生命中的另一半，却难以抵挡那刺激的冒险经历。诸如此类的情况还有很多，然而办公室不是恋爱的场所，哪怕双方极其理智、冷静，也容易出现让你难以接受的差错！

有口难辩的情况就在身边

恋爱只要发生在了办公室中，那么基本上都无法逃脱群众的眼睛。当然，绝大多数同事们会尊重恋人们的选择，为其保密，缄默不提。然而，这并不代表同事们便真的已经忘记、忽视，或者永远不会说出来。一旦环境发生变化，恋情便会瞬间被曝光，结果必然有碍双方的在办公室中的发展，甚至生存。

像如今流行的办公室恋情那样，王敏和张强也无法抗拒地坠入其中。不过，虽然已经恋爱，但是王敏和张强两人非常清醒，他们不像很多办公室恋人那样卿卿我我，他们甚至规定双方在办公室中一定像同事那样，秉公执行各种工作，进行各种交往。

虽然王敏和张强始终严格按照他们的规定执行，但是在一次周末的外出游玩时被同事发现了。"哥们儿,不要告诉同事们啊。我们不想影响正式工作。"张强连忙向同事请求。"知道了,你们谈了多久了,怎么一点也发现啊?"同事打趣,接着说道,"我会保守秘密的。"

世上没有不透风的墙,今天碰到这位同事,说不定很多人都知道了呢,王敏和张强决定在办公室时,一定要更加低调。

一天,办公室里要举行一次竞选。王敏和张强踊跃参加,他们都是办公室的精英。演讲完毕,同事们纷纷投票,王敏和张强约定要以最公正的心态执行。

很快,在大家的投票下,王敏的名字入围,张强也非常有希望成为新一任的领导。一票,又一票,张强的得票数不断攀升,王敏觉得开心极了,她始终认为男友是最棒的。然而,事态很快发生了戏剧性的变化,王敏成为了投票者的最后一位,而当时的情况是张强和另外一位有名无实的富家子弟打成平手。当然要支持真正有实力者,王敏这样想着将最后一票投给了张强。

"现在我宣布这次新一任领导的名单,他们是……"经理开心地说道。王敏和张强都非常开心,然而这时这位富家公子却站起来反对:"经理,这不公平,王敏偏袒张强。"经理愣住了,富家公子骄傲一笑,大声说:"他们正在热恋呢,王敏的投票应该作废。""我没有,你让大家公正地评一评。"王敏生气地说。"哎呀,别说的那么高尚。我说呢,我怎么会输给王敏,原来是有人偏袒啊。"排名于王敏之下的女同事也站起来质疑。真是有口难辩,张强突然想起了上次出游时碰到的同事小刘:"小刘,你评一评理。你早就知道我们恋爱了,但是你说我们的工作态度怎样?""对,小刘,你可不能偏袒呀。"女同事挑衅地对小刘说。这时,办公室氛围突然变得奇怪了……

由于办公室不能谈恋爱的规定,经理虽然知道谁胜谁负,但是迫于压力,最终无奈地擦去了张强的名字!

和众多同事一样,我们也知道王敏和张强非常冤枉,但是当他人用违反办公室规定的条例来说事的时候,恋爱者只能自认倒霉,虽然他们并没有将恋爱的情绪带到办公室中,纵使办公室中没有这样的规定,王敏和张强在这样的情况下也难以将自己洗清。要知道,在如今社会中,只要能够胜出,一

部分人会不择手段，而大多数人也都只能且一定会向自己的利益看齐。

情到深处，人难耐

爱情之所以是爱情，是因为它拥有喷薄欲出的态势。情难自禁，办公室恋人的意志稍有薄弱，那么一些难以自持的举动便会出现。而在办公室这样的工作环境中，即便再微小的爱情举动也能被他人发现，也会干扰到他人的工作情绪等。而这样，恋人们的工作便会出现劫难。

郭琳和李炫终于无法克制自己心中的爱，走到了一起。"下班后咱们才能在一起。在办公室中一定要保持距离，不能影响工作。"李炫这样说着，无奈地握紧郭琳的手。"嗯，我听话，上班的时候一定不想你。"

"今天，你表现得很好，继续加油。"第一天下班，李炫开心地表扬郭琳。"你也表现得不错……可是，人家很想你啊。"郭琳的眼睛红红的。

第二天，第三天，第四天，他们都克制得非常好，工作和恋爱齐头并进。这让他们非常骄傲。然而，到了第五天的时候，郭琳再也坚持不住了，尤其是看到李炫和其他女同事走在一起的时候。郭琳也不想影响工作，可以心中的感情的确难以控制。一个小时过去了，郭琳电脑前的文字被敲上、删掉，反反复复，没有什么进度。这时，一个同事突然出现在了郭琳身边。"郭琳，是不是男朋友被人抢走了，心里着急啊？"同事打趣道。接着，附近的同事也都扭头关注郭琳，看样子早就看出了他们的恋情。"没有啊，工作第一位！"郭琳说得非常坚定。"呵呵，傻姑娘，你可以工作结束后，给他发邮件啊。"另一个同事安慰道。

是啊，我怎么这么笨啊。郭琳这样说着，飞快地展开了工作。不久，工作便被她搞定了。抬头看看四下无人关注自己，郭琳悄悄打开了自己的邮箱，三两分钟过后，心中的相思便已成章。"发送"，郭琳开心地暗自说道。"哦，稍等。得把邮件名改得工作化些。哈哈，我真聪明。"郭琳终于消解了自己的相思之苦。

30分钟后，郭琳还没有看到李炫回归的身影，她简直要被思念和担忧折磨疯了。这时，上司让郭琳进入其办公室的命令却来了。"郭琳，这是你做的东西吗？"上司严肃地问道。"我工作做得一直都很用心啊。"郭琳说着，望向上司的电脑。"啊！"郭琳失声叫道，连忙询问："这个怎么跑到了你的电脑上啊？""这应该问问你，怎么让情书跑到了大家的电脑上。"上司批评道，转而接着说："看你们前几天表现挺好，没有批评，越来越大胆了啊……"

回到办公室，同事们的眼光各不相同，而李炫的眼眶中却溢满失望。郭琳知道自己工作和爱情都要经受严峻的考验了。

爱情，是人们所不能掌控的。即便是在办公室之外，人们也常常因为爱情而出错，更何况在办公室这样复杂的环境中！爱情发生在办公室中，恋人们需要极其小心，严格控制自己的思念，严格把握自己的吃醋心理，严格控制与恋人一起进行工作交流时候的言行举止和心理变化等，这些通常是难以做到的，因为若如此，爱情将会变质，至少也会生出无限不必要的矛盾和痛苦，从而影响到工作，也影响到爱情。

职场小规则

办公室不是恋爱的场所，虽然它是极易滋生爱情的地方。办公室中的恋情，通常需要隐藏和遮蔽，而正是因为此，它的生存才变得异常艰巨。要知道，没有阳光、雨露和空气的地方，便是地狱，更何况办公室这样的地域环境复杂且恶劣。而如果要将办公室恋情曝光，那就势必影响办公室的同事，从而也影响到恋人自身的正常工作和生活。如此，即便恋人们怀抱美好的心愿，也难以收获甜美的果实，而且事业的丰收也必然受到影响和挑战。

第六章
顺利晋升并非易事

　　每个人都希望自己的才能得到领导的认可，然后顺理成章地步入自己的仕途之路，但事实往往与人们的想法有很大的出入。晋升是每个员工都渴盼已久的事，有些老员工在自己的工作岗位了打拼了十多年，却始终都没有得到重用，更何况一个出入茅庐的年轻人？所以，千万不要太把自己当回事，那只会让你的意志一天天消磨。

1. 职场强者要选对参照物

参照物，这是稍微懂得物理知识的人都不会感觉到陌生的物理学概念，有了参照物，我们才会知道自己是处于静止状态还是处于前进或退后的状态中。生活中，我们往往会在不知不觉间为自己选择了参照物。比如，对方的才气、过人的美丽、恬静的气质等等本是属于对方的东西，都有可能被我们在无形之中作为参照物来对待。但是，是否可以选对参照物对一个人来说是如此重要，选择不同的人生参照物，可能会导致人生结局截然不同。职场也同样如此，如果身为强者的你没有选对参照物，就很可能是自身威信下降、能力下滑等各种事情的前兆。

错误的参照物令强者无路可走

众所周知，职场中的竞争是最为白热化的，无形的刀光剑影中就可能会致人于无力反击之地。职场中的人际环境也是最为复杂的，由于牵扯到过多的个人利益，自然就免不了会出现各种各样的竞争对手。一个人一生的职业发展道路就好比是一张地图，每一个不同级别的竞争对手都通向不同的目的地。如果你在毫无头绪的情况下，选错了竞争对手，很可能会使自己走向与预期目标大相径庭的道路。

李清本就是一个能力非常强的人，初入职场的她将各项工作都做得非常出色。周围还有几个比较出色的同事，但是李清自视甚高，没有将他们放在眼里，而是选择了将部门经理当成了对手。她总是鼓励自己说，不懂得向上看的人是没有任何发展前途的。工作中，李清处处表现自己，将原本是部门经理的一些工作也抢着做了。本来，每天早上都是由部门经理亲自来点名，但是李清却仗着自己是部门里的新起之秀，将点名册抢在手中。当她站在台上念所有人的名字时，便有一种非常满足的感觉。

慢慢地，同事们也看出了李清想往上爬的野心，但部门经理却不动声色。他还是照常将工作布置给李清，并且对她的某些出格行为不予批评。某日，老总来到部门中进行视察，本身接待者应该是部门经理，但是李清认为自己有足够的能力，便主动地跑到了老总面前夸夸其谈。老总本身对她就不是很熟悉，听完她那些非常让人讨厌的话之后，立即大声训斥道："你是谁？这些事情是你一个普通员工应该考虑的吗？"旁边的部门经理与同事都露出了幸灾乐祸的表情。

此后，李清在工作中屡屡出错，大家都和她保持一定的距离，而部门经理也不再像从前那样给她面子，经常大声地训斥她的某些错误。那些与李清实力相当的同事迅速地升上了主管的位置，李清看自己再也无法得到进一步发展的机会，只好黯然辞职。

还有一个这样的故事：

两个人一起在森林里旅行，突然间从树木后面跑出来一头大黑熊，直奔着两人跑了过来。其中的一个人忙蹲下身来，将自己的鞋带系好。另一个人奇怪地看着他说："你将鞋带系得再好又有什么用呢？反正我们无论怎样狂奔也是跑不过熊的啊？"那个忙着系鞋带的人回答道："我根本不需要跑得比熊快，我只要跑得比你快就行了！"

不同等级的职场白领需要学会针对不同目标的人群来具体规定自身的人际关系，竞争对手当然也会各有千秋。职场中本身就是一个充满了变数并且竞争非常激烈的小小世界，如果自己的参照物没有选对的话，很可能会使职场之路走得更加困难。像李清这种人就是识别错了目标，结果在相反的方向用错了劲儿，到头来，只能是功亏一篑。部门经理就如同小故事中的黑熊一般，本身就不是初入职场的李清可以比拟的，而李清错选参照物最终使她在职场中无处容身，不得不以辞职来为这段错误的竞争划上句号。

选对竞争对手

办公室中平静的表面下总是暗流浮动，各种各样的潜在竞争使职场中人无处可逃。身为强者的职场中人在这种竞争环境中如果没有选对竞争对手的话，很可能会使自己的威信因此受损。只有那些懂得选对竞争对手、懂得及时调整自己对手的职场高手，才可以赢得荣誉与赞赏。

李经理发现自己办公室的门窗脏了，便招呼正在外面忙着的清洁工给擦一下。清洁工说："我现在正忙着，等有空了再过去擦吧！"当时办公室里所有的人都在看着经理会如何反应，李经理看到自己竟然叫不动一个清洁工，感觉到非常没有面子，便对清洁工破口大骂，并说自己要向她所在的物业公司投诉。清洁工是一个40多岁的中年妇女，她一听李经理竟然以如此狂妄的口气批评自己，顿时火冒三丈："我又不归你管，你凭什么骂我？你以为你当个小经理就了不起了？告诉你，我今天还就不擦你那个窗户了！"两人在办公室中大吵起来，就此结下了怨恨。

从此以后，李经理就经常找这个清洁工的茬，还时不时地向她所在的物业公司投诉。而这个清洁工也总是和李经理对着干，不管遇到谁都会告诉对方：某某公司的李某素质很差，根本不配当什么经理……

一次，清洁工又对着电梯里的一堆人大倒苦水："真不知道那个公司怎么会选这么个人当经理，素质又差、又没水准……"当时李经理所在公司的总经理正在人群中，便问了一下原因。清洁工添油加醋地对着总经理描述了一番当时的场景，还说了很多李经理的坏话。

总经理到公司之后，便将李经理叫到了办公室中，对他说："你知道吗？你选错对手了，这样不值得。"

总经理对李经理讲了一个故事：一次，森林中的鼹鼠向狮子挑战，声称要与对方一决雌雄。狮子却果断地拒绝鼹鼠的挑战："如果答应了你，你就可以得到曾经与狮子比武的殊荣；而我呢？以后森林中所有的运动都会耻笑我竟然和如此渺小的鼹鼠打架！"

总经理说："你的能力与素质在所有的基层经理中是非常出众的，以后在公司中的前程无量。但是你这次却做错了，与清洁工在一些小事上起争端，并且与之大吵，只会使你的威信大大降低。而你的部下也会因为你与一个清洁工吵架而小视你。"

人生苦短，在职场中有所作为的时间会更短，个人的精力是非常有限的，如果职场强者总是将自己的目光放于比自己弱很多的对手身上，那自身的能力也会随着职场参照物的弱小而变得不再强大。对手选对了，会使职场中人不断地上进；但是选错了对手，也许就选对了人生的方向，使自己的职场升迁之路就此打断。

职场小规则

凡是混迹职场多年的资深人士都有这样的认识：要想成为职场中的顶尖人物，你并不需要做到比所有人都强，只需要强过自己的竞争对手就可以了。长久坚持这样的竞争原则，足可以使自己显得出类拔萃。职场参照物是否选对，对于职场强者来说非常重要。由于自身的能力原本就非常强，对手选得过高，有些过于招摇，容易造成"木秀于林，风必摧之"的后果；对手选得过低，容易让人小看自己，也使得自身的能力在得不到充分发挥的情况下越变越小。为自己选定正确的职场参照物对于职场强者来说非常重要，而那些明智者总是会知道，身边的同事中，谁才是自己最好的职场参照物。

2. 鲜花背后总是布满了荆棘

对养花之道稍有研究之人都懂得：那些外表越是香气扑鼻、艳丽无比的鲜花，越会在花朵后面隐藏着无数的荆棘。这些荆棘是自然之神赋予这些美丽花朵的自我保护盾牌，使它们可以不被只看到美丽、却看不到鲜花成长是如此艰难的采花者摘去。职场中的成功也是如此，很多人只看到了成功的表面是如此光彩照人，却没有想到，那些耀眼的成就如同自然中美丽的花朵一样，总是被荆棘包围着。想要获得职场上美丽的成功，首先就要学会让自己穿过荆棘密布的奋斗之路。

荆棘是成功的先提条件

很多抱着命运论的人认为：要想成功就要靠机遇、靠命运。其实，对于职场中人来说，生活只是提供给了我们一种条件，机遇能否把握、命运是否可以展开，其主动权完全在于自己。在处处充满了竞争、步步有可能遭遇挫折的职场中，只有靠自己的努力拼搏与勤奋学习才可以获得成功，只有那些勇于正视职场荆棘的人才会获得甜美的成功。成功永远属于那些敢于劈开荆棘的人格强者。

赵海宏做业务已经一年了，在这其间，他遇到了不少的非常难缠的客户，但都凭借着自己出色的人际交往能力与专业知识给解决了。这次，公司正在对一个对手的大客户进行深挖。他知道这种案子非常有难度，很多比自己入职早、有经验的业务人员都遇到了不小的挫折。但为了证明自己的能力，赵海宏还是毅然向经理主动请缨了。

面对赵海宏的主动，经理似乎感觉很好笑。他摇头说："没有人愿意接这个案子，就是因为怕会给自己的业绩造成阴影。如果你坚持的话，我可以让你试一下这个案子，但是失败了之后事你要有勇气去承担责任。"

赵海宏还是将案子接了下来，翻着经理拿回来的那些资料，他开始细细地研究了起来。在对客户有了一定的了解之后，他开始向对方主要负责人员拨打电话。每打完一个电话之后，他便在那串长长的名单之后画上一个叉号。一个下午之后，赵海宏已经不知道自己到底说了多少好话。但是对方的态度却是始终保持生硬，甚至有人毫不客气地告诉他，他们公司的业务早已有人接下，请赵海宏所在公司不要不自量力地再打骚扰电话过来。

就这样一直到下班，办公室的人都走光了，他为自己冲了包咖啡，继续拨打电话。电话单上的名字越来越少，但是他的心头却始终都没有放弃希望。在拨通了最后一个电话之后，那边接电话的人语气依然冷漠，但是对方却并没有立即挂断电话，而是补充性地问了一些问题。赵海宏立即集中了精神，将自己公司的情况向对方做出了详细的说明，而且将有可能向对方提供的最大优惠告诉了对方。一番谈论之后，对方竟然答应第二天向公司高层进行建议。

赵海宏怀着忐忑不安的心情度过了一夜，在第二天的早上，刚一上班，对方就将电话拨打了过来。在进一步的商谈之后，对方决定将公司里原本准备承包给别人的项目给赵海宏所在公司。由于这次赵海宏的任务完成得非常漂亮，上司决定将其升迁为业务主管，并给予了他该项目2%的分红，总计大约为十万元。

成功的确是充满了鲜花与赞赏，但是通往成功的路上必然是荆棘密布的。只有敢于踏出第一步的人，才会使怯懦和退却汗颜。如果只是看到了挫折与困难的存在便让自己畏缩不前，那永远不会拥有成功的甜美与芳香。学会正视职场路上的荆棘，坦然地面对，才会让成功的鲜花更加美丽。

正视荆棘才可品味成功

人生不可能一帆风顺，那些可以站在人前向别人展示他们成功的人，一定有不为人知的奋斗过程，那些苦难与挫折共同组成了他们成功路上的荆棘。面对人生苦难，他们总是劝慰大家：穿过荆棘路的人便拥有了成功，没有穿过的人自然就成了失败者。

加德纳出身贫寒，在他还未记事的时候父亲就已经去世了。为了使自己的生活得到改善，他毅然在成年之后加入了美国海军。在1980年之后，他在旧金山找到了一所住处，与妻子和年幼的儿子一起过着拮据的生活。

由于读书不多，加德纳只能担任医疗物资的推销员，还要抽出时间来照顾妻子与儿子。在1981年，他在停车场中遇到了一个开着红色法拉利的男人正在寻找车位。他允许对方用自己的车位，但前提是男人要告诉自己他在做什么工作、如何做。对方告诉加德纳，自己是一家股票经纪，月薪高达8万美元。听到这样的回答之后，加德纳决定辞职转行当股票经纪，并且应聘成功了。但是在上班前夕，请他的人却被解雇了，导致工作也泡汤了。加德纳与妻子大吵一架。祸不单行，他被警方追讨1200美元的违例停车罚款，由于无力还钱，加德纳被判入狱十天。

十天之后，加德纳从监狱出来，却发现妻子与儿子不知去向，他变得一无所有，只好住进了寄宿公寓。几个月之后，消失的妻子带着儿子回来了，但并非想与之修好，而是不想再带着儿子这个累赘。由于寄宿公寓不准孩子入住，加德纳与儿子变成了无家可归的人。

苦难不停地来临，他在工作与孩子之间不停地奔波，两人被迫在街头流浪。公园、火车站厕所、廉价旅馆、办公室柜底……这对可怜的父子到处奔波。幸好这期间加德纳得到了一份工作，一份知名股票公司经纪人的工作。他费尽心思从十个应聘者中脱颖而出，成了一名正式的股票经纪。

凭借着过人的智慧与勤恳的努力，加德纳终于迎来了属于自己的幸福时刻，他在一年后存钱拥有了自己的小窝，但是房子中没有电，因为自己担负不起电费。他点起蜡烛为儿子洗澡，在黑暗中，加德纳不知道自己是否会放弃这样艰难的奋斗。但是儿子却站在浴盆中，顶着满头的洗发水泡泡告诉他："爸爸，你知道吗？你是一个好爸爸。"

之后，幸福之神开始眷顾他，他的客户不断，并且加德纳总是以杰出的表现赢得对方的赞赏。最终，他凭着自己的努力，通过了考试，成为一名持有执照的股票经纪人。几年之后，他在芝加哥拥有了自己的经纪公司，并成了一名百万富翁，与儿子一起过上了幸福的生活。

克里斯·加德纳从在大街上流浪，到挺入华尔街成为一名百万富翁，这期间的人生旅途无一不是充满了艰辛与挫折。但是凭借着自己的坚持与努力，他终于得到了自己的幸福生活。而且明白了生活中任何苦难都有其发生的道理。他认为，即使是人生面临着最严峻的挑战，但那也是使我们受到锤炼的过程，使我们拥有获得成功的资本。正是因为有了这些苦难与挫折所组成的荆棘，克里斯·加德纳才采摘到了他人生的美丽花朵。

职场小规则

职场强者如云，成功的机遇属于每一个人，但是如果不懂得果敢地向前迈步、劈开荆棘的话，成功的花朵只会出现于幻想中。要想让自己的职场生涯更加成功，就一定要经受得住各种各样的考验，不怕失败、不要抱着怕错的心理去看待问题。要知道，不去向成功迈步，自然不会被荆棘所伤，但是却永远享受不到荆棘前面鲜花所带来的香艳。只有学会"任尔东西南北风"，坦然勇敢地劈开荆棘前行，才会采摘到甜美的成功之花。

3. 有业绩，更要有人际

很多公司都非常重视员工的业绩，因为这是衡量一个人工作能力的重要标准。但是很多时候，在同一家公司中，同事之间会由于一些业务上的竞争，相互争夺客户，从而影响自己的人际关系。有些职场中人认为，职场人际关系并不是那么重要，在公司中，还是业绩最为重要；但是有些人却认为人脉是一世的财富，如果为了一时的业绩让自己与同事闹僵的话，很可能会使日后的工作变得更加困难。要是只顾业绩而不管与同事的关系，还是宁肯放弃一些业绩，令人际关系处于良好状态，是困扰很多职场中人的问题。但事实上，业绩与人际同样重要，有业绩更要有人际，这样才能使自己的职场之路走得更顺畅。

业绩是立足职场的根本

职场中人都明白：效益是一个企业能否立足的根本，一个企业必须要以经济效益作为基础才可以将价值体现出来。而员工是一种以个体的形式组成的企业中的重要部分，个人的业绩是一个人在公司中的价值体现，有了好的业绩之后，才可以给企业创造出更多的财富，同时也会得到企业的认可与个人价值的实现。没有了业绩，其他的一切都是虚幻，哪怕你拥有再好的人际关系，没有业绩也同样无法保住你的职场位置。

公司新进了一批员工，老员工不久之后就发现其中一个叫高兰的女孩特别会说话，总是有事没事就与老员工套近乎、拉关系。12个新进员工中，高兰是最早被老员工所接纳与喜爱的，这使得人事部非常高兴：一个可以把人际关系搞得如此好的人必定在工作方面也有过人之处，这下公司可算是招到了人才。

新员工的试用期是三个月，大部分刚入公司的人都会在业余时间抱着一大堆的资料细细地观看，生怕自己会在客户问及的时候有不懂的情况，致使业务泡汤，这些人中就有一个非常老实的会敏在里面。会敏为人木讷，只会苦干，大家都下班了，她还在对着电脑细细地研究，这使得很多老员工在很长时间都叫不上她的名字。

相对于会敏的木讷来说，高兰就显得很会办事。她一下班之后就跑到一些老员工经常扎堆的地方，与他们聊成一片。很多新员工都非常羡慕她在老员工中这么吃得开。高兰也并没有因此而特别骄傲，而是与一起进公司的同事们也非常好。

但是慢慢地，业务主管发现了高兰的问题：她总是太过专注于营造人际关系，而忽视了业务能力的提高。进公司一个月了，她还不了解公司的主营方向与所有的产品，有时候业务部忙得不可开交了，她还是坐在那里与其他部门的同事们聊天。主管旁敲侧击了几次之后却发现并没有什么效果，高兰还是我行我素地不注意自身业务能力的提高。

三个月之后，公司经理统一对新员工的业务能力进行考核。考核结果表明，会敏的业绩是所有新员工中最为突出的，而高兰成了最后一名，与公司要求的平均业务量相差甚远。按照规定，高兰只能被辞退。

虽然在高兰离开公司的时候很多老员工都表示了对她的同情，但是大家都明白，像她这样只懂得营造人际关系却不懂得提升自我业务能力的员工是无法在公司立足的。

很多大型的跨国企业都是以业绩来决定人的去留，像百事可乐就是以业绩评价员工，那些业绩非常优秀的员工总是会受到公司的嘉奖，而业绩不佳者总是会被淘汰；戴尔公司的核心经营原则也是靠业绩说话，那些成绩突出者总是可以受到公司物质与精神方面的鼓励，而那些业绩平平者则会被迫走人。业绩是一个公司存在的生存底线，没有了业绩来捍卫公司的最高利益，

公司是无法在弱肉强食的社会中生存下去的。在公司眼中业绩才是一切,这也就不难说明为什么高兰的人际交往能力如此突出却依然不得不走人了。

要业绩,更要人际

现代社会中,人们是否可以处理好职场人际关系与心理是否健康有着直接的关系。据相关心理调查表明,在职场中的人际关系已经列到了职场心理问题的首位,在所有的离职白领中,有 80% 的白领是由于无法达成良好的人际关系而造成的。而现实生活中,我们总是可以看到一些职场中人由于不懂得处理人际关系而导致心理压力过大,产生各种心理疾病的情况。这些由于人际交往而导致心理疾病的人,有相当大的一部分是自身能力太过突出却不不懂得搞好与同事关系所引发的。

大学毕业之后,王培因为自己出众的学历与外表赢得了一家外企的青睐,在进入公司之初,很多同事都非常喜欢这个外表美丽的女孩,并且大家都细心地指导她相应的工作内容。在大家的帮助下,她的工作业绩上升很快,而且赢得了公司总经理的欣赏。老总找她单独谈话,表示,如果王培可以在此次业务大赛中获得第一名的话,就破格提拔她当部门主管。

看到自己如此受重视,王培自然非常开心。但私下里有同事提醒说,那个职位原本应该属于公司中一位为人老实、肯干的老员工,她已经在公司里干了三年,正等待着这个机会提升。但是王培却将这种好心的提示当成了一种嫉妒,并且在日后的业务中处处争先、事事表现,甚至会当面非常直白地指出一些老员工的错误,丝毫不顾及他们的面子。

日后,王培发现办公室中的人都开始对自己保持着一定的距离,有时王培主动找他们聊天或是问问题,他们也总是以各种理由回避。特别是当大家正在开心地聊天的时候,如果王培走了过去,立即就会变得冷场,而当她离开之后,大家又会变得非常开心。

王培将这些现象统统归结于同事们的嫉妒,却忘记了自己刚来的时候完全是靠了这些老员工的帮助才可以如此迅速地熟悉工作。最终，王培的业绩在业务大赛中拿了第一名，而总经理却没有将自己许诺的职位给她。他声称，一个没有能力将人际关系搞好的员工是无法担当重任的。

王培这时才后悔起来，再想与同事们重修于好，大家却始终对她抱着疏远的态度，在团队合作中，没有人愿意与她一组。这样的工作环境让王培非常痛苦，她变得有些歇斯底里，而且还总是无缘无故地向家人发火。家人发觉她的不正常之后，带她到医院检查，才知道她由于压力过大，患上了轻度抑郁症。

王培这样的事例在现实生活中并不少见，而且这种事情多发于初入职场的新人中，由于太过于渴望得到别人的认可，从而让自己过于表现，并忽略了他人的感受，使得自己步入了职场人际交往的误区之中。人际关系是一门非常重要的学问，但是很多人往往将其忽视，在职场中显示出孤傲的个性，不将别人放在眼中。但是聪明的人却会做出不同的选择，他们在提升自身业绩的同时，也十分注重处理人际关系，特别是注意做到谦逊待人、锋芒不露，从而赢得了同事的尊重与爱护。

职场小规则

良好的业绩是职场成功的关键所在，只有拥有了良好的业绩，才会赢得上司的器重、同事的赞赏与下属的听命，同时也可以通过自身的努力换回生活质量的提高。但是现代社会中从来不缺乏做出了业绩，却由于人际关系处理得不妥当，而得不到公司认可、同事尊重的事情。那些不懂得在提高业绩的同时为自己营造良好人际关系的人，会让自己在职场中陷入被动状态，招来别人的嫉妒与排挤，从而使职场升迁之路变得举步维艰。那些职场聪明者总能有效地利用业绩为自己营造更有利的人际关系，使职场生活变得快乐而又充满挑战。

4. 看清职场虚伪才会有升迁机会

　　在职场历练过的人都知道：职场中表里不一的人实在太多了，"人心隔肚皮"这句俗语在职场中表现得淋漓尽致，你永远也不知道刚刚还在和你笑颜以对的同事会不会转眼就在别人面前说你坏话。但是人在职场，都懂得虚伪的文明，哪怕是在说"滚出去"与"你去死"这样的话时，都会加上"请"与"谢谢"。这样的对话之下，由于太过于注重形式与外在的文明，使得职场人际关系变得更加虚幻莫测，极大地妨碍到了人与人之间的沟通。看武侠小说都知道只有在练好了听风辨器的功夫之后，才好行走江湖。职场同样如此，想要扬名立万，就要先懂得正确面对职场虚伪，听懂对方话中的真正含义，才可以及时做出应对之策。

提防表里不一的上司

　　国人多将虚伪一词当作贬义，但是很多外国人却将虚伪看作是一种处理员工关系的最有效润滑剂，他们即使对某些人有不满情绪，也会将这种不满压在心里。有一身处外企职场资深人士曾经如此评价虚伪现象："适度的虚伪如同甜美的谎言一般，容易让人感觉到惬意。"近些年来，在国内职场中也出现了日渐盛行的虚伪之风。

　　日前某一事业单位实行了竞聘上岗责任制度，一位基层干部平日里为人正直，非常不喜欢在工作方面"搅浆糊"，但不幸的是，他的顶头上司却是一个认为"无浆糊不成"的人。两人多次因为工作方面的职责分不清而起争端。

这次竞聘上岗使得上司看到了可以将其排挤走的机会，于是他精心地策划了一系列的活动。

这位上司首先是找这位基层干部进行谈话，先对其打预防针："你的工作方面的能力是非常强的，大家对此都有目共睹，但是咱们单位里面有很多人都在私底下说你的坏话。我有些担心，这次的竞聘上岗你有可能会落选，一定要做好心理准备啊！"该基层干部非常耿直，当场就说话了："那有什么？为官肯定不会做到人人都讨好，我相信群众的眼睛都是雪亮的，大家一定会对我做出正确评价的！"之后，上司又分别找该干部的直接下属进行谈话，并将谈话的重点放在他的直脾气上。要知道这位干部在平日的处事中，总是以耿直的性格惹到某些人，而上司的谈话无意之中就是将下属的这些不满重新挑起来了。

最终的竞选结果可想而知，但是这位基层干部却不甘心，一定要向大家讨个说法，并要求公布相应的竞聘过程。但是上司在这时又出来扮演了一位非常好心的人，他安慰道："按规定，咱们单位的竞聘过程是不可能会公开的，这其中的原因你也知道，就是怕像我这样同情你的人会搞一些暗地里的小动作。但话说回来了，如果不是上级单位非要求搞什么竞聘上岗，你也不会被刷下来。但是我还是非常相信你的。这样吧，你先安下心来工作，等到过段时间有机会了，我再把你提上来。"

基层干部非常感激对方对自己的提携，便安心地回去工作了。但是几个月之后，基层干部却发现，自己不但没有重新升上去，反而在单位里的日子愈发地难熬了。大家处处与他为敌，很多人都说当初他当官的时候不懂得迂回办事，现在尝到了自己酿下的苦果。之后，通过某个同事的提示，该干部才明白，原来自己的处境之所以会如此不堪，完全是拜那位"好心"上司所赐。

近些年来，虚伪之风在职场盛行，同事之间由于存在着最基本的利益与职位竞争，直接导致了这种不正之风越刮越烈。那些表里不一的上司往往会在表面上对你体贴入微，套取你的所有知心话，然后再转头将这些本是朋友之间的私心话当成战胜对手的武器加以利用，使得讲真心话的人在职场中难以存身。面对这种表里不一的上司，我们一定要提高警惕，与其保持一定的

距离，不要让自己的好心被对方利用，远离这些有可能会伤害到自己的"假朋友"。

听懂那些深藏起来的职场虚伪话

每周工作五天，每天工作八小时，可以说，人生除了睡觉之外，大部分时间都在职场度过，接触最多的人群也同样来自于职场之中。但是由于职场中人大部分背景与生长环境不同，所表现出来的欲望与目的、行为也有着本质的不同。很多人在混入职场多年之后，会养成一种所谓的"大公司礼仪"，这种礼仪非常盛行于那些拥有着一定权力的职场管理层人员。想要在适者生存的职场中赢得相应的升迁机会，你就必须要让自己学会听懂那些深藏起来的职场虚伪话。

赵明在进入公司之后，非常高兴自己遇到了一个好上司。他不像其他部门中的领导者一样，从来不会摆架子，面对赵明递来的每一个设计方案他都会笑眯眯地说："不错，真的挺不错！小伙子有前途！"初入职场的赵明听到这样的表扬之后，马上就会乐得忘乎所以。他除了会向同事炫耀自己的成功以外，还会向同学们吹嘘一番："告诉你们吧，我的上司非常欣赏我！说不定下一次你们再看到我，我就已经升职加薪了呢！"同学们倒没有说什么，但是周围的同事却都抱着一副非常暧昧的眼光看着赵明。

一个月以后，赵明与老员工古科一起作一个设计方案。在设计方案完成之后，他们将设计流程呈现给了上司。上司却仍然微笑着点头赞叹道："不错，真的很不错，创意不错！很好！"赵明高兴的表情还没有来得及展开在脸上，就听到一边的老员工古科以非常诚恳的态度对着上司说道："谢谢您的夸奖，但是请您多指出其中的不足吧，毕竟我们的经验太少了，很需要知道这套设计方案中到底有什么不足之处啊！"

接下来的事情让赵明更加目瞪口呆，上司一下子点出来了这套设计方案中的几个大的缺点，并且将这些缺点有可能会给公司带来的损失明明白白地讲述了出来。赵明当场被吓得出了一身的冷汗。他不知道自己从前那些递上来的设计方案中到底隐藏着多少"不够好"与"很糟糕"之类的真正意见。

出了上司的办公室门之后，赵明有些神不附体，古科将设计方案递过去，说："小弟，学着点吧，要想加薪升职，还早着呢！"

很多初入职场者或者对人际交往并不敏感的一些老员工对于来自于上级的真正意思无法揣摩透彻。他们总是认为，当上司的夸奖说出口时，往往就意味着自己真的已经做得够好了，却不晓得，其实那些夸奖的背后真正的意思并非是满意。真正的意见，是需要自己更加诚恳地追问过后，上司才会将其恩赐于你，让你下一次变得更好。不等别人将后半部分的话说完、不知道真相到底是什么的职场中人，往往无法获得上司的青睐，更不要说升迁与加薪了。

职场小规则

很多人在职场中的目的都非常简单，就是希望自己可以实现理想、获得相应的利益，此乃人之本性。所以在面对优胜劣汰、弱肉强食表现得非常明显的职场时，人类的贪婪与虚伪本质也会暴露无遗。很多上司的真正心思都很难让人揣摩透彻，在面对由他们举行的"真心话大冒险"与"夸奖"面前，职场中人一定要学会谨慎对待，不要让自己成为"职场虚伪"的无用牺牲品。

5. 有错就承认，没必要遮遮掩掩

人非圣贤，孰能无过；知过能改，善莫大焉。职场中的种种事务纷繁复杂，在职场中没有人会永远不犯错误。有时候这些错误只是因为自己一时的疏忽而造成的，对自己与公司并不会造成很大的损失；但是如果不懂得及时认错的话，很可能会犯下职场"戒禁取见"的教条，使得职场之路变得崎岖难走。勇于认错在什么时候都是职场智者的举动，那些认为认错是一种丢面子举动，不肯认错、不愿意为自己的错误埋单者，终将会失去自我提升的机会，这不能不算是一种损失。

越遮掩错误越对自己不利

职场中总有一些人认为工作出了错误之后，如果直言是自己犯下了错误，会惹得他人耻笑、上司轻视，于是便想尽种种办法去遮掩自己犯下的错误，生怕别人会发现。但是遮掩错误就如同用纸包火一样，总有一天错误的火焰会将表面的外皮烧尽，使错误完全暴露于人前。而那些不懂知错就改者，总是会失去上司与同事的信任，从而失去进一步晋升的机会。

林枫是某跨国时装公司中的一位普通职员，一向表现良好。近段时间，他所在的公司正在面对秋季服装上市做大量的市场宣传。林枫由于表现特别出众，便被委派到宣传队伍中，去制定一些邀请名单。

由于是第一次做这种邀请工作，林枫显得经验不足，但是为了面子，他不肯向周围的同事求教，并且擅自按照自己的一些想法对名单做出了改动。

由于对邀请对象不熟悉，他漏掉了公司最为重视的一位大客户。在召开服装发布会的当天，区域经理发现最重要的客户没有到场，便向林枫进行询问。林枫这时才突然想起来，自己制定的邀请名单中并没有对方的名字。这样的错误在他们公司是绝对不允许出现的。

林枫当时非常着急，他撒谎道，那位大客户近来身体不适，所以没有来到现场，在日后会来公司进行具体的考察。区域经理当时点了头点，林枫以为这件事就这样过去了，终于可以松一口气了。

但是几天之后，经理将林枫叫到了办公室中，并且对他大发雷霆。原来，经理在听说对方生病了之后，为了表示关心，特地打过去电话表示关心，并准备好了礼物要去拜访。没想到对方说自己并没有病，而且还为这种说法非常生气。经理道歉了很长时间，对方的态度才有所缓解，并且对前一段时间的产品发布会没有邀请自己感觉到非常不满，认为受到了轻视。经理一听，便知道林枫说了谎话。

这位客户对公司非常重要，公司在中国区域内的 50% 以上的服装都是由他旗下的公司进行销售的，而林枫的这次错误显然非常让人不满。在经理的斥责下，林枫为自己辩解了几句，说是第一次邀请客户，这种错误可以谅解。经理一听到林枫的这种说法，更是勃然大怒，当场将林枫炒了鱿鱼。

林枫的做法明显有欠缺，面对自己犯下的错误不懂得及时更正，还以撒谎的形式来遮掩，更显得欲盖弥彰；在面对经理的指责时，他不懂得及时承认，甚至以没有经验为理由为自己辩解，这样的行为使得他的错误显得更加不可原谅，而他也最终付出了被辞退的代价。承认错误并不可怕，可怕的是不懂得犯下错误之后勇敢承担。要知道，只有那些勇于承认错误的人，才有机会重新做人。显然林枫亲手将自己的职场之路给断送了。

敢于承担那份属于自己的错误

有能力、有潜力的员工总能将错误当成一次学习的机会，并让自己的错

误转变成一种机遇。被誉为"经营之神"的松下幸之助曾经说过这样一句话："偶尔犯下错误是无可厚非的，但是从处理错误的做法中，我们可以看清楚一个人。"只有那种可以及时正确地认识自己犯下的错误并加以补助的员工，才会受到老板们的重视与欣赏。

李阳是某家大型公司的采购部经理，负责公司中所有商品的采购工作。公司中有明文规定：绝对不允许采购部经理将账户上的可支配资金用光，否则有可能会造成资金的回笼困难，使得下一阶段的采购新商品工作难以进行。但是由于预算出现了错误，李阳在某一次采购之后发现账户上的资金已经用完了，但是公司马上就要到了采购旺季，如果再不想办法的话，很可能会使公司陷入缺货状态中。

李阳想了很多办法，希望可以将错误弥补。某天，一位厂方代表找到了他，给他看了一下自产的全皮手提包。李阳感觉这种手提包在上市之后肯定会热卖，便主动找到了公司老总，他万分内疚地告诉老板，自己将账户上的钱用光了，但是现在有这么一个机会，可以使公司大赚一笔；如果公司愿意的话，他愿意承担由此而来的任何经济损失。虽然老总非常不高兴，但是看到了那款手提包后，也感觉会是一个卖点，便将生意接下了来。

全皮的手提包在到货之后，立即被广大客户抢购一空了。由于这笔生意做得非常顺利，老总不但没有怪罪李阳的错误，而且还在他所负责的账户中破例地补充了一些多余的资金，以使他在日后可以更好地发现商机。

聪明的员工总是明白，仅仅是认识到自己工作中的失误是远远不够的，除了要坦然地面对自己犯下的错误、勇敢地承认错误之外，还要尽力去采取各种措施去弥补错误。而李阳通过争取到一笔额外生意的方式，不仅为公司赢得了利润，同时也得到了老总的谅解。所以说，身在职场就一定要懂得及时承认错误、承担相应的责任，争取弥补过失的机会，这才是职场智者之所为。

职场小规则

　　职场犯错误是在所难免的，所以勇于承认自己的错误非常重要，只是一味地推卸责任、掩盖过失只会让自己的错误变得更多。承认了自己的错误，并找机会去弥补错误才是最聪明的做法。不过，在承认错误时也存在一定的诀窍，那就是：不要让自己扛下所有的错误，虽然这样做很勇敢，但是将由于团队失误带来的过失独自一人承担显然会让自己陷入困境之中。学会勇于承担属于自己的错误，并尽力弥补，不仅可以转移上司对你所犯错误的注意力，也可以将你的过失淡化，使晋升机会大大增加。

6. 要想升职，必先升值

　　随着科学技术的日益发展，知识所带来的各种变化是所有人有目共睹的。但是随着知识技能的折旧速度越来越快，专业技能的更新速度也呈现出了飞速变化的状态。人人都希望可以获得成功，期望可以凭借自己的力量在职场中不断地得到提升，但是对于普通人来说，提升的机会从来不会凭空掉下来。只有那些懂得在业余时间不断地努力与自我学习、提升自身能力者，才有可能会获得升职的机会。换而言之，升职的机会是从你开始自我升值的那一刻开始的。

不懂得自我升值便不会获得升职机会

　　现代社会知识更新换代所需要的周期越来越短，每个人都需要在持续的学习中才能适应工作的要求。在 2008 年的金融危机席卷之下，一发而动全身的"蝴蝶效应"愈加明显起来。职场永远是一个弱肉强食、能者生存的地方，在知识更新换代速度如此快速的今天，如果不懂得主动地提升自身素质的话，很有可能会在激烈的职场竞争中被抛弃。

　　葛玲是一家外企中的营销经理，每月领着近万元的工资，过着惬意的白领生活。虽然工作有时候会有些繁忙，但是在很多人的眼里，这是一份惹人美慕的职业。

　　近期公司招聘了一批新员工，他们的学历大都在研究生以上，有几个甚至是在读博士。这些新员工的干劲都非常足，公司也将他们看作是最有潜力的培养对象。很多老员工都感觉到了压力，纷纷在下班之后到各种补习班去"充电"。但是葛玲却认为自己的工作资历已经有了8年，根本不会受到这些新进员工的威胁。她不但没有想着去学习一些新的知识与理念，反而对某些新进员工所提出的一些改进意见不屑一顾，这让大家都对她产生了一种不知进取、不思上进的感觉。

几个月之后，公司进行人员精简，裁员的名单中葛玲俨然在列，而顶替她的人正是她嘲笑过的新进员工。她大呼不平，找到了公司经理进行理论。那位金发碧眼的外国人对着她只是提了几个新近行业中最为流行的营销方法，但是葛玲却丝毫不知对方所云。出了办公室之后，葛玲才开始后悔自己当时为什么不及时去补充知识。

尽管职场中永远有人存在着紧迫之感，但是始终有那么一部分人对目前自己的职业状况非常满意，不愿意去进行改变，不希望针对自己的能力进行相应的提升。如同故事中的葛玲一般，总是认为自己是公司的老员工，有着丰富的经验，对公司付出过很多，公司是不会轻易将自己辞退的。

但事实往往并非总如人们想象中那般美好，人才市场永远呈现出一副优胜劣汰的局势，越是老资格的员工，越要懂得及时给自己"充电"的重要性，因为公司养老员工所付出的成本是最大的，一旦有了可以将老员工取而代之的机会，以追求利益最大化为主的公司是不会有半点犹豫的。虽然说职场危机永远存在，但是这种危机永远不会威胁到真正的有能力者。而那些总是让自己落伍、不懂得及时为自己补充知识的人一定是公司裁员时的首选目标。

升值个人品牌就等于升职

所有的产品想要让自己变成知名品牌，提高自身价值，就必须要有过硬的质量作为基础。对于职场中人来说，建立个人的职业品牌一样重要。个人职业品牌的建立主要是职业能力的高低，个人业务技能上的高质量与超凡的工作技能是支撑形成个人品牌的核心内容。在办公室中，没有过硬的能力作

为基底，想要建立个人品牌是非常困难的事情。就如同一个产品一样，客户服务再好，但是如果质量得不到保证，那永远无法赢得客户的青睐。

李小姐在研究生毕业之后顺利地进入了一家规模较为庞大的贸易公司作项目部助理。凭借着自己积极的工作态度与良好的工作业绩，她赢得了领导的信任，在不久之后便被提升为了总经理助理。

由于工作职位发生了变动，她所要做的工作内容也从项目管理与拓展方面直接转变成了协助总经理进行财务、人力资源与相关的市场资源等方面的具体事宜。但是由于自己读研时的专业是市场拓展，对于人力资源与财务管理方面并不太精通。这使得她的工作进度变得非常缓慢，有时候总经理需要一些文件与资料，但是李小姐却总是找不到，这时，总经理就表现出自己的不满。

看到这种情况，李小姐明白，如果自己再不及时地进行充电的话，很可能自己就会失去这份工作了。公司里面虎视眈眈地盯着她的职位流口水的人大有人在，她相信现在一定有人在看着自己的尴尬而偷笑。

想通了这一点之后，她立即到相关的补习学校中给自己报了几个补习班，开始恶补财务知识与人力资源相关知识。除了晚上去夜校之外，李小姐还非常细心地让自己在工作过程中积累经验，遇到了不懂的地方总是非常虚心地向一些部门经理进行请教。几个月下来，她不仅可以根据总经理的要求及时找到他需要的内容，而且还会根据不同的要求添加一些自己的见解。

李小姐的进步与勤奋，总经理都看在眼里，他不时表示出对她这种上进心的赞赏。此后，公司一位主管人事的经理突然因事离职了，而李小姐被总经理直接任命为公司新的人事部经理。

升职之后，她仍然没有停下补充知识的步伐，又利用业余的时间学习了相关的人力资源课程。李小姐明白，想要获得更高的职位，就必须对自己提出更高的要求，提高自己的综合素质，这样才有可能会获得下一步的晋升。长时间的努力没有白费，两年之后，她顺利地晋升为公司人力资源总监。

所有的品牌都是经过了慢慢地培养与积累才建立起来的。对于产品与企业来说，只有经得起来自各方的检验与认可才能形成自己的品牌。对于职场中人来说也同样如此，每时每刻，自己的行为与言语都在将我们独特的品牌形象展示给他人，但是如果只是拥有光鲜的外表，却不懂得去用知识武装自己、提升自身能力的话，个人品牌一样是无法形成的。而在经过了长时间的努力学习之后，一旦形成了自我品牌，工作就可以达到事半功倍的效果。经过了长时间的知识与经验积累之后，晋升之路也会变得容易起来。

职场小规则

现如今，为了追求个人价值最大化、为了进一步树立起自己的优良品牌，很多职场中人都开始为自己作"回炉充电"的知识进补。这种自我提升是建立于一种常识之上的：在知识呈现出日新月异的今天，如果不能主动地提升自身的素质，很可能会导致自己在激烈的职场竞争中一败涂地。表面上看来，这种因为怕自己因各种职场危机而进行的自我升值，是一些人不得已而为之的无奈之举，但是有压力才会有动力，机遇总是在垂青有准备的人，这种自我加压、自我升值的机会使得个人品牌更好地树立起来。如果职场中人可以坚持不懈地提高自己的素质、让自己尽量多汲取一些新的知识与专业技能的话，日后这些知识与技能总是会在职业生涯中为自己带来大的改变。

7. 追求完美等于追求失败

　　完美是一种凡人无法到达的境界，很多人都在追求完美，认为只有自己做到了完美才会有成就感，才可以超越他人，达到卓尔不群的效果；如果在做事的过程中有一点点的缺陷出现，他们就会感觉整个过程有一种遗憾存在。职场中同样存在这样追求完美的人，他们总是希望可以将分内的工作做到极致，希望以完美的状态来赢得上司的青睐。但是这种盲目追求自己无法到达的境界的行为，只会让原本非常简单的工作变得越来越复杂化。在这种过于繁杂的做事过程中，上司也会对你产生一种做事过于拖拉的感觉，对职场升迁无益。

追求完美并非最佳工作状态

　　在相当一部分的职场人眼中，只有追求完美才可以让自己达到优秀。事实上，追求完美与达到优秀完全是两件不同的事。追求完美者总是担心自己做不好，总是对自己或者他人的要求过高，所以难免会让自己陷入沮丧情绪中。更为糟糕的是，一旦自己陷入了完美的梦想中，不但会对这种处境浑然不觉，而且还总是心甘情愿地折磨自己，以至于到最后越陷越深、直到无法自拔的地步。有位作家曾这样评价过于追求完美的人：一个太追求完美的人注定不会幸福。同样，一个太注重于完美结果的职场中人也无法获得自己梦寐以求的升迁。

　　小刘是某家动物园里刚刚聘用的饲养员，他非常喜欢自己的工作，而且对小动物们也非常有爱心。在工作一段时间之后，他发现很多动物的小屋子里面臭气熏天。看到这样的情景小刘认为一定是自己的前任太过于疏忽，才造成了这种情况的出现。为了使自己的工作更加完美，也为了帮助小动物们拥有一个干净的生活环境，小刘利用上班时间与业余时间将每一个小动物的屋子都打扫得非常干净。

看着被自己整理出来的一大堆垃圾，小刘长长地舒了一口气，认为这样小动物们肯定可以生活得更好了。但是没有想到，几天之后，小动物们却一个接一个地生起了病。有些动物厌食，并持续消瘦下去；有些动物则总是表现出病怏怏的样子，不再像从前那样爱动了。刚开始，小刘以为是动物们生病了，便请了兽医来查看。但是兽医检查过后却发现那些小动物们一点病也没有。

很多小动物开始慢慢地死去，动物园也开始着急了。他们特定请省外请了一名动物专家来查看问题。结果这位动物学家来到了动物们生活的地方之后，感觉到非常奇怪，发问说是谁将它们的屋子打扫得如此干净。小刘站出来说是自己，本为以专家会夸奖自己，但是专家却摇了摇头，说："小伙子，你好心办了坏事啊！"

小刘非常纳闷，专家接着解释说，很多动物都有自己的生活习性，有些在闻到混浊的骚气之后才会有食欲，有的则是只有看到了自己的粪便才会感觉到安全。而小刘将它们的小窝打扫得过于干净，使得它们无法适应，自然会生病了。

这样的解释让小刘感觉到非常不可思议，他没有想到，自己只是想要将工作做得尽量完美一些，却导致了这样的结果出现。

很多职场中人为了追求细节完美而让自己陷入两难的境地之中：不完美的工作自己看了会不舒服，但是如果改正的话，会让属下感觉自己太过讲究，上司也会因为耽误时间而责骂自己。其实在工作中，只要将工作做得尽量优秀就可以了，没有必要去追求百分百的完美，否则，自己的追求完美不仅会给别人带来太多的麻烦与压力，而且也会导致很多重要的计划因细节过多、过于讲究而增加实施难度，从而导致胎死腹中。

缺憾也是一种美丽

其实，做人之所以会变得如此有乐趣在于不管我们什么时候去审视自己都可以发现自身的缺点，而这些缺点则意味着我们可以进一步去追求完美，通过自我奋斗获得我们梦想中想要的东西。但是如果每一个人都是完美的，我们便会感觉到自己什么都不缺，从而使心灵对生活产生倦怠之意，而自身的生存空间也会被这种完美给剥夺。职场中人也同样如此，如果每天早上醒来之后都会发现自己今天还可以工作上改进一些东西，感觉还需要更加努力地去让自己更加优秀，感到自己还可以拥有追求，该是一件多么让人感觉到高兴与满足的事情！

由于山上没有水源，农夫每天都需要用一根扁担挑着两只水桶去山下的河边挑水。家里仅有的两只水桶中，有一只有道深深的裂缝。因此，每次农夫将水从山下挑到了山上时，这只坏水桶中都会只剩下半桶水。而另一只桶则是满满的。长此以往，农夫每天都只能担一桶半的水回家。

那只没有裂缝的桶在夜晚嘲笑那只有裂缝的桶："是你将主人的工作负担变重了！如果你像我一样完美的话，主人就不用那么辛苦了！"有裂缝的桶羞愧万分，深深感觉到自己的缺陷给主人带来了很大的麻烦。

第二天，它鼓起勇气向主人道歉："对不起，这几年来，由于我带有裂缝，使得您每日都只能担半桶的水回家。要不然，您将我换掉吧，这样您就可以节省一些力气了。"

农夫却笑了笑："也许你的裂缝确实是一个缺陷，但是在我看来，它却使我的生活变得更加美丽了。"看到两只水桶非常纳闷的样子，他指了指路边："你们注意到了吗？由于你的漏水，使得很多从山外飘来的花种子可以在这里生根发芽，而上山的路早已经变得处处布满鲜花了！"

每一个人都像是那只带有裂缝的木桶一般，各自有着这样或者那样的不足和缺点。如果学会对自己怀抱着一颗包容的心，去发现自身的长处，扬长避短，我们的人生一定会变得更加精彩与丰富。

其实职场何尝不是如此？那些看上去非常完美的人往往很难驾驭，难以听从上司的指挥，经常擅自行动，使得整个工作进度变得缓慢起来；但是有着某种缺陷的人却可以成为公司的中坚力量，这正是由于他们知道自身存在着某种缺陷，所以将自己的心态放得非常低，肯脚踏实地地工作，希望以其他方面的优秀来弥补自身的不足，从而使工作状态比那些看似完美者更加出众。

职场小规则

追求完美并非缺点，而是一种对现有生活状态所存在的上进心，但是过于追求完美就会让自己陷入期望与现实巨大的落差之中。很多知道自己存在缺陷的人会退而求其次地去修正自己的期望，但是完美主义者则会缺乏这样或那样的弹性，并且固执地希望事情可以按着自己预期的想象去进行，进而使生活变得很失落。其实，何必去强求完美，世界是因为缺陷才变得更加和谐起来的。职场中，如果自己过于完美，就会使他人黯然失色，也使上司有挫败感，并认为你是一个威胁；如果自己过于追求完美，则会使人际关系变得紧张起来，而别人也会因为你的过于挑剔而疏远你。所以，对于职场中人来说，不完美者反而更容易获得成功。

8. 正视职场升迁中的败走麦城

职场晋升并非一件容易事情，同一个管理职位会有很多同事觊觎。职位的有限与对手的众多使得怀揣升迁梦想的职场中人都对自己的职场之路存有几分不确定之感。但是如果自己认为梦想中的职位非己莫属，但最终却遭遇了晋升失败时，很多职场中人会表现得并不是那么理智，从而使得晋升之路变得更加困难起来。

晋升失败时表达不满是不理智的举动

公司的考核工作一般会涉及你的职位升降问题。也许你自进入公司以来就工作努力、成绩显著，全公司上上下下都认为你是一个非常敬业的人，你自己也认为这次晋升非自己莫属，但是当新的调任书下来之后，你发现：与自己能力相当甚至还差一截的同事职位上升了，而自己却被排斥于晋升名单之外。可能情况比这还要糟糕：被晋升者完全是一个新人，他没有自己来得早，能力没有自己突出，但是却俨然比自己升得快！遇到了这样的晋升阻力时，身为职场老手的你会如何做？

这段时间，公司里招聘了一批新员工，这些新员工的学历普遍都较高，而且工作业绩也非常不错。到了年底进行正式聘任时，很多老员都在寻找机会可以往上升一下，莉莉也是其中一员。但是有传言说，这次晋升的人选会从新员工中挑选。

莉莉与其他老员工都有些不相信，要知道，论业绩，她们要比那些新员工多出几倍；论资历，她们属于公司"老黄牛"了，苦干实干好几年；论能力，老员工哪一个也不比新员工差出多少。大家都在等待这次晋升机会，想往上"动一动"，认为怎么也不可能轮到那些新员工的。

莉莉认为自己晋升的可能性最大，因为自己的工作业绩一直是老员工中名列前茅的。她甚至连下一年度的工作计划都提前做好了，并希望凭着自己的能力带领下属大干一场。她每天都沉浸在这种想象的快乐之中。

但是年底聘任书下来的时候，却让所有的人大跌眼镜：新上司是新员工中表现最为突出的一个男孩。老员工们都愤愤不平，当新上司走马上任之后，大家表现出不满情绪。而莉莉更是公然表达了自己对上级安排的不满。当上司察觉到这种不良情绪正在公司内部扩散时，他们毅然拿几个表现突出的老员工"开刀"，每人处以金额不等的罚款，而莉莉也未幸免于难。

再过一段时间之后，又一任聘任书下来了，对象正是老员工中比较老实、未表达自己对新人晋升不满的一个人。莉莉大呼上当，但是后悔已经来不及了。

职场晋升本身就存在着各种各样的变动，当自己面临着晋升阻力时，如果公然地表达自己对上司安排的不满，势必会为自己的晋升之路增添更大的阻力。因为真正提升某个人之前，上司一定会悄悄地从侧面去了解你与同事之间的关系如何。竞争的存在与利益的分歧使职场人际关系显得特别微妙，如果自己在这种关头公然表达不满的话，只会让上司觉得你是一个不懂得处理人际关系的人，并已经在内心深处存在对他的不满，晋升你只会使他的敌对势力更为强大，从而使晋升变得更无可能性。

正视晋升失败，将抱怨藏起来

很多才华横溢的职场人士之所以得不到公司的晋升，就是因为他们总是让自己有着一肚子的抱怨，这些人自认为非常有才，认为职位非己莫属，一旦遭遇了晋升失败，他们便会不停地抱怨，并在日后的工作中不愿意全力以赴、

不去审视自身的不足，每天都不停地向他人抱怨自己的不满情绪。这样的人没有哪个上司愿意提升。相反，那些在遭遇了晋升失败之后仍然努力上进的职员反而更容易获得上司的青睐。

经理当着众人的面宣布将他人任命为部门经理时，赵洋没有让自己失望的表情表露出来，而是笑着走向前去，对那个被晋升的同事表达了自己的祝福。他没有让自己留意来自于他人的嘲笑与同情，而是更加努力地去听从新上司的各项工作安排，尽力去做好每一件事情。

按理说，这次晋升应该是属于赵洋才对。他在公司里面待了四年多，工作业绩是有目共睹的，很多新进员工都是在他的带领与培养下才成为优秀员工的。但是不知为什么，他的晋升之路仿佛比他人走得更加艰难一些。当同事们表达对他的同情时，赵洋总是笑笑。有同事建议他跳槽，并鼓动他说："按你的能力，当个经理也不算什么，总是在这儿窝着太屈才了！"赵洋却告诉对方："现在工作没有那么好找，而且我也很喜欢现在的工作，并没有换工作的打算。"很多人都在背后说他是个只知道傻干的老员工。

其实赵洋对自己迟迟得不到晋升也有些意见，但是他总是安慰自己：是金子总是会发光的，也许现在还没有合适自己的职位，所以领导才不安排自己。在这种心理的支撑之下，他反而会更加尽力地去做好自己的工作，以表示对上级安排的满意。

就在此次的晋升宣布不久之后，总经理亲自来到了赵洋所在部门，将赵洋任命为部门经理，原部门经理则被升职为人事部部长，并且告诉那些正在眼红赵洋的其他员工说："赵洋这样的员工，公司永远不会嫌多！"。

如果你是一位领导的话，你会晋升一名总是抱怨公司环境与待遇是如何不好的员工吗？答案一定是否定的。有位知名企业的领导者一针见血地指出："抱怨是职场失败的最大借口，是失败者逃避责任、不愿意审视自身的最大理由！"抱怨使人思想偏激、心胸狭窄，一个总抱怨的员工不但不会对工作有利，而且还会影响到周围同事的工作状态，从而使自己一事无成，最终被迫离开。

职场小规则

　　所有的企业都希望自己所聘用的员工可以尽力直面现实，正视自己的工作，以负责的态度去反问自己为什么得不到晋升，是否是由于自身的能力不足或是公司另有考虑。无法正视自己升迁过程中的败走麦城，一味地抱怨与逃避自身的责任，不愿意接受上司安排的职员是永远都得不到晋升的。只有那些心态积极、正视失败的职场踏实肯干者，才会赢得上司的重视。

9. 上司可能会成为你的阻力

虽说"有志者事竟成",但是很多职场中人苦苦打拼多年,却屡屡得不到晋升与发展,审视自身的工作状态,还算是努力与勤奋,智力与情商也算是有过人之处,但迟迟无法晋升的原因到底是什么?这些职场中人始终不明白。其实,职场如战场,越往上层走,职位越稀少,而相应的竞争也就越发残酷。如果当事人自己意识不到来自于上级的阻力,职场升迁之路恐怕会变得愈发艰难起来。

不懂得与上司搞好关系者晋升困难

升职也好,加薪也罢,你在职场上的前途与命运有很大一部分决定于自己是否可以与上司搞好关系,不管你是否喜欢现在的上司,你的职场生涯是否会过得顺利,关键点就在于你是否懂得与上司搞好关系。同上司的关系好或者坏是关系到升职计划能否成功的关键所在。不懂得与上司搞好关系吗?不愿意主动与上司进行有效的沟通吗?对不起,你的职场晋升之路已经失败了一半。

沈美是一家公司的新任经理秘书。公司过几天要召开重要的主管级会议,经理让她拟好会议的日程与相关的安排,然后下发到每一位参与会议的主管手中。沈美很快就做完了这件事情,并且将相关的提纲与名单都发送到了经理的电子信箱中。

临近开会前一天,经理突然将沈美叫到了办公室,非常不满地问她,为什么现在还没有将会议的相关计划做好。沈美说自己在几天前就已经传到了他的私人信箱中。而经理脸上的不耐烦明显加深了，他对沈美说："我一直都非常忙，并没有时间每天都去查看自己的电子信箱，如果你不懂得在日后给我发过信件之后提醒我，我希望可以找一个胜任这份工作的人来替代你。"

沈美听了之后非常难过，但她还是向经理正式地道歉，并承诺日后遇到了重要的事情之后会主动地打电话追问一下，经理脸色才稍微好了一点。之后，沈美将会议计划又递给了经理。但是稍后，经理又指出了她的计划书中两处非常明显的错误，并严厉地批评了她。

这让沈美有些受不了了，她当场就为自己辩白了几句，说当时的时间太紧，这几天的事情又太多，所以才会出错。经理当时面对她的辩解并没有说什么，只是摆了摆手让她出去。沈美以为这件事就此过去了，没有想到几天之后，公司竟然将她调到了前台去当接待。她非常清楚，这都是因为经理对自己不满才做出的决定。沈美知道以后自己在这里的发展机会不大了，只好黯然辞职，寻找新的工作。

面对来自上司的指责与批评时，沈美没有沉住气，没有坦然地承认自己的错误，使得经理对她的好感大大下降，而沈美也由此失去了一份好工作。可见，与上司搞好关系是何等的重要。不懂得与上司进行有效沟通、不懂得让上司对自己有个比较客观的评价，日后的职场之路便不会那么好走，更不要说晋升了。

与上司有效沟通才可顺利晋升

很多职场资深人士都非常明白：上司是直接决定你能否在公司里获得进一步发展的最关键所在，哪怕你真的是一块金子，得不到上司的赏识只会埋在人堆里无法发光。一个有能力的职场员工，想要在鱼贯而入的高级写字楼人群中脱颖而出，想要在那么多学历相当、能力相似的同事中独树一帜，就必须懂得与上司进行有效的沟通。

几年前，李兵应聘进入了一家公司。当时他在公司里面是年龄最小、学历最高的员工，因此公司的张总非常欣赏他。为了报答张总的知遇之恩，李兵非常卖力地工作，并且很快就熟悉了业务流程，成为了大家眼中的骨干。每一次只要有重要的会议，张总都会有意无意地将他带上。这使李兵成为了大家眼中的红人，他自己也对未来信心满满。

三年前，公司某位人事部领导因病辞职了，由于李兵的业务能力非常出色，大家都认为他是最为合适的接替人选，而李兵也认为自己应该被提拔。但是不久之后，董事会的决定就下来了，被提拔者却是办公室中能力平平的小胡。得知自己没有被提拔之后，李兵有些郁闷：为什么张总平日里总是那么欣赏我，并且表示了有机会就会提拔我，但是现在有了现成的机会之后又给了别人？李兵后来又想了一下，也许是张总希望自己再锻炼一下吧。他放开了心，并更加努力地面对着日后的工作。

两年前，办公室主任被一家企业挖走了，这下，李兵都做好了走马上任的准备了。但是这时，公司里新进了一名女职员，并且在能力未被承认的情况下做了办公室主任。眼看着又一次的升迁机会失去了，大家都为李兵叹息，而李兵自己也认为自己受到了不公平的对待，并开始消极地对待自己的工作。

结果可想而知，他的情况变得越来越糟糕。不久之后，李兵就被通知调往某个效益非常差的地区去任经理。李兵开始焦急起来，并且非常后悔自己的举动。但是事情发展到了这种地步，他又不知如何应对，于是便将自己的烦恼告诉了父亲。父亲劝他，张总一直非常器重你，你应该去找他说一下你的想法。真正赏识你的领导会给你改过的机会的，如果他真的不原谅你，那证明他并不在乎你，那时你再考虑下一步行动也不迟。

最后，李兵听从了父亲的劝告，主动地找到了张总。果然，张总还是对他抱着赏识态度的。他非常真诚地李兵说，之所以会提拔新进员工，完全是由于她是某位重要领导的女儿。其实公司早就考虑将李兵提升为经理了，但是他却没有挺过考验，这给公司的高层留下了他不够成熟的印象，所以才想将他下放到业绩不好的地区去进行锻炼。但是由于李兵及时找自己进行了交流，他还是决定将李兵留在身边。

从那之后，李兵死心塌地的在张总的身边尽心工作。不久之后，他便被任命为了总经理助理。如今的李兵早已是公司的副总经理了。

其实李兵的遭遇在现实生活中并不少见，职场中的年轻人总是由于心高气傲、经验过少而欠缺面对事情的耐心，如果自身再不懂得与上司进行及时的沟通，那么升职一事自然会变得遥遥无期了。类似的过失与不完美都是源于对沟通技巧的掌握欠佳而导致的。比如，自己对上司的指令没有及时做出反应，或者无法迅速地贯彻对方的意图，从而使上司记住你做事效率低下，从而影响到你在他心目中的形象。

职场小规则

取得上级的好感，与之建立良好的关系才可以使职场道路更加顺畅，这是职场资深人士公认的晋升准则之一。但是很多职场中人不懂得处理与上司的关系，所作所为给上司留下了非常不好的印象。只有让自己踏实于本职工作，尽量将分内的工作做到极致，并以表里如一、踏实肯干的态度来面对工作，使上司感受他是可以帮助你的人，你的进步为与他的帮助是分不开的，才会让他为你创造机会。学会以敬畏与恭维的态度来对待上司的批评，与其多进行沟通与相互的了解，才会将来自于上司的晋升阻力变为推动力。

第七章
即使失败也无所谓

中国人常说"失败是成功之母"，每每失败的时候，都会用这句老祖训来安慰自己。是的，失败了并不可怕，没有失败的痛苦，又怎能见证成功的喜悦？初入职场的年轻人有很多东西都不熟悉，出现错误是在所难免的，如果因为这些小挫折就放弃前进，那才是真正的失败。

1. 困境是上帝的恩赐

俗话说：人生不如意事十有八九，职场上更是有高低潮起伏。很多人在职场上都会遇到重重关卡。其实，每个职场关卡都是人生的试金石，只要能够积极去面对它，而且设法去突破它，就会在很大程度上增加人生的阅历与经验，并使自己更快地脱颖而出。

困境的正面价值

生活中总有这么一些人，只要遇上一点不顺的事，就会习惯性地抱怨老天亏待自己，进而祈求老天赐予自己更多的力量，帮助自己渡过难关。但事实上，老天是最公平的，每个困境都有其存在的正面价值，学会面对它，你将收获更多。

1923年9月1日，一场突如其来的地震向日本关东地区袭来。当时，本田宗一郎还在"亚都商会"的修理厂里当技工。地震的到来，使"亚都商会"的厂房被烧毁，修理厂暂时停业，其他工人都离开了工厂。本田宗一郎却不愿意走，他要与老板一起面对困难。他对意志消沉的老板说："现在有很多被破坏的汽车需要修理，我们还有很多生意可做。"老板觉得在理，于是两个人重新踏上了创业的道路。

老板和本田宗一郎两人各骑一辆摩托车，沿街寻找需要修理的汽车和各种坏了的机械。由于他们做的工作又快又好，找他们修理汽车的人纷至沓来，收入相当可观。在修车的时候，本田宗一郎发现有些人急于回乡却无车可乘，于是又建议老板做出租车的生意。紧张而忙碌的工作使得老板的收入成倍增长，不到2年时间，一座新的厂房就在原址建立起来。

本田宗一郎也因为这次创业的成功，成了新厂的股东，而今以他名字命名的"本田"已成为全世界首屈一指的摩托车的生产企业，他被誉为"摩托之父"是当之无愧的。

一个障碍，就是一个新的成功机遇，只要你愿意，任何一个障碍都会成为一个超越自我的契机。

在困境中，如果本田宗一郎与其他工人一样一走了之，世界也许就不会有"本田"摩托车。成功的机遇常常在困境中出现。经得起考验的人，起跳起来通常很容易，所以面对困难或身处逆境，一定不要放弃希望。运用你的智慧，机遇就有可能在极度困难中降临到你身上。

有一位法律学校的毕业生，他的家住在一个小县城里。毕业后，很多同学想方设法留到了大城市，他没有任何背景只好回县城。这对他来说是一个不小的打击，他十分沮丧。

终于有一天，他意识到，回到偏僻地方也是有发展机会的，因为要当一个好律师，必须有很多实践的机会。他发现这个小县城几乎没有一个正式的律师，他是唯一一个受过正规培训的人，领导十分器重他，让他接手了很多案子。

由于他聪明好学，工作勤奋，办了很多大案子甚至是棘手的案件，取得成就的他很快崭露头角，成了律师事务所的得力干将。后来，有一个考取正式律师的名额，自然非他莫属，他刚24岁就成了一名正式律师。后来，他荣升为律师事务所的副所长。

反观那些与他同时毕业留在大城市的同学，由于省城人才济济，实习的机会少，几年之中有的还没有单独办过案子，还是见习律师，有的在当文书，做助手。彼此见面的时候，同学们都向他投来了羡慕的眼光，说他是一个非常幸运的人。其实，应该说这是落后艰苦地域给了他磨炼提高的好机会，使他很快成才。正是从这个意义上来说，不利的环境有时候也可以为人们提供成长、发展的机遇。

身在职场，每个人都会遭遇到困境，也会有各种各样的打击向我们袭来，而要从困境中走出来，秘诀就在于：将不如意统统都抖落在地，然后站到上面去。它们便成为我们的垫脚之物，助我们走出困境。

爱迪生曾说："在困难面前，只有放弃的人才是真正的失败者。"还有一位名人说："若能把绊脚石变成垫脚石，你就是生活的强者。"的确，作为一个职场新人，一定要有将困难和挫折变为前进动力的自信和勇气。工作中没有人会一直顺风顺水，不论他做什么，如果经受不了挫折和失败的打击，从此一蹶不振，那就很难做出令人瞩目的成就。

其实，生活中有很多事情都是这样，眼看山穷水尽，随即又峰回路转，柳暗花明。工作中难免遇到挫折，难免有一些失败的经历，只要你保持乐观的态度，勇敢地走过去，前面将有一片新的天地和风景等着你。积极面对困境吧，你将演绎出更加精彩的传奇！

在困境中保持积极的态度

在职场上，对于一个积极的人来说，机会总是无限的，面对困难，会激发出潜藏的韧性、解决问题的智能和心理层面的高度成长。别人不给你机会，你就应该自己创造机会；没有人疼惜，你就应该自己疼惜自己。不要处在风声鹤唳当中，还在顾影自怜、怨天尤人，那样只会让自己更快出局。

用正面、积极的态度面对逆境，你会发现职场中发展的机会俯拾皆是。

有一个美国的小伙子，他立志要成为一名优秀的牧师。要想成为一名牧师，首先要参加牧师资格考试。为了顺利通过考试，他提前几个月离家到考试地点附近的旅店住下来，全身心地投入到学习之中。他每天不停地朗诵，最后他把整篇文章都背得滚瓜烂熟，甚至倒背如流了。

考试的时间到了，经过抽签，他是最后一个上台的人。他先坐在台下，观摩其他应考者的演说。终于，他的前面只剩下一个人了。当台上那个人开始演讲时，他惊讶地发现，那个人的讲话内容居然跟他的稿子如出一辙！这到底是怎么回事？

他回想了一遍，终于想起来那个人就住在他隔壁的房间里。原来，他辛苦准备、每天朗诵的文章被那个人剽窃了。但下面就轮到自己演讲了，该怎么办呢？

他强忍怒气而心慌的情绪，做了一个深呼吸，让自己慢慢平静下来，并思索该如何应付接下来的场面。突然，脑中灵光一闪，有了应对的方法。

轮到他演讲时，他说："要成为一名优秀的牧师，最重要的是有超强的记忆力、耐力，并懂得用心去倾听。现在，我将为各位复诵一遍上一位演说的内容。"接下来，他开始演讲那篇再熟悉不过的文章，而且比上一位更要出彩。这种独特的表现方式，赢得了全场欢呼的掌声。当然，最后他通过了考试。

当面对困境时，是垂头丧气，还是奋发图强，取舍全在一念之间；是在困境中毁灭自己，还是在困境中成就自己，全看你自己是否具备积极应对困境的决心和勇气。

塞翁失马，焉知非福？人生中的很多事情，冥冥中自有注定，一件事情是好是坏，往往不能只通过表象来判断。

每个人的职场境遇都是起伏不定的，有时候是高峰，有时候是低潮。处在顺境时，不要过分陶醉得意，先替自己留些后路；处在逆境时，也不必妄自菲薄，只要勇敢地踏出第一步，你就会脱离原来的泥淖，迎接新的局面。

职场小规则

纵观古往今来的成功者，无不经历过困境炼狱，但他们都将困境当作一种意识，境界、精神的提升，无不以坚定的信念、意志和毅力化困境为机遇，创造出辉煌的成就。境由心生、业由苦做，环境越是艰难坎坷，就越需要坚定的毅力和信心。二十几岁的职场人，要用不屈不挠的精神在困境中奋斗，让自己成为精英一族。

2. 低头也是一种能力

在职场中,存在着这样两种人。一种是经常"低头"的人,一种是经常"仰头"的人。对比一下,不难发现,那些人缘最佳、事业最顺、进步最快的人,通常都是懂得"低头"的人。对于 20 几岁的职场人来说,该低头时低头,不仅是大度,更是一种能力。

不懂低头的代价

在战场上,人们为了取得战争的胜利,往往要先避敌之锋芒,退避三舍。这是战场艺术,也是一种生存的智慧。职场上亦是如此,稍微低一下头,你的职场之路就会更精彩。遗憾的是,并不是所有人都明白这一道理。

初涉职场的年轻人,刚刚告别自由浪漫的校园生活,脱离父母家庭的呵护宠爱,身上难免存有学生时代的理想色彩和为人子女的任性霸道。怀着满腔激情,揣着抱负理想,想在社会上大展拳脚,是每个职场新人的美好愿望。然而,纷纭复杂的现实社会并不像他们想象的那么美好。面对生活中道路上横生的各种障碍,现实者吸取教训,学会审视、思索,采用"迂回"战术去战胜和超越;理想者则傲气十足,锋芒毕露,小觑或无视生活的低矮"门框",其结果,只会把自己碰得头破血流,令人叹惋。

郭念是个性格开朗、自然率真的女孩子。毕业后在选择第一份工作时,她看上了市场策划这一行当。最终在自己的努力下,她如愿以偿地成为一名职业的市场策划人员。

在以后的日子里，她的工作进行得颇为顺利。可能是自己的努力，又或许是因为喜欢，总之，她的工作从开始就进入了一个良性循环，老板对她的表现也颇为满意。

一年后，她成了这个部门的主管助理。以后，她和主管的接触也越来越多，矛盾也就开始明显了。这个主管40出头，事无巨细，样样要管，而且还喜欢发号施令，事事争强的郭念怎么受得了？

也许是因为年龄差异，主管总是用一种居高临下的姿态来与郭念谈话。看到主管的态度，郭念就会失去耐心，态度也同样强硬起来。毕竟人家是主管，再不情愿，最终作决定的人始终是他。如此一来，每次都让郭念郁闷不已。身边的同事开始劝她："这样的僵持，只会让你的工作环境越变越差，倒不如适时低头，给彼此留一些余地，或许这是打破僵局的唯一办法。"但郭念认为自己并没有错，始终不肯低头。

到后来，郭念感觉和主管之间的矛盾已经影响到了她的正常工作，最终在低头和放弃工作之间，她选择了后者。但也就因为这次放弃，让她至今还没有找到一份合适的工作。

在工作过程中，与同事产生一些小矛盾是不可避免的。不过一定要注意处理这些矛盾时的方法，不要表现出高傲自大的样子，非要和同事做个了断、分个胜负。退一步讲，就算你有理，也要饶人三分，否则同事照样会对你敬而远之，觉得你是个不给他人留面子的人，以后也会在心中时刻提防你，这样你可能会逐渐失去一大帮同事的支持。此外，被你攻击的同事，将会对你怀恨在心，你的职业生涯又会多上一个"敌人"。这是职场人不应触犯的禁忌。

实际上，职场的规则早已摆在那里，你应该学会以平衡的心态去看待。因为你拿自己和摸爬滚打了多年的"老人"去比，是光看见贼吃肉，没看见贼挨打。殊不知，他们曾经也有诸多不如意的事，那个时候你在哪里？所以想开点儿，不妨把自己所经历的种种磨难，当作锻炼的机会、善意的玩笑或成功的必经之路，这样你就不会轻易抱怨了。

学会低头，会使你很好的在职场中立足。暂时地低头并不代表卑屈和降

低人格，更不表明失去原则和自尊，相反，它是一种艺术的处世方法和智者的表现。

学会低头，受益无穷

被人们称为美国之父的富兰克林，年轻时曾去拜访一位前辈。年轻气盛的他，昂首挺胸迈着大步，一进门便撞在了门框上。迎接他的前辈见此情景，微笑着说："很疼吧？可这将是你今天来访的最大收获。一个人活在世上，就必须学会低头。"

无独有偶，也有人这样问苏格拉底："据说你是天下最有学问的人，那么你说天与地之间的高度是多少？"苏格拉底毫不迟疑地说："三尺！"那人不赞同他的说法："我们每个人都有五尺高，天与地之间只有三尺，那人岂不是要戳破苍穹了吗？"苏格拉底笑着说："所以，凡是高度超过三尺的人，要立足于天地之间，就必须懂得低头。"

这两则小故事给现代职场人士很大启示。不论你的资历多高、能力多强，在浩瀚的社会里，你只是一个小分子，是很渺小的。当你把奋斗目标看得更高时，更要在人生舞台上唱低调，在生活中保持低姿态，把自己看轻一些，把别人看重一些。

纵观那些职场中的成功人士，他们都会有一个共同的信念：此时放下架子，忍辱负重，是因为他们在低头的那一刻，就坚信他们的头将来会有高高抬起的一天，他们目前的状态只是一个养精蓄锐的缓冲期。

这不免让人想起农田里的稻谷。越是籽粒饱满的稻穗，越是躬下身子，把头垂得很低；只有那些果实空空如也的秕子，才会显得招摇，总是把头抬得高高的。

懂得适时低头，保持生命的低姿态，能避开无谓的纷争、意外的伤害，更好地保全自己，发展自己，成就自己。

古希腊著名哲学家亚里士多德说："高标准的目标和低姿态的言行的和谐

统一是造就厚重而辉煌人生的必备条件。"老子说，当坚硬的牙齿脱落时，柔软的舌头还在。柔软胜过坚强，无为胜过有为。学会在适当的时候，保持适当的低姿态，是清醒中的一种嬗变经营，是一种睿智的处世之道，更是人生的大智慧、大境界。

只要生活在前进，成功就有可能由可望变成可及。或许今天你还没有成功，但只要学会低头，总会有成功的那一天。

职场小规则

古人告诉我们为人处世要"外圆内方"，用现代的话说就是"柔软度"。面对职场中各种环境的变化，职场人士如何因时因地制宜，采取最合适的手段，不坚持己见，不坚持面子，一切以大局为重，姿态柔软，才能得道多助，赢得更多人的支持与尊重。

3. 能救你的只有你自己

生活中，有些人总认为命运左右着自己的人生，因此总是求助于神佛，求助于他人。其实，在人生的波涛中，真正能依靠的对象是自己，而不应是别人。因为靠别人是靠不住的，只有自己最可靠，能救你的只有你自己。对于 20 几岁的职场新人来说，尤其要相信自己。

命运掌握在自己手中

俗语："靠山山倒，靠水水流，靠人人跑！"此乃真理。命运掌握在自己手中，靠自己才是王道。

在古代，儿子随父亲一起出征打战。父亲已做了将军，儿子还只是马前卒。战斗的号角又一次吹响了，作为将军的父亲为了激励儿子的勇气，庄严地托起一个箭囊，指着其中插着的一支箭，郑重其事地对儿子说："拿去吧！这是传家之宝，佩带在身边，力量无穷，但是要记住，千万不可以抽出来！"

这个箭囊非常精美，用厚牛皮制作，镶着金黄色的铜边儿。再看露出的箭尾，那是用上等的孔雀羽毛制成。儿子喜出望外，豪情满怀地想象这支箭的箭杆箭头，眼前仿佛出现了自己张弓搭箭，敌方主帅应声中箭倒地的情形。

上了战场后，佩戴宝箭的儿子果然英勇非凡，所向披靡。当鸣金收兵的号角吹响时，儿子再也禁不住胜利的喜悦之情，将父亲的忠告抛置脑后，强烈的欲望驱赶着他拔出宝箭，试图看个究竟。在抽出宝箭的瞬间，他惊呆了。

一只断箭，箭囊里装着的居然是一只折断的箭。

我一直挎着一只断箭打仗！想到这里，他不禁吓出了一身冷汗，仿佛顷刻间失去支柱的房子，瞬间轰然坍塌了。

结果，儿子惨死于敌人的刀下。

把胜利系挂在一只宝箭上，多么愚蠢，而当一个人把生命的核心与把柄交给别人，又多么危险！其实，自己才是一只箭，若要它坚韧锋利，若要它百步穿杨，百发百中，磨砺它、拯救它的都只能是你自己，除了你，别无他人。

人生就是如此，成败得失都在于你自己，命运与他人无关。你的前途不在别人手中，只有自己才能把握自己的命运，才能改变命运。

在美国，有一位刚从商学院毕业的大学生，因给著名的财富专家拿破仑·希尔写了一封求职信，并在信里夹了一张崭新的 10 美元现金而一举成功。这件事对于 20 几岁的年轻人来说，有深刻地启发。

他在信中这样写道：

"尊敬的希尔先生，我是一名刚从某名牌商学院毕业的学生，希望能进入你的办公室工作。因为我知道，对于一个刚踏入职场的年轻人来说，能够有幸在像你这样的人的指挥下工作，是一件非常有价值、有意义的事。

信里夹着的 10 美元现金足以偿付你给我第一个星期指示所花的时间，我希望你能收下这张钞票。我很高兴免费给您工作一个月，然后，你可以根据我的实际表现来决定付给我多少薪水。我非常渴望得到这份工作，这种渴望是前所未有的，为了获得这份工作，我愿意做出一些合理的牺牲。"

由于这封信，这个年轻人顺利地进入了拿破仑·希尔的办公室工作，并有机会在这里实习锻炼一个月。一个月过去后，另一家人寿保险公司总裁听说了这件事，他表示非常欣赏这个年轻人，于是让这个年轻人做了他的私人助理。

一个刚刚走出大学校门的毕业生，仅凭借一封求职信和 10 美元现金，而很快获得到名人手下就业的机会，并很快成了另一家保险公司的职员，这件事确实富有神奇色彩。这在使人拍手叫好的同时，不免让人产生联想，它给现代众多年轻人以怎样的启示呢？

每个人的命运都掌握在自己手中。你不妨想想看，这个年轻人要进入著名的公司工作，或许有多种办法和途径。比如，可以托熟人帮忙，可以等到希尔公司需要人时去应聘，可以直接打电话与希尔公司联系，或许还可以用其他有效的方法。但这些，这个年轻人都没有采纳，而是独树一帜，亲手写封求职信，并随信夹上一张崭新的 10 美元现金，既表达了自己的真实愿望，又给人以尊重，内容诚恳而朴实，怎能不让人感动呢？

毫无疑问，这个年轻人采取这样的行动，要比让别人代劳传话或打电话效果更好。这就说明，自己的命运自己掌握，比依赖他人更有效，也更有意义和价值。在职场上打拼的你，一定要记住这个规则。

改变命运靠自己

每个人都是自己命运的设计师，当失败时，不要用泪水掩盖一切，而是要为再次崛起寻找出路，不要等到无力回天时再发出"命不好"的感叹。

威尔逊是一位非常成功的商人，他从一个普通的小职员做起，经历多年的奋斗与累积，最后拥有了自己的公司，受到员工们的爱戴与尊敬。

一天，威尔逊走出办公大楼去办事，就在他走到街上时，他听到身后有一阵"嗒嗒嗒"的声音，那是盲人用竹竿探路时敲打地面的响声。

威尔逊愣了一下，接着缓缓地转过身继续向前走。

那个盲人感到前面有人在走路，就连忙打起精神，上前哀求道："先生，您一定发现我是个可怜的盲人吧！能不能占用一点时间跟您说几句话呢？"

威尔逊说："好，不过我一会儿要去见一个重要的客户，你有什么话请快点说吧！"

只见盲人从所携带的背包里摸索了半天，最后掏出一个打火机，递到威尔逊面前，说："先生，这个打火机非常好用，只卖 1 美元！"

威尔逊听完后毫不犹豫地掏出一张钞票递给盲人，并说道："虽然我不抽烟，但是我愿意帮助你，这个打火机我可以送给别人。"

盲人感动地接过钞票，用手一摸，竟然是 100 美元！他非常感激地说："您是我遇见过的最慷慨的人，仁慈的富人啊，我愿意为您祈祷！上帝一定会保佑您的！"

威尔逊笑了笑没有说话，准备离开。然而，盲人拉住他，喋喋不休地说："您知道吗？我并不是天生是瞎子，之所以变成现在这样，都是因为 23 年前布尔顿的那次事故造成的！"

威尔逊一震，问道："你是因为那次化工厂爆炸才失明的吗？"

盲人认为自己遇见了知音，他连连点头："是啊，是啊，您也知道这件事？那次死了 93 个人，受伤的也有好几百人，在当时可是最重要的新闻！"

盲人想用自己的不幸遭遇打动威尔逊，以争取更多的施舍，他可怜巴巴地说："我真可怜啊！失明之后到处流浪，吃了上顿没下顿，或许死了都无人知晓！"

盲人越说越激动："您不知道当时的情况，火一下子就冒了出来，仿佛是从地狱里冒出来的！逃命的人群都挤在一起，我好不容易跑到门口，可是有一个大个子，在我身后大喊：'让我出去！我还年轻，我不想死！'接着他把我推倒在地，踩着我的身体跑了出去。我失去了知觉，等我醒来时，已经变成现在这个样子。唉！上帝对我真是太不公平了！"

威尔逊听完后冷冷地说："朋友，事实恐怕不是这样吧？你说反了。"

盲人一惊，用空洞的眼睛呆呆地望着威尔逊。

威尔逊接着说："当时，我也是布尔顿化工厂的工人，而你才是那个从我身上踏过去的大个子，因为你长得比我高大。更重要的是，你说的那句话，我一辈子都无法忘记！"

盲人听完呆呆地站在那，突然他一把抓住威尔逊，发出一阵诡异的笑声："你看，这就是命运啊！不公平的命运！你原本在里头，如今却出人头地了；而我虽然跑了出来，现在却成了一个没用的瞎子！"

威尔逊使劲推开盲人的手，举起手中一根精致的手杖，平静地说："你知道吗？我也是一个瞎子。你相信命运，可是我不相信！"

同是盲人，有人沦为了街边的乞丐，有人靠自己的努力出人头地。命运掌握在每个人的手中，只是看你自己如何去安排。

对于 20 几岁的年轻人来说，正值青春活力，要依靠自己的力量，实现自己大大小小的梦想。要知道，寻求别人的帮助，解决问题固然可以轻松一些，可这并非长久之计，因为别人只能帮你一时，帮不了你一世。

职场小规则

在人生这片茫茫的大海上，你就是命运之船的掌舵手，一个人未来的走向，要靠坚定不移的信念和踏实的工作造就，而与你的出生、背景无关。在这个世界上，信念的力量是无边无际的，而努力也从来都不会白费。无论你现在从事什么工作，处于什么地位，只要你能做到努力拼搏，有改变自己的信念和行动，那么你就能改变自己的命运，没有什么力量可以阻挡你。

4. 学会在困境中激励自己

　　工作效率下降、人际关系遇到阻碍……一些二十几岁的上班族初入职场，各种负面因素就会剥夺了他们的自信。这个时候他们需要自我激励。美国心理学家威廉·詹姆士研究发现，一个没有受激励的人，仅能发挥其能力的20%～30%，而如果他受到了激励，所发挥的作用是激励前的3～4倍。那些在事业上取得成就的人，大都是懂得自我激励的人。所以说，在职场中自我激励非常重要。

自我激励，战胜困难

　　自我激励是战胜困难的利器，是获得成功、走向辉煌的进军号角。在困境中进行自我激励，你的生命之剑将锋芒无比。

　　经常说一些激励自己的话，往往会产生无比巨大的作用，因为语言本身具有左右潜意识的惊人力量，而潜意识的强大能量，又能把被指令的所有事情变为现实。德国有个叫林德曼的精神病学专家，就为我们有力地证明了这一点。

　　在18世纪，有上百名德国青年先后加入驾船横渡大西洋的冒险团队，但是这上百位青年没有一个人活着回来。当时人们普遍认为，独身横渡大西洋是根本无法完成的事，没有谁能做到。

　　这时，林德曼向众人发出宣告：他将只身驾船横渡大西洋这一死亡之海。他之所以这么做，是想拿自己做个实验，证明强化信心，对人的心理和身体

会产生怎样的效果。

林德曼独自驾舟出航半个月后，海水进入了船舱，巨浪打断了桅杆。林德曼精疲力竭，浑身疼痛难忍，加上长期睡眠不足，开始产生幻觉，肢体渐渐失去感觉，脑海中经常出现死去比活着舒服的念头。但一出现这种念头，他就马上对自己说："懦夫，你想死在大海里吗？不，我一定要战胜死亡之海！"在孤身航行的日日夜夜，他不断地激励自己："我能成功，我一定要成功！"这句话成为控制他意识的唯一意念，从而激发出无限的潜能。结果，被人认为早已葬身鱼腹的他，却奇迹般地到达了大西洋彼岸，这令人感到无比惊叹！

林德曼只身驾船横渡大西洋，通过自身的实践，给世人留下了非常宝贵的体验。尤其值得记住的是，他发现了以前100多名先驱者遇难的真正原因：既不是被海水所淹没，也不是生理能力到了极限，而是精神上的绝望使他们失去勇气和信心。这就说明，人处于无法忍受的状态时，最需要的是自我激励，它会带给人们无穷的力量。

其实，对于职场中的工作者来说也应如此。自己投入最大精力去做的一个项目，被老板pass掉了，同事也有意无意地给自己脸色看，这是职场人士经常碰到的情况。在这种情况下，人们的情绪跌到了谷底，仿佛对这份工作已经彻底绝望。此时，你就需要激励自己，帮助自己从坏情绪中走出来。你可以对自己说"我能干好，我一定能干好"、"我相信自己的能力"、"没有什么可以打倒我"，这样一说，心中就会产生自信，精神就会振作起来。所谓"置之死地而后生"，其实就是这个意思。

自我激励能使人们从消极被动的承受者转换为积极主动的进取者，是个人成长与发展的最佳状态。社会上的每份工作都蕴藏着不同的挑战和压力，当环境和条件发生改变时，每个人都会表现出不同的工作态度和实际行为。无论在什么样的困境中，都需要努力激励自我，调整心态，做到逆境中有希望，危难时不悲伤，失败时有忍劲，迷路时不彷徨。身处困境时，最能考验人的意志力，同时也最能锻炼人的各种品质和能力。因此，勇于在困境中战胜自我的人，必定会成为自我激励的成功者。

在困境中给自己希望

身在职场，当你遭遇困境时，希望会让你有力反击。

希望是人们思想中积极、重要而且必需的一部分，希望不仅给我们力量，让我们撑过困境，更可扭转逆势。希望不仅让生命变得容易承受，更让它变成一场精彩的球赛，人人都想再打一次——赢得胜利！

一位刚到澳大利亚的中国留学生，为了寻找一份养活自己的工作，他骑着一辆旧自行车沿着环澳公路走了许多天，替人放羊、割草、收庄稼、洗碗……只要给一口饭吃，他就会停下疲惫的脚步，为别人工作。

一天，在餐馆打工的他，看见报纸上登了一篇澳洲电讯公司的招聘启事。留学生担心自己的英语不熟练，专业不对口，他就选择去应聘监控员一职。过五关斩六将，眼看他就要得到年薪三万五的职位了，没想到招聘主管意外地向他问道："你有车吗？你会开车吗？我们这份工作要经常外出，不会开车是不行的。"

澳大利亚公民大多都拥有私家车，无车者寥寥无几，可这位留学生初来乍到还属无车族。为了争取这个对自己非常重要的工作，他毫不犹豫地回答："有！会！"

"那好，5天后开着你的车来公司报到。"主管说。

5天之内要买车、学车的确不是件简单的事，但为了生存，这个留学生豁出去了。他在朋友那里借了500澳元，从二手市场买了一辆破旧的"甲壳虫"。第一天他跟朋友学简单的驾驶技术，第二天在空旷的草坪上摸索练习，第三天歪歪斜斜地开着车上了公路，第四天他把车开到了市区的繁华地段，第五天他驾车去公司报到。

时至今日，他已经成为了"澳洲电讯"的业务主管。

这位留学生的胆识令人佩服不已。即使不知道结果，也给自己留一份希望去争取。如果他当初前怕狼后怕虎，不敢向自己发出挑战，不给自己一份

希望，相信不会有今天的成就。正是面临这种进退维谷的境地，人才会集中精力，鼓足勇气向前进，从生活中争得自己的位置，使生命走向一个新的高度。

每天给自己一个希望，就等于给自己一个目标、一份信心。希望是什么？是点燃生命潜能的导火索，是激发生命激情的催化剂。无论在生活中，还是在职场中，每天给自己一个希望，你将会活得朝气蓬勃，激昂澎湃，哪里还有时间去叹息、去抱怨，将生命浪费在一些无聊的小事上？生命是有限的，但希望是无限的，每天给自己一个希望，你就有勇气和力量面对生活中的不幸，就可以为生命增加一份厚度。

职场小规则

懂得自我激励，已经不仅仅是一种成功的象征、睿智的表现，更是一种每个人都必须掌握的生存法则。如果你不想平庸下去，你想有美好的未来，那么，就从现在开始行动吧！毕竟，时不我待，年轻是一种资本，丝毫浪费不起，你要做的是全力尽快提高自己，使自己更加有信心迎接挑战！

5. 凡事都必须全力以赴

如何使自己的职业生涯走得更加顺利，是所有职场人士要面对的问题。那么怎样做有助于职场生涯发展呢？那就是全力以赴。在平日的工作里，全力以赴地做好每一件事，为公司创造最大的价值，凸显出你的竞争优势，努力获得你的职场最高分，那么你就能走一场精彩绝伦的职场秀。记住，失败或成功前，都要全力以赴。

你全力以赴了吗？

20 几岁的年轻人，无论做什么事都应全力以赴，努力付出，不能三天打鱼，两天晒网。要充分地运用时间来发掘自己的潜能，并为自己的将来做好充分的准备，否则你将一辈子碌碌无为。

小西和小迪毕业于同一所大学，拿着同样的学位，同时进入了一个单位，做着同样的工作。3 年后，小西成了办公室副主任，已是"处级"干部。而小迪，已于一年前被单位辞退了。为什么相同的起点，结局却大相径庭呢？

原来，小西自从进入单位的那一天起，就精神抖擞，把心全部放在了工作上，无论是本职工作还是领导交代的任务，也无论有多难多累；她总是尽可能做到最好，哪怕为此牺牲自己的休息时间也在所不惜，加班加点几乎是她的家常便饭，但她没有一丝怨言。而且，为了提高工作技能，她还自费利用业余时间读了一个职业培训班。反观小迪，早上 8 点上班，她的打卡时间始终"稳定在"在 7：55～7：59 之间，下午 5 点下班，她在 4 点半就已

经把办公桌收拾得"干净利索",也早就和朋友约好下了班去哪家店看衣服。她在工作上虽然没有出现过大的过错,却也不是很出色。偶尔碰上加班,她总是十万个不情愿。工作中,她最爱说的一句话就是:"那么卖命干嘛?我又不打算在这儿干一辈子……"小迪离开单位时,领导对她的评价是:"有能力,无干劲;不淘汰,无'天理'。"

想一想,你在职场中,扮演的是小西的角色,还是小迪的角色呢?

一个人不管居于何处,不管从事何种职业,首先都要全力以赴,尽自己最大的努力,求得不断的进步。这不仅是工作的准则,更是人生的准则。那些在人生中取得成就的人,一定是做事全力以赴的人。

全力以赴是一种积极的、主动的驱使,它能突破原有的极限,产生预料之外的强大冲击力。可以说,全力以赴是工作中最令人激动的力量,它能推动一个人不停向前。如果一个人以全力以赴的精神状态去工作,就会将全部的工作热情投入进去,对完成工作有一种使命感,因而更能做出一番不同寻常的成就。因此,每个人都要全力以赴!

从今天开始,不要再抱怨你的工作太苦、太累;不要抱怨你的薪水太少、收入太差;也不要抱怨自己在公司只是一个毫不起眼的小角色;更不要抱怨命运对自己不公平。

生活的不幸归咎于在自身。当你准备抱怨时,请扪心自问:你在以怎样的态度工作?你对工作投入了多少?

凡事全力以赴,是工作时最用心、最完美的一种境界。全力以赴后,不一定会到达成功彼岸,但是尽力了,努力了,就已经是一名胜利者。

全身心投入工作

全身心投入工作,一条通往职场幸福的必经之路。当你掌握了这一规则,你便能获得心灵的快乐和精神的富足。

有一位著名的政治家曾在一天内连续作了七次演讲,但仍显得精神抖擞,没有一点疲倦之意。"你一天作七次演讲，为什么不觉得累呢？"一个朋友问道。

他回答道："因为我对自己的演讲内容有绝对的自信，我对自己的信仰充满了热情。"

秘密就在于此——对自己的工作充满了无限热情，所以才不觉得疲倦，不觉得累。如果每个人做做每件事时都能集中精力，全身心地投入到工作当中，那么，就会感到精力充沛、干劲十足。下面这个故事也能说明这一点。

在一所大学的图书馆，经常有读者将书籍放错位置。对于这种情况，学校不得不雇用一些大学生做临时工，以协助管理员将书籍放回原处。大多数同学都认为这是件枯燥乏味的事，所以都是没干多久就辞职了，只有一个瘦弱的小伙子除外，他想：干这个工作不就像侦探寻找破案线索一样吗？他将原本枯燥的工作想象得如此生动诱人，接下来，他精神抖擞、充满干劲地投入到了工作中。

刚开始工作因为生疏，一天他只能查到几本书。但是他对工作的特殊兴趣和热情投入，使他很快便掌握了工作的技巧与经验，查到的数量越来越多。当这个小伙子毕业后准备离开这里时，图书管理员依依不舍，同时心里暗想：这个小伙子日后一定会干出一番大事。果然，多年后，他成立了自己的公司，事业做得有声有色。

这个故事印证了苏格兰文学家卡莱尔说的一句话：有事做的人是幸运的。当一个人的精神倾注于某项工作时，他的身心会形成一种真正的和谐。即使从事最平庸的职业，也会为自己增添一份荣耀。

一个将工作当作使命全身心投入的人，无论面对多么艰苦的工作，也无论前方是地雷阵，还是万丈深渊，他都会义无反顾，勇往直前，直到达到成功的巅峰。而一个将工作为草芥，从来不愿意为工作多投入一丝一毫的人，永远都只能是职业场上的败将。

你可以观察职场中各行各业的佼佼者，他们未必都是最优秀、最聪明、最敏捷的，但绝对都是最投入的。当你全身心投入到工作时，就能从中学到更多的知识，积累更多的经验，找到更多的快乐。这样做或许不会产生立竿见影的效果，但是可以肯定的是，你如果不能全身心投入工作，对工作敷衍

了事，带来的后果可想而知，你的所作所为给公司带来的可能只是一点点损失，但给你的人生带来的很有可能是致命的打击。

当然，投入不代表一味"苦干"，它还需要与灵敏、机巧、效率为相结合；投入也并非只是为了付出，更多的是为了"产出"，只有产出大于投入，你的投入才会体现出价值。

职场小规则

无论成功或失败，都要全力以赴。全力以赴是一种奋力拼搏的精神，全力以赴是一种坚忍不拔的信念，全力以赴是一种舍我其谁的品格，全力以赴也是一个人功成名就的可靠保障。因此，凡事都必须全力以赴，这是你不可不知的职场规则！

6. 用乐观在荆棘中开辟道路

新人初涉职场，不熟悉职场的游戏规则，处处如履薄冰，做事小心翼翼。面对突如其来的挫折，通常会表现得惊慌失措，不知如何是好。当遇到这种情况时，关键是要学会积极主动地处理问题，调整自己的心态，不要因为一些暂时的挫折影响到工作。只有保持良好精神状态，才可以在职场上发挥自己最大的能量。

以乐观的心态对待工作

一个人心情开朗，对工作充满热情，对生活充满希望，做事时积极上进，自然就会事事顺利，心情也就会越来越好。相反，心情抑郁，整天愁眉苦脸地面对工作，不管做什么事情都不积极，甚至错误百出，自己的价值就会受到怀疑，别人和自我对自己的肯定越来越少，这样也就使心情更加消极抑郁，最终陷入一个恶性循环。

毕业于名牌大学的子珊刚走出校门就找到了工作，在一家大型国企做办公室文员，而这份工作在子珊看来并不具挑战性，就是每天收发一些文件，偶尔参加一些单位举办的活动。

在刚开始时，满腔热情的她多次就提高工作效率以及优化工作程序方面，向领导提出自己的看法和建议，可大都没有了下文，同时她隐约感到同事都以异样的眼光看她，这让她困惑不已，不知道自己什么地方得罪了他们。

逐渐地，子珊开始适应这里的工作方式，不再过度地关心什么，按部就

班地干着自己手中的工作。这份在别人眼里十分轻松的工作，在子珊看来却十分单调和无聊。

如果仅仅是工作的无聊，子珊还可以适应，可等到发工资的时候，仅1000元的薪水简直是无法忍受。子珊总会忍不住抱怨："同学聚会的时候，总要'晒晒工资'，而我的工资是最低的，要知道，上学时我的成绩一直名列前茅呢！"

年仅25岁的子珊产生了"厌班症"，有几次她都萌发出跳槽的想法，可遭到了家里人的一致反对。母亲劝她说："这份在别人眼里想找都找不到的工作，你可千万要珍惜啊！"

工作的乏味，同事的不理解，再加上微薄的收入，这让子珊怎么也打不起精神工作，"反正怎么干也是干，也没人说什么，不如将就着做吧，可今后还会是这种日子吗？"想起这些，子珊不知该何去何从……

身在职场，劳累和辛苦是不可避免的，你无法逃脱，所以必须要保持一个良好的心态，才能让自己充满干劲，专心投入工作中。

20几岁的年轻人应将视野放长远一点，告诉自己面对的是更为宽广的人生，看清楚自己的优势与弱点，更有信心去开创新领域与新工作。只有保持这样的心态，才会在职场上游刃有余。

保持乐观的心态，能使你在面临弱势的情形时仍能寻求最好的、最有利的结果。在追求某种目标时，即使举步维艰，仍有希望存在。在看待事物时，应考虑生活中既有美好的一面，也有不好的一面，多强调好的方面，就会产生良好的愿望与结果，使职场旅途越走越顺。

乐观成就职场坦途

现实生活中，很多成功人士用他们自身的成功告诉我们：是乐观造就了他们，乐观对他们意味着一切。这也向我们说明，只要在逆境和困难中紧紧抓牢"乐观"这根救命稻草，我们的人生就可以点石成金，从此无坚不摧、无往不胜。

27 岁的梁静是一位大型公司的广告设计师，在公司进行的一次员工表现调查中，她是大家一致公认的最差表现者，因为她工作态度消极，其他人都不愿意与她合作。自己在大家心目中竟然是这样一副坏形象，而且这么多年来自己却一直没有觉察，梁静对此感到很惊讶。同时，她也开始担心能否在这家公司继续干下去。为了扭转这种局面，她向一位关系不错且长期共事的同事请教，希望寻求一些改变自己的细节。这位同事反馈回来的意见解开了梁静的困扰："在会议期间，当大家自由讨论时，你总是坐在那撅着嘴，双臂交叉在胸前，明摆着表明你对人家的谈话有意见嘛。"

于是，梁静以此为突破口，制订了一套简单的行为调整计划，以改善自己的肢体语言。在随之而来的关于讨论新项目竞标方案的部门会议上，她不再将双臂交叉在胸前了，而且努力让自己放松并且表情友善，对同事不再是颐指气使，而代之以简洁、有效的提问与建议，这些都有效地帮助团队完善了想法。梁静从此把这些良好行为都养成了习惯，没多久，她的同事们开始愿意围到她身边，或向她请教，或听取各种反馈意见。更为重要的是，梁静以前总是大声叹气，给人一种消极悲观的感觉。当她意识到这是个不好的习惯时，就加以努力改正，现在人们在她身上看到的只有乐观。她自己也从让大家避之不及的"扫把星"变成了公司月度最具影响力的人物，不得不说是她的乐观成就了她目前的事业。

在日常工作中，挫折仿佛是一支暗箭，令我们防不胜防，经常让我们感到无奈，给我们带来烦恼和忧愁。然而，无奈也好、痛苦也罢，毕竟它已经到来，不会因为我们的愁苦而消失。面对不幸，我们唯有保持乐观，继续前行，为目标努力奋斗，才是最明智的做法。

其实，乐观从客观来讲是无法左右人生的，但是他会给自己和他人一种积极的暗示，让自己认为自己是一个真正的强者，是一个不可战胜的人，这样乐观就发挥了成效。

职场小规则

　　怎样才能使自己变得乐观呢？其实，要培养乐观一点也不难。从现在开始，把注意力的焦点从"往后看怨天尤人"，改为"向前看解决问题"就可以了。具体的做法是，绝口不提"为什么总是我"，而是从另一个角度来看"现在该怎么做会更好？"就能化哀怨为乐观。当你成为一个乐观豁达的人，就会充满信心与力量，去迎接当下的各种挑战！

7. 失败的经验比成功更珍贵

　　相对于失败而言，成功总是能获得更多人的尊敬和肯定，也会拥有更多的花环和掌声。在一个奋斗阶段里，成功与失败同样都掺杂着汗水和泪水，但却是两种完全不同的滋味和待遇。但如就其价值而言，失败的经验往往比成功的经验更有价值，更为珍贵。

面对失败，理智冷静

　　对于每个人来说，越是在失败的时候，就越是需要理智冷静。越是热锅上的蚂蚁，越要头脑冷静，不然只会乱了阵脚，把自己逼进死胡同。

　　面对职场中的"败绩"，要理智冷静，分析它，研究它，从中找出积极的东西，为今后的工作提供教训和借鉴。如此，才能在败中求胜。

　　汪雪的是某大学电子专业的本科毕业生，10月份她做了求职准备。11月份毕业生供需见面会，求职者将现场挤得水泄不通，汪雪费了九牛二虎之力塞进8份简历，结果石沉大海，没有一点消息。此后，她开始注意报纸上的招聘信息。她不再盲目地到处投简历，而是在看到信息后，电话或登门求职。但是4个月过去了，她求职仍未成功。后来，她看到一家汽车销售公司招聘文职人员，于是她前去公司应聘。对方要求进行电脑打字，每分钟不少于80个字。汪雪一分钟只打了40几个字，她被淘汰了。从那以后，她每天用一小时练习打字，3个星期后就达到标准了。

　　汪雪又先后参加了4次面试，都以失败告终。后来，她又到一家电子公司应聘。先是笔试，她答得还不错。接下来是面试，主考官问："你有工作经验吗？""没有。""到生产线上实习过吗？""没有。"主考官又拿出一张电子线路图，让她指出"分别代表什么电阻"。汪雪根本不知道是什么意思，结果面试又一次失败了。

面对一次又一次的失败，汪雪没有失去信心，反而变得十分理智和冷静。她一边寻找工作机会，一边专心复习专业弥补不足。她知道，机会只会青睐真正有准备、有实力的人。

机会终于来了。一家电子公司在某高校举办招聘会，她递上简历。笔试要求10分钟内做完100道题，她7分钟做完了。然后是面试。面试官微笑着问："你认为公司客户服务部与客户应该是什么关系？""应该是朋友关系。据市场调查专家分析，一个客户身边有240个潜在客户……"

有备而来的她，这一次顺利地通过了面试。第二天，她走进了这家公司。

这个故事告诉我们，如果对失败有一个正确的认识，并且对失败采取正确的态度，那么，你就不会被暂时的失败所打倒，而且也磨炼出了屡经失败而不悔的坚强毅力。

然而，在现实生活中，有的职场人失败了常常会因为一时的不理智和情绪化，而采取过激行为，使身心遭受伤害，甚至从此自暴自弃，一蹶不振。因此，学会冷静地面对失败，对于20几岁的年轻人来说是至关重要的。具体来说，需要做到以下几点。

1．不要说"失败"这个词语。优秀卓越的人很少说"失败"二字，因为这个词使人压抑，听起来仿佛是世界末日的到来。他们更喜欢使用"过失"、"弄糟"或"不良结果"等词汇来代替"失败"，你也应该做到这一点。

2．别给自己贴上"失败者"的标签。失败不仅是一种结果，它还是一种态度。当把一件事情弄糟的时候，不要理所当然地为自己挂上"失败者"的标签。你怎样描述自己，很可能就会变成那个样子。反复多次地暗示自己是个失败者，不仅意味着成功无望，而且还会扼杀你体内巨大的潜能。

3．事先拟定好防止失败的计划。你要经常问自己："如果这件事发生，最坏的后果是什么？"这种假想失败能促使你明确地考虑实际选择。你有足够的条件和能力确保你度过那段时光吗？如果公司向你发下一份解雇通知，你有能力东山再起吗？要记住：汉字的"危机"就包括"危险"和"机遇"两层含义，危险中存在着机遇，当机遇来临时，你一定要即时抓住。

学会从失败中吸取教训

很多年轻人都感到自己一无所成，并把失败的责任归咎于别人，归咎于自己没有碰到机遇，却很少从自己身上找原因，更重要的是，不懂得从失败中吸取教训。

现实生活中，人们往往喜欢谈经验，而不乐意讲教训。因为谈起经验面上有光，而说到教训总感到脸上羞愧。其实，大可不必这样忌讳教训，它与经验同等重要，应该引起年轻人的足够重视。下面的这个故事便理智地说明了教训的重要性。

有位船长的驾驶技术非常高，他曾驾着一艘简陋的帆船在台风狂啸的大海中漂泊了半个月，没有使生命受到一丝伤害。后来，他有了一艘机动轮船，他又多次驾驶着它行程几千里到过海洋的纵深处。当地的人们都称他为"船王"。

船王有一个儿子，是他唯一的继承人。船王对儿子寄予了很高的期望，希望儿子能掌握驾船技术，开好他置下的这条船。船王的儿子对驾驶技术学得也很用心，到了成年，他驾驶机动轮船已十分熟练。有一次，船王放心地让他一个人出海，可是，他的儿子与他的船却再也没有回来。

他的儿子丧生于一次台风中，一次对于当地渔民来说十分微不足道的台风。

船王暗自伤神：我真想不明白，我的驾驶技术这么好，我的儿子怎会这么差劲？我从他懂事起就教他如何驾船，从最基本的教起，告诉他如何对付海中的暗流，如何识别台风前兆，又如何采取应急措施。我把我一辈子积累下来的经验，都毫不保留地传授给他了。可是，他却在一个很浅的海域中丢

了生命。这到底是为什么？

渔民们纷纷来劝慰他。可有位老人却问："你一直手把手地教他吗？"

"是的。为了让他掌握技术，我教得很细心。"

"以前他驾驶船的时候，你一直跟着他吗？"老人又问。

"是的。"

老人说："这样说来，你也是有过错的。"

船王疑惑不解，老人说："你的过错非常明显。你只传授给他技术，却不传授给他教训。对于知识来说，没有教训作为基础，知识无疑是纸上谈兵。"

人们常讲"失败是成功之母"，其实，教训也可以说是经验之"母"。成功固然有经验可以总结，失败也有教训可以吸取。人们很难一下子获得成功，往往要经历多次失败，从这一点看，教训总是产生于经验之前。只有认真详细地总结并吸取教训，才能力争成功，获得经验。无论是工作，还是生活，概莫能外。无论你是否愿意承认教训，教训都是客观存在的，不敢正视教训的人，其实是在回避问题。

教训是令人难忘的，教训是对挫折与失败的理性思考，它告诉我们以后"不该怎么做"。吸取教训，可以使我们更加理性地分析产生问题的原因，从中寻找出规律和特点，可以使我们对事物产生更加准确清醒的认识。教训既可以给遭受挫折的人留下避免再次失败的路标，争取不让自己在同一个地方被同一块石头绊倒两次，同时又可以给予他人警醒。

综观古今中外，每个功成名就的人，在成功之前都遇到过多次失败，他们也都比别人付出了更多的努力，那么他们失败后为什么能取得成功呢？很显然，那就是他们善于从失败中吸取教训，利用失败使自己成长，而不是怨天尤人。从这个意义上来说，教训同样是一笔可贵的财富。

如果你想有所成就，请记住：学会从失败中吸取教训。

职场小规则

"失败是成功之母"这句话蕴含着深刻的哲理。没有失败的经历和磨难，就不可能产生成功的感悟。如果说成功是熠熠生辉的珍珠，那么失败就是穿了洞的珍珠，因为它的消极、不良成分被剔除了，将它们串联起来，呈现在人们面前的将是另一种美丽。

8. 做珍珠而不要做沙子

对于初涉职场的年轻人来说，你必须知道自己是普通的沙粒，而不是价值连城的珍珠。你想要出类拔萃，那要有鹤立鸡群的本领才行。如果忍受不了打击和挫折，承受不住忽视和平淡，就很难有任何辉煌的成就。

想成为珍珠，就要多接受磨炼

一个年轻人求职屡次碰壁，对生活感到非常绝望。一次，他在海滩上找到一位智慧的老人寻求解决的方法。老人非常同情他，于是让年轻人捡起一粒沙子，年轻人照做了，老人又让他把沙子扔到海滩上，年轻人也照做了。这时老人让年轻人找回刚才扔出去的沙子，年轻人傻眼了，他困惑地对老人说，"这怎么可能做到啊？"老人说："那这样呢？"说着便从口袋里拿出一颗耀眼的珍珠交给年轻人，同样让他扔了再捡回来，这次年轻人很容易便捡回了珍珠。这时老人对年轻说："其实现在的你和大多数人一样，都是海滩上一粒普通的沙子，要想让自己卓然出众，你就要做一颗珍珠！"

我们都清楚，珍珠原本也只是一粒普通的沙子，只是经历了许多磨砺才成了人们喜爱的珍珠，这是大自然神奇的力量，是自然选择那粒沙子做了珍珠。然而你是拥有高智商的人，你拥有改变自己的能力，缺乏的只是想要改变的信念和改造中的毅力，如果你确定好了自己的方向，并以顽强的毅力接受磨炼，坚持到最后，那你就有可能从沙子变成耀眼的珍珠。

不要只是看到成功人士头顶上的光环，也要想想他们实现成功所经历的千辛万苦；不要只是整日做年薪百万的白日梦，而是要让自己以实际行动奋斗起来。这一点是 20 几岁的年轻人需要明白的。

对于年轻人来说，成功路上的磨炼有时是必需的。磨炼就是一个升华的过程，人在接受痛苦的考验后达到目的的历练。成功道路上，耐得住寂寞，承受住压力，比别人承受更多的精神或身体上的煎熬，从量变到质变，整个人生得到升华，才是修炼，凤凰涅槃，苍鹰蜕皮，就是对磨炼最好的诠释。

沙粒变成珍珠的过程就是一个磨炼的过程。沙子和珍珠的起点原本是没有差异的，但经过痛苦的磨炼之后，珍珠和沙子的价值就不在同一个层次上。所以说，磨炼的过程就是一个价值增加的过程，对于任何事物来说都是如此。

如果世界上有"点石成金术"的话，那就是"艰辛"。如果你要成功，请告诉你自己一定要成功，去完成常人无法完成的任务，拥有超常的能力，用大把的时间去磨炼自己。当你忍耐着、坚持着走完这段苦难的历程之后，就会惊讶地发现，平凡如沙子的你，不知不觉已长成了一颗耀眼的珍珠。

在磨炼中走向成功

对于年轻人来说，只要步入职场，就会面临激烈的竞争，而只有经过打拼的成功，才更能经得起风雨的考验和时间的洗礼。

小张和小赵是同班同学，学的都是秘书专业。毕业后，小张和小赵各自分到不同的单位做了秘书。小张的上司是一个比较难缠的领导，而小赵的上司是一个好人。上班之后，小张变得越来越精，而小赵的日子过得省心舒服得多。

小张自从在这个不好对付的上司手下做事，几乎成了半个心理学家。上司是个严肃的人，这让小张的精神常常处于紧张状态。上司又是一个尽职尽责并且精力充沛的人，常常会在半夜想起一个人、一件事，立刻叫小张帮他找电话号码；刚刚从南方出差回来，就要让司机连夜开车去上海，参加一个

可去可不去的会议，还让小张立刻准备开会的材料。

上司晚上经常有应酬，邀请他的人鱼龙混杂，而小张必须根据领导的好恶利弊，选择一场宾主尽欢的宴席。渐渐地，小张学会不用上司张口，就能以他的意思代他作选择。

领导到下属机关参加会议的时候，最讲究亮相的那一刻，准时到达，更能显出领导的能力和魅力。基于此，小张就有必要掐准时间，让领导在最合适的时间到达。要知道，在交通状况全不由人自主的情况下，让领导准时准点达到地点，并不比写一篇文章简单。走哪条路，花多少时间，既要让领导坐在车上舒心，又不能让别人觉得领导是刻意安排，小张的辛苦就可想而知了。领导去上级公司开会，小张当然得准备好所有需要的资料，进会场之前，还得替领导提着那个十分气派的公文包，进了会场，得赶紧交到领导手里，免得给上级领导留下官僚主义的不良印象。

几年之后，小张辞去了这份工作，自己开了公司，成了春风得意的张总。私下里，他常常感激当年难缠的领导和艰辛的秘书生涯。而比起小张，小赵依旧在原来的位置上工作，他的好糊弄的上司没有升职，小赵也依然是一个舒服而窝囊的秘书。

生活或工作对每个人来说，都不会一帆风顺，经受一些磨难，就不至于使人生变得空白。20几岁的年轻人要想实现自己的梦想，就要经得起磨炼，顶得住压力。无论身处哪个岗位，从事哪份工作，都要有一种坚忍不拔、积极乐观的心态，把困难当作成功的垫脚石，把压力当作目标的助推器。你征服的磨难越多，你的人生阅历就越丰富。

磨难对于弱者来说是冷酷无情的摧残，而对命运的强者却显得微不足道。若不接受磨难，就无法构筑人生的丰碑；若不敢正视磨难，就无法真正驾驭生活。拥有战胜磨难的心理准备，就会使磨难变成一种奋发的动力，你也就能正确而智慧地理解磨难的内涵和意义。

接受磨难，是人生一种至高的境界。它能激励人们奋斗拼搏，使人生演绎出坚忍勤奋。战胜磨难更是人们心灵的坦然、精神的洒脱，它的意义非比寻常。

对于在职场中打拼的年轻人来说，也许岁月给你的是谋生的艰难、情感的失落、事业的无成；也许人生给你的是坎坷、挫折、痛苦。不要失意，不要绝望，只要你把这些磨难当作资本去奋斗，你就会收获颇丰。

职场小规则

"宝剑锋从磨砺出，梅花香自苦寒来"。磨难是人生中的宝贵财富，大胆地涌进生活的急流、险滩，你就会创造自己的不平凡一生。年轻人只要勇敢地正视、理智地应对磨难，就会拥有成功的体验和丰富的阅历，才能活出应有的人生高度。

9. 坚持到底，从困境中奋起

在职场中，有时成功离你只有半步之远，而要成功，坚持是必不可少的。要想在职场上求得发展，除了具备硬实力如学历、技能和经验等，更需要具备一些软实力，难能可贵的就是看谁能坚持到最后。

成功就在下一个路口等你

著名诗人里尔克曾说："有何胜利可言，坚持便是一切。"的确是这样，只要你能坚持下去，便能拥有一切。人生就仿佛一场拳击比赛，充满了躲闪与出拳，如果你足够幸运，只需一次机会、一记重拳而已，但前提条件是你必须得顽强地站着，这需要的就是坚持。

有一个年轻人去应聘汽车推销员，老板答应给他一个月的试用期。从此，他开始努力工作，可 29 天过去了，他连一部车也没有卖出去。最后一天，他早早地就起床了，到各个单位去推销。到了下班时间，还是没有人愿意买他的车，老板准备收回他的车钥匙，告诉他明天不用来公司上班了。这个推销员坚持说，这一天还没有过完，自己还有机会。

于是，这个推销员抱着最后的希望坐在车里继续等。午夜时分，他听到了敲门声。打开车门一看，原来是一个卖锅的人，他看见车里有灯，想问问车主是否需要一口锅。推销员问，如果我买了你的锅，接下来你会怎么做？卖锅者说，继续赶路，寻找下一个买主。推销员继续问，如果你想卖更多的锅，你该怎么办？卖锅者说，那我会考虑买部车，不过现在买不起……两人越聊越起劲儿，天亮时，这个卖锅的人订了一部车，提货时间是5个月以后，订金是一口锅的钱。

因为有了这张订单，老板就将推销员留在了公司。在以后的日子里，这个推销员一边卖车，一边帮助卖锅者寻找市场。卖锅者生意越做越大，3个月以后，他提前提走了一部较实用的货车。推销员从说服卖锅者签下订单起，就对自己充满了信心，相信自己一定能找到更多的客户。15年间，这个推销员一共卖了1万多部汽车。这个人就是被人们称为世界上最伟大的推销员——乔吉拉德。

有时候只需那么一点点毅力、一点点努力的坚持，成功就触手可及。

人生就是这样，在通往成功的路上从来没有人可以一帆风顺。这是一条布满荆棘、坎坷曲折而无法估摸的路，充满了数不清的艰难与困苦、辛酸与煎熬。可以肯定地说，所有成功者在没有成功之前都是失败专家。在为梦想努力奋斗的征程上，有的人只走了几步便放弃了，成为一个哀怨忧愤的小人物，沦为平庸之辈。有的人走得稍远一点，可是也未能坚持下来，因为前面多次的失败令他无以招架，于是中途退缩了。有的人走得更远一些，他甚至与成功仅隔咫尺。这个时候，一开始想要建功立业的豪情早已退却，激情也已磨光，热情已然消解，若想继续走下去，能凭借的只有不甘失败、不愿放弃的超强意志了。但有许多人偏偏就在这一关键时刻，信念轰然倒塌，意志全线崩溃，相信了错觉，以为自己不可能获得成功，于是便投降了、放弃了，让他们前面的所有努力都化为乌有，本来唾手可得的成功一下子远去。等到某个时候，这些人忽然会发现：原来自己曾经离成功那么近，只有0.1微米，只要再坚持一下，哪怕一分钟，就可以得到众人梦寐以求的成功，然而现在成功已经离自己远去，降临到比自己意志更坚定的强者身上，而留给自己的除了悔恨，别无其他。

丘吉尔说过这样一句话："成功的秘诀就是：坚持，坚持，再坚持！"世界上所有的成功，都产生于再坚持一下的努力之中。如果你做到了，你便能

顺利跨入成功者一行。

当你在职场中一次又一次遇到困境时，请对自己说，我还有机会，并且坚信，成功就在下一个路口等你。

在困境中坚持到底

假如一个人的内心蕴涵着一个信念，并坚持不懈地为之奋斗，那么，他一定会成为笑到最后的人。

一次，有学生问哲学家苏格拉底，怎样才能学到他那渊博的知识。苏格拉底并没有直接作答，而是说："今天我们来学一件最简单也是最容易的事，每个人尽量把胳膊往前甩，然后再尽量往后甩。"苏格拉底把动作示范了一遍说："从今天起，每天做300下，大家能做到吗？"学生们哄堂大笑，认为这么简单的事怎么会做不到呢？过了一个月，苏格拉底问学生们："哪些人坚持了？"有九成的学生骄傲地举起了手。一年后，苏格拉底再一次问大家："每天坚持甩手300下，还有谁坚持了？"这时，只有一个人举起了手。他就是后来古希腊的另一位大哲学家柏拉图！

是啊，即使是一件简单的事你能一直坚持做下去吗？有人说，成功与失败最终取决于意志的较量。心理学研究也表明，凡是能做出一番成就的人，他们所表现出来的意志品质主要有自觉性、果断性、坚持性、自制性。由于完成目标一般需要很长一段时间，所以这其中最能考验人的就是坚持性。

所谓坚持性，就是能顽强克服行动中的困难，不屈不挠地执行"决定"的品质，这种品质表现为善于抵制不符合行动目标的各种诱因的干扰，做到面临各种纷扰不为所动，也表现为善于长久地坚持已经开始的行动，做到持之以恒，善始善终。

你不妨想想自己吧，每到年初你总喜欢制定计划，那时踌躇满志，有着许多美好的愿望。每到年末总结，清点自己的收获时，才发现收获寥寥无几，更多的是遗憾。

或许你实现目标是遥遥无期的，总也看不到尽头。或许你正在艰难中坚持却疲惫不堪，如果这时放弃，以前的努力都将白费，所花的心血都是徒劳。而若再坚持一下，再加一把劲儿，眼前就会重现光明，豁然开朗。当你拨开迷雾重见阳光的一瞬间，你会觉得以前所受的苦都是值得的。

沈涛在一家网络公司从事网络运营工作，比起刚进入这家公司的激情，现在的沈涛感觉工作好累，并不是工作量加大了，而是心累，因为他遇到了职场的瓶颈。从工作到现在已经整整3年了，从来没有得到晋升和加薪，身边有些比起来晚到公司的同事，现在都有不同程度的晋升。别人的事业风生水起，而自己的工作则如一潭死水。

是走还是留？沈涛在心中痛苦地挣扎着。现在一走了之多少有点不甘心，因为到其他公司一切都需要从头再来，如果留下来，煎熬何时能到头？分析了一番后，沈涛决定留下，再给自己半年时间，让自己坚持在岗位上再磨炼半年。既然决定坚持了，沈涛从心里放下了所有包袱，全身心投入到工作中，他体验到了前所未有的轻松感。3个月后，领导把沈涛叫到办公室谈话，说他被提升为了网站运营经理，他的坚持终于有了结果。

相比沈涛在困境中的坚持，江弘就显得潇洒多了。江弘遇到的境况与沈涛之前的境况是相同的，但他没有像沈涛那样坚持下去，而是在每次遇到挫折后，以"此处不留爷，自有留爷处"怂恿自己。工作5年跳槽5次，而且每次跳槽岗位的跨越性都比较大。江弘工作经历的确很丰富，但他所收获的工作经验却很少，更别提价值沉淀了。

职场是一个需要坚持的地方。短暂的不如意、挫折都是彰显人才价值过程中的元素，唯有坚持，才不会让这些元素遮盖了你的价值。

在困境中坚持，会让人绝处逢生。不停地前进，付出你的汗水，一定能走到那片桃花源！

职场小规则

　　下面为大家介绍一下坚持法则的应用。先拿出一张白纸，罗列出你现在正面临的所有问题和挑战，然后写出下面的问题：我在什么地方会感到勇气、信心不足？我应在哪些地方表现得比现在更加坚忍？当你对这些问题作以回答后，你还要时刻提醒自己："我决不能选择失败。"在开始行动之前，你就要下定决心，无论发生任何事，你都绝不能放弃，因为放弃是可耻的，放弃就等于将自己的成功与财富拱手让给他人。你必须记住：只有你满怀信心向着梦想前进，并事先下定坚持到底的决心，你就一定能够取得成功与财富。

第八章
前程需要自己创造

　　成功并非少数人的游戏，命运掌握在自己手中，只要你有足够的才华和充足的自信心，你就能站在成功的巅峰。

　　要相信，成功的道路有很多，你可以选择用自己的方式去拼搏，去尝试。停止你的空想，立即行动起来吧，辉煌的前途需要自己去创造！

1. 贪小便宜必要吃大亏

"贪小便宜吃大亏"已成为人们日常为人处世的行为规范之一。它告诉人们：不要因小失大；只顾眼前，不顾长远；捡了芝麻，丢了西瓜。有些人确实因为一些蝇头小利而闹出了笑话，很多时候造成的损失不单是经济上的，还有名誉上的。

蝇头小利会绊倒人

人性有自私的一面，生活中，爱占点小便宜可以说是一种天性，但是，人又是一种理智的高级动物，有一种趋利避害的本能，应当知道哪些事情可以做，哪些事情不可以做，所以，身处职场的你，必须自觉地抑制自己占小便宜心理的膨胀。

在朋友的一次生日宴会上，李枫认识了赵强。赵强是一个无业人员，得知李枫是公司的客户资料管理员后，他表现得十分热情。兄弟长、兄弟短地叫个不停，当天就在饭店请客，显得特别重义气。

从这以后，赵强经常去李枫单位找他。每次去找他都没有什么正事，只是说看看小兄弟，然后就拉着李枫去外边吃饭。每顿饭都很丰盛。爱贪小便宜的李枫也乐得趁机改善改善生活。有句话叫"吃人家的嘴短"，他对赵强是有求必应、有问必答。

事实上，赵强和李枫拉关系有自己的目的。他抓住了李枫爱占小便宜这一心理，投其所好，不是请他吃顿饭，就是找个理由送他一条领带什么的。慢慢地，赵强就取得了李枫的信任。

有一天，赵强又像往常一样把李枫约到了家里，俩人你一盅，我一盅边喝边聊起来。渐渐地，李枫醉倒在了床上。

早已有计划的赵强趁机把挂在李枫腰间的公司钥匙取下来，然后又偷配了一把。

几天后，赵强盗走了李枫公司所有的客户资料。

赵强将这些客户资料卖给了李枫的对头公司，使对头公司狠赚了一笔。而李枫他们公司则一蹶不振，几近破产。李枫也因失职被开除了。

占小便宜吃大亏，蝇头小利也会绊倒人。职场中，稍不注意，便会因小失大，让自己栽跟头，摔得头破血流。天下没有白吃的筵席。李枫的悲哀就在于，本来与赵强没有什么交情的他，去能时时刻刻得到赵强的恩惠，而他却不自知。最终，他因为这样的小恩小惠而断送了自己的前程。

对于职场人士来说，从一开始就养成良好习惯是非常重要的。一定要自我约束，不贪图小利。

摒弃那些贪利的坏习惯

喜欢贪占小利，会在同事中留下不好的印象，更有可能因此而丢掉工作，到头来"赔了夫人又折兵"，实在是划不来。小利面前一定要止步，给自己一个好形象，脱颖而出才会成为可能。

有些职场人士有贪小便宜的心理，如用公司的信封写私人信件，用公司的电话打私人的电话，等等，即使在管理制度相当严格的外企也屡禁不止。作为职场新人，你一定要自我警惕！

现在几乎所有公司都规定在上班期间不准打私人电话，但几乎又是所有公司都有人打私人电话。为什么有些人自己有手机，还有公用电话，却一定要用公司电话呢？这些人可能这么想：打几个私人电话算什么，又不是我一个人这么打，而且打了也没有人看见；即使看见了又能把我怎样……这些人就是抱着这种贪小便宜和侥幸心理，在钻公司管理制度上的空子。这次没事，肯定还有

下次，于是，这种贪小便宜和侥幸心理就像雪球一样越滚越大，驱使人们去寻找更多的机会。随着职务升高，权力增大，人们下的赌注也就越来越大。

有不少职场人士以为贪占小利的做法是"精明"和"灵活"的表现，其实是大错特错。因为贪占小便宜，至少是一种不遵守公司纪律和违反职业道德的行为，一旦这种行为成为习惯，就容易导致其他不良行为的滋长：今天没人看见就打个私人电话，明天无人监督就多报张的士票……一个人的行为习惯，如果离开了外部约束，就可以随意改变把握尺度，那就意味着如果没有执法人员在场，你就可以随便犯法。正是因为对打私人电话这种小事不放在心上，并慢慢变得对什么警示都不在乎，于是，在工作中遇到其他一些"红色警戒线"的时候，也就可能不会在乎。大多数越过"红色警戒线"的人，都不会有好结果。

作为职场新人，无论在何时何地，你都应该清楚，公司的就是公司的，个人的就是个人的，一定要将它们区分开来。当你用自己的手机或者到外面打公用电话时，也许有人会说你傻，但是，你要明白，笑话你傻的那些人的"精明"仅仅是一种精明，而不是一种真正的聪明。为了省区区几毛钱而养成一种有可能自毁前程的坏习惯，作为一个现代白领，绝对是不值得的。

这个世界变化得很快，但有些东西是永远不会发生变化的，所以，你不要怕自己赶不上变化的节拍。你只需以不变应万变，而这个不变就是遵纪守法。身在现代职场中的你，不妨把自己想得笨拙一些。因为你真的需要些笨拙和胆小，它们能保证你不受意外伤害，而且，能得到同事和上司的更多信任，你的机会也会因此而变得更多。

> **职场小规则**
>
> 　　贪小便宜绝对是职场人士的致命缺点。身处职场，如果你把自己看得很聪明，可能经常要被生活嘲弄；而你把自己看得笨拙一些的话，你往往就会给人惊奇。你把自己看得笨拙一些，你就能坦然处世，平静自省，不骄不躁，不会头脑发热做傻事，遇事三思。

2. 一定要会做事，巧做事

职场中没有办不成的事，只有不懂得变通办事的人。成功的机会对每个人来说都是均等的，要想顺利成事，获得成功的青睐，还需要深谙职场中的做事之道。做事有学问，其中最大的学问就是懂变通，学会了变通，你就能在工作中脱颖而出，在事业上胜人一筹。

注意做大事，学会巧做事

身为职场中的一员，你要为公司出力，除了兢兢业业做好工作之外，还要做很多人都不愿意做的大事，这样更能为自己增加晋升的机会。因为那些小事，谁都会做，即便你做了也根本显示不出你来。只有做那些有影响力的大事情，才能表现出你的能力来。老板也只有在大的事情上才能对你产生深刻的印象。所以，职场中，聪明的人都知道自己该做什么，懂得做大事，巧做事，而不是一味地埋头苦干。

一直努力扫屋子的人，永远扫不了天下！虽然职场中的小事永远是需要人来做的，但是你如果想要有大的发展，必须学会舍弃那些人人都能做的小事，而去专注于一些更有影响力的事情。

如果说做事情是一门学问，那么会做事就是一门艺术。也许你对公司忠心耿耿、对工作兢兢业业，为公司奉献、创造了很多，但是你依然没有受到老板的信任和器重，依然是一名普通的员工。这时你就要考虑一下做事方面的原因了。

小明在一家大公司从事的是打字工作。一天中午，同事们都出去吃饭了，这时，一个董事经过她们部门时停了下来，想找一封信件。虽然她不知道这封信的事，但是她依然回答道："对此信我一无所知，但是董事先生，让我来帮助您处理这件事情吧！我会尽快找到这封信并将它放在你的办公室里。"当她将董事所需要的东西放在他面前时，董事显得格外高兴。

一个月后，在一次公司管理会上，有一个更高职位的工作空缺，那位董事就推荐了她。小明因此被提升到了一个更重要的部门工作，薪水也提高了很多。

俗话说：人情练达即文章！工作努力并不能够保证你在公司能够稳步提升。不管是否公正，你必须要考虑其他一些因素。要知道会做事，更要会做人。

办事头脑一定要灵活

老板通常都会格外喜欢凡事肯变通的员工，因为他不但不用忧虑这个下属会受外在环境与人事影响而情绪有所变化，使工作质量下降，而且还可以依赖他在非常时期应付一些艰险事件，建立奇功。

某公司贴出了招聘的信息以后，有A、B、C三个人前来应聘。

公司的老板当时并没说什么话，直接把他们带到了楼上楼下两个房间里，每个房间里各有一个抽屉，两个抽屉相同，只不过是一个放满了东西，另一个却空空如也。

然后，公司老板对他们三个人说："现在你们把楼上抽屉里的东西搬到楼下抽屉里，谁用时最短，我就录用谁。"

A首先上阵。他把那个抽屉从楼上扛到楼下，然后又蹲下来，把抽屉里的东西一个个地放到空抽屉里，最后他把原先的抽屉拎回了楼上，一共用了半小时。而他由于蹲的时间太久，到最后把自己累得无法站起来。

接着轮到B上阵了。他从楼上抽屉抱了一大摞东西跑向楼下的房间，放下东西后，又跑到楼上拿东西。来回十余次，总算是把任务完成了，但是整整用了一个小时，而且他大汗淋漓，把自己累得腰都直不起来了。

最后轮到 C 上阵了。他也把楼上的抽屉扛到楼下，然后又轻轻松松地拎着原先楼下的那个空抽屉上了楼。所用的时间还不到一刻钟。

当然，在最后老板肯定是录用了 C。老板说："我们公司就是需要像 C 这样头脑灵活、办事效率高的职员。"

C 的确是一位头脑灵活的人。头脑灵活，才会想出更好的办法提高办事效率；有了高效率的前提，一个人才会有更多成功的机会。

职场小规则

变则通，通则久。作为职场中的一分子，就要记住，你所面对的事情随时都有可能会发生变化，如果你用一成不变的习惯来迎接变化无穷的职场，那么你必然会遭到职场的淘汰。以变应变，把变通作为自己的习惯，这是面对竞争社会的最佳态度。

3. 不做逃避的鸵鸟

在日常工作中，我们耳边常常有"这不归我管"、"我很忙，实在没有时间想那么多"、"我们试过了，没有办法"等声音，这些人逃避问题的行为，无异于是把头埋在沙子里的鸵鸟。在大自然中，鸵鸟遇到危险时，会把头埋到沙滩里，以为自己的眼睛看不见就安全了。其实，鸵鸟的两条腿很长，其奔跑速度足以摆脱敌人的攻击，如果不是把头埋藏在沙滩里坐以待毙，是完全可以躲避猛兽攻击的。所以我们说，"鸵鸟心态"是一种逃避现实的心理，不敢面对问题的懦弱行为，20几岁的年轻人千万不要做逃避的鸵鸟。

爱逃避的人难成事

在职场中遇到困难时，逃避是最不可取的。职场上，我们几乎每天都要被各种各样的问题困扰，而面对问题，很多人本能的反应就是抱怨、逃避，但这只会导致我们碌碌无为，平庸一生，使自己在叹息中度过一生。

张译和李建同时应聘到一家速递公司，被分为工作搭档，他们工作认真努力，老板对他们两个人的表现很满意。然而，后来的一件事却改变了两个人的命运。一次，张译和李建负责将一件大宗邮件送到码头。这个邮件非常贵重，是一个古董，老板反复叮嘱他们要小心。到了码头，张译把邮件递给李建的时候，李建的双手没接住，邮包掉在了地上，古董被打碎了。

老板知道后非常恼怒，对他们进行了严厉的批评。"老板，这不关我的事，是张译不小心掉在地上弄碎的。"李建趁着张译不注意，偷偷来到老板办公室对老板说。老板平静地说："谢谢你李建，我知道了。"随后，老板把张译叫到了办公室。"张译，究竟是怎么回事？"张译就把事情的原委告诉了老板，最后张译说："这件事情是我们的失职，我愿意承担责任。"

张译和李建一直在等待处理的结果。后来，老板对他们俩说："其实，古董的主人已经看见了你们递接古董时的动作，他跟我说了真实的情况。还有，我也看到了问题出现后你们两个人的态度。现在我决定，张译留下来继续工作，用所赚的钱来偿还客户。李建明天不用来上班了。"

在这个故事中，李建面对现实，选择逃避责任，做了职场上一只逃避的鸵鸟。他的态度与行为给现代职场人士提出警告，逃避责任只会自食苦果，自断前程。

为什么有些人不敢承认错误和担负责任呢？这是因为，承认错误、担负责任通常与接受惩罚相联系。人们通常愿意对那些美好的事情负责，却不情愿对那些出了偏差的事情负责任。发生问题时，没有责任心的人首先考虑的不是自身的原因，而是把问题归罪于外界或者他人，总是寻找各种各样的理由和借口来为自己开脱。比如：工作业绩不理想，那么一定是老板领导无方；老板不喜欢自己，是他不懂得欣赏；销售目标没有达到，一定是客户太挑剔……这些都是无理的借口。这些借口并不能掩盖已经发生的现实，也不会减轻你所要承担的责任，更不会让你把责任全部推卸给别人。

在工作中，为什么有些人的工作硕果累累，有的人只是维持着自给自足的平淡，甚至是颗粒无收？这取决于他们看问题的角度。前者认为工作的本职就是解决问题，承担责任，有问题才会有进步，问题解决了就是机会，所以他们从不抱怨，更不逃避，而是积极地寻找方法去解决。可以说，一个人对待工作的态度，决定了他在职场上的位置。要想有好的前程，你就必须杜绝逃避的习惯。

面对问题，敢于承担责任

身在职场，应该坚决克服自己的逃避心理。一旦逃避成习，就积习难改了。你应该明白这样一个道理，当自己对事态的发展真的无能为力时，老板与身边的同事是不会苛责你的。

一个在工作中敢于承担责任的人，一定会得到老板的赏识与器重。因为他们知道，只有敢于承担责任的人，才会尽最大的努力做好自己的工作。

钱亮刚到公司上班时，有着很高的热情。在工作的两年中，他多次主动请缨，几乎承担了所有办公室里的重要工作。他想：那些老员工怎么这么懒惰？他不愿意变得像老员工一样。

后来发生了一件事。钱亮因为每天要做很多工作，结果一时疏忽使公司产生了损失。虽然他认为责任并不全在自己，但是结果只有他一个人受到了处罚，其他人平安无事。

他心理非常不平衡，一个老员工告诉他，就是因为他负责的事情太多了，结果是反受其累，并好心劝告他利用这个机会推掉那些责任重大的工作，不要什么事都自己揽。

为此他郁闷了很长一段时间，但他并没有放弃思考。他似乎面临两个结局：一个是离开这家处理事件不公平的公司，另一个是变成一个新的"老员工"。他不知道该如何作选择。

后来他想明白了：自己没有足够的经验，这种结果是意料之中的事。最重要的是要正确面对已发生的问题。

钱亮改变了思考问题的方式，就是要正确面对已发生的问题。总结了经验和教训之后，他以积极的态度走出了郁闷，继续努力地做着他以前负责的所有工作，没有一句抱怨。

钱亮现在已经是"钱总"了，他被提拔的原因就是"面对问题，敢于承担责任"。

面对问题，敢于承担责任的态度与行为会对周围环境产生积极正面的影响。每一个职场人士都必须明白，对工作负责是每个人应有品质。不同的职位有不同的职责，从来就没有一种职位不需要负责，要敢于承担责任。

肩负责任虽然是有压力的，但也是充实自我、实现自我人生价值的一种途径。敢于承担责任，并从工作中寻求自身的价值和满足，这样的人让人敬重，同时，他们的前途也一定是光明的！

职场小规则

对于二十几岁的年轻人来说，学会承担责任，尽快了解、掌握各种职能、职责和各项规章制度，尽快适应公司的各项规范要求，在自己的工作岗位上尽职尽责，全心全力地工作，将是入职必须学好的第一课，它将为你的职业生涯打下坚实的基础，帮助你开拓美好的前程。

4. 忠诚比能力更重要

在一项对世界著名企业家的调查中，当问到"您认为员工应具备的品质是什么"时，他们无一例外地选择了"忠诚"。当今社会，人才越来越市场化，人才的竞争已经从单纯的技能竞争，转向了品德与技能两方面的竞争。而在所有品德中，忠诚排在第一位。

忠诚已成为人才的第一竞争力

现在很多企业在招聘员工时，会通过各种形式测试新人的忠诚度，如果被认定是忠诚度不足的人，即便你拥有一百个博士学位，拥有一千项成功案例，也可能不会被聘用。因为招聘考官们很清楚，一个缺乏忠诚的人，不可能为企业所用；而且，这样的人一旦背叛企业，企业就可能遭受无法估量的损失。忠诚已经成为职业场上的第一竞争力。

忠诚之所以成为职场中最应值得重视的美德，是因为每个企业的发展和壮大都是靠员工的忠诚来维持的。

李丽在一家房地产公司，做的是打字员工作，学历不高的李丽长相也不出众。她的打字室与老板的办公室之间只隔着一块大玻璃，老板的举止她可以看得清清楚楚，但她很少向那边多看一眼，她每天都有打不完的材料。李丽明白，在这样一个公司里，她唯一可以和别人一争长短的资本也许就是工作认真刻苦。工作上，她处处为公司打算，打印纸不舍得浪费一张，如果不是要紧的文件，她会把一张打印纸两面用。

一年后，由于公司资金运作困难，员工工资开始告急，大家纷纷跳槽，最后总经理办公室的工作人员就剩下李丽一个人了。人少了，她的工作量也陡然加重，除了打字，还有一些杂活，比如接听电话、为老板整理文件等。有一天，她走进老板的办公室，直截了当地问老板："您认为您的公司已经垮了吗？"老板有点惊讶地说："没有！""既然没有，您就不应该这样消沉下去。现在的情况确实不好，可并不是我们一家公司是这样，可能很多公司都面临着同样的问题，虽然您的2000万美元砸在了工程上，成了一笔死钱，可公司没有全死呀！我们不是还有一个公寓项目吗？只要好好做这个项目，说不定可以为公司重整旗鼓。"说完，李丽拿出了那个项目的策划文案。隔了几天，她被派去搞那个项目。三个月后，那片位置不算好的公寓全部先期售出，李丽为公司拿到3800万美元的支票，公司终于有了起色。

以后的几年中，李丽作为公司的副总经理，帮着老板做事，被老板委以重任。

企业宁愿用一个十分忠诚七分能力的人，也不愿意用一个七分忠诚十分能力的人。

一个人在前进的过程中，无论什么时候都不能失去忠诚，因为它是我们的做人之本。从李丽的身上，我们看到了忠诚的魅力，也看到了一个员工的优势和财富。

忠诚和回报是有先后顺序的，忠诚是回报的前提。企业首先不会给你什么，你必须首先给企业以忠诚；如果你给了企业绝对忠诚，企业就会给你物质和精神回报。

丧失忠诚，只能失败

如果你失去了对别人的忠诚，那你就失去了做人的原则，多半也就失去了成功的机会。有一句话叫"一盎司忠诚等于一磅智慧"，就是说忠诚比智慧更加珍贵。

　　一个优秀的员工，应该忠诚于自己的公司，与公司同舟共济、荣辱与共，全心全意为公司工作，为公司着想。身处职场中，忠诚能使你事业有成。如果你做不到忠诚，你只会面临失败。

　　小朱在一家大公司上班，他能说会道，才华出众，所以很快被提拔为技术部经理，按理说，有很好的前途在等着他。

　　有一次，一位港商请小朱吃饭。吃饭的时候，港商说："最近我的公司和你们公司正在谈一个合作题目，如果你能把你手头的技术资料提供给我一份，这将使我们公司在谈判中占据主动。""什么，你是说，让我做泄露机密的事？"小朱皱着眉道。港商小声说："这事儿只有你知我知，不会影响你的。"说着，将20万元的支票递给了小朱。看到眼前一笔数目不小的钱，小朱心动了。在谈判中，小朱的公司损失很大。事后，公司很快查明了真相，就把小朱辞退了。小朱不但因此失去了工作，就连那20万元也被公司追回以赔偿损失。小朱可谓赔了夫人又折兵，后悔也为时已晚。

　　为坚守忠诚所付出的代价，得到的是荣誉；为丧失忠诚所付出的代价，得到的是耻辱。一个不忠诚的员工即使才华横溢，也不会成功的。

　　当公司的利益与个人的利益发生冲突时，你千万不能把公司的利益置之不理。忠于公司，也就是忠于自己，背叛公司，也就是背叛自己，最终也将走向失败。作为一名员工，不要忘了自己的角色，你需要为公司争取利益，而不是为了自己争利益。只有公司"发达"了，你才会跟着"发达"，万万不可越位。

　　一个优秀的员工必须深刻地意识到：自己的利益和公司的利益是一致的，必须全力以赴，努力工作，用创造出的成绩赢得公司的信任。

职场小规则

　　一个没有忠诚感的员工不会得到老板的信任与重用，因为人格与品质的缺陷，这样的人在社会上也很难找到自己的立足之地。如果你渴望成功，那么就要永远保持忠诚的美德，让它成为你工作中的一个准则，并在此基础上逐步培养自己正确的道德观，发展真正的好品格。

5. 独辟蹊径才是成功之道

走一条从来没有人走过的新路，总是比走别人已经走过的旧路要慢。虽然走新的路，通常要遇到更多的障碍，要面对更大的风险。但，只要看清楚眼前要走的路，一定有让你受益的地方，它让你避免重复别人已经走过的弯路，这会让你成功的机会更大。

独特，你才更容易成功

有这样一个著名的试验：把六只蜜蜂和同样多的苍蝇装进一个玻璃瓶里，然后将瓶子平放，让瓶底朝着窗户。结果发生了什么情况？

你会看到，蜜蜂不停地想在瓶底上找到出口，一直到它们力竭倒毙或饿死为止；而苍蝇则会在两分钟之内，穿过另一端的瓶颈逃逸一空。

由于蜜蜂对光亮的喜爱，它们以为"囚室"的出口必然在光线最明亮的地方，它们不停地重复着这种自认为合乎逻辑的行动。然而，正是它们的这种智力和经验，才使它们灭亡了；而那些苍蝇则对事物的逻辑不那么执著，全然不顾亮光的吸引，四下乱飞，结果误打误撞碰上了好"运气"。这些头脑简单者在智者消亡的地方反而顺利地得救，获得了新生。

这个实验说明：人们在固定的环境中工作和生活，久而久之就会形成一种固定的思维模式，很容易形成盲从。

有一家公司的贸易业务很繁忙，一般情况下，上午对方的货刚发出来，中午账单就传真过来了。随后就是快寄过来的发票、运单等。公司会计的桌

子上一般都堆满了各种讨债单。

讨债单自然是要钱的。因为有很多的讨债单，所以公司会计常常不知道到底先付哪个好，经理也同样是这样，总是粗略地看一眼就将其扔在桌上，说："你自己看着办吧。"可是有一次，经理却马上说："付给他。"

那是一张从日本传过来的账单，除了列清了货物标的、价格、金额外，旁边大面积的空白上面写着大大的头像，头像正在掉着眼泪，虽然线条很简单，但是看起来却很生动。这张不同的账单一下子就引起了会计和经理的注意，经理一看就说："看，人家都已经流泪了，咱们就以最快的方式先付给他吧。"

在众多的账单中，只有这个账单最特殊。其实，经理与会计的心里都十分清楚，这个讨债人不一定就是真的在流泪，可是他却成功了，一下子就用最快的速度讨回了大额货款。因为他用了一点心思，将简单的"还我钱"换成了一个富含人情味的小幽默、花絮，就是这仅有的一点，一下子便从众多的账单中脱颖而出。

在这个个无奇不有的世界上，创新能力是我们每个人所具有的自然属性与内在潜能，普通人与天才之间并无不可逾越的鸿沟。

勇于打破思维定式

世界上没有不重要的工作，只有看不起工作的人，平凡不可能会成为平庸的借口，平凡的岗位上照样可以干出一番事业来。

《福布斯》杂志的创始人福布斯曾经说："做一个一流的卡车司机比做一个不入流的经理更为光荣，更有满足感。"可不幸的是，很多人的认识时常是相反的：我们情愿做个平庸的经理人，也不愿做个一流的司机。生活中，很多时候我们评判自身的价值不是相对于我们自身，而是屈就于世俗的标准。

东芝电气公司是日本一家非常有名的公司，1952年，这家公司积压了大量的电扇卖不出去，为了打开销路，几万名职工费尽心机地想了不少办法，依然没有什么明显的进展。有一天，一名公司小职员向董事长石坂提出了一个建议——改变电扇颜色。在当时，全世界的电扇都是黑色的，东芝公司生产的电扇自然也不例外。这个小职员建议把黑色改为彩色。这一建议引起了石坂董事长的重视。经过研究，公司决定采纳这个建议。

1953 年夏天，东芝公司推出了一批浅蓝色电扇，这批电扇受到了顾客的欢迎，市场上还掀起了一阵抢购热潮，积压的电扇很快就卖完了，也为公司创造了很大的利润。从此以后，在日本以及在全世界，电扇就不再是一副统一的黑色面孔了。

其实，小职员的建议很简单，只是改变了一下颜色，但却收到了很好的效果——大量积压滞销的电扇，几个月之内就销售一空。这一简单设想效益竟如此巨大。而提出它，既不需要有渊博的科技知识，也不需要有丰富的商业经验，为什么其他人就没想到这个好办法呢？

原因就是：自古以来电扇都是黑色的。虽然没有人规定过电扇必须是黑色的，而商家们都彼此仿效，代代相袭，渐渐地就形成了一种惯例、一种传统，似乎电扇都只能是黑色的，不是黑色的就不叫电扇。这种常规的传统观念，反映在人们的头脑中，便形成一种心理定势、思维定势。时间越长，这种定势对人们的创新思维的束缚力就越强，要摆脱它的束缚也就越困难，越需要做出更大的努力。小职员所提建议的可贵之处就在于，他突破了思维定势的束缚，所以，最终才收到了好的效果，取得了成功。

职场小规则

身处职场，思考问题时不要死钻牛角尖，也不能只在问题的表面上转来转去，这样往往不能解决问题，反而会离题越来越远；要从多个不同的角度思考问题，学会打破自己的思维定式，只有这样，才会有所突破，才有可能在职场中脱颖而出。

6. 注意语言的分量

语言的分量在职场中可以助你，也可能害你。身处职场中，很多时候说话是要注意的。什么该说，什么不该说，有句话说得好，有用的话一句就行，没有用的话千百句也不行。

话别说得太满

一个杯子里若装满了水，当然再也倒不进去了。人际交往中，说话也是如此，不要说得过死，以便容纳一些"意外"，必要的时候，自己可以有个台阶下。

小东是一家报社的记者，有一次，他受领导之命去采访一件事，这件采访工作有相当的困难，当领导问他有没有问题时，小东拍着胸脯回答说："没问题，包您满意！"过了几天，没有任何动静。领导问他进度如何，小东才老实地说："不如想象的那么简单！"当时，领导虽然没有说什么话，但对他前几天胸有成竹的回答已有些反感，不知道以后还该不该信任他。

后来，小李和同事之间因为一些工作的事情闹得有些不愉快，他向他同事说："从今天起，我们断绝所有关系，彼此毫无瓜葛……"说完话还不到两个月，那个同事升迁了，成为了小李他的上司，小李因为讲过重话，处境很尴尬，只好辞职了。

这两个例子中的人物都是因为把话说得太满而给自己造成了窘迫。把话说得太满就像把杯子倒满了水，再倒就溢出来了，也像把气球充足了气，再也灌不进一丝空气，再灌就要爆炸了。当然，生活中也有一些把话说得很满，而且也做得到的人。不过凡事总有意外，使得事情产生变化，而这些意外通常不是人可以预料的。话不可以说得太满，就是为了容纳这个"意外"，不致使自己陷入窘迫的局面。

杯子里留有空间，便不会因加进其他液体而溢出来；气球留有空间，便不会因为"意外"出现而爆炸；话别说得太满，便不会出现"意外"不变化，而下不了台，可以从容转身。那么我们平时说话应注意哪些方面呢？

对同事的请求可以答应，但不是"保证"应代以"我尽量，我试试看"的字眼。

领导交代的事情要接受，但不要"保证"应代以"应该没问题，我全力以赴"之类的字眼。

这样做的好处是：万一自己做不到，事实上也无损你的诚意，反而更显出你的审慎，别人会因此更信赖你！事情没有做好，别人也不会因此责怪你！

职场中最好不要说的话

说话要分场合，场面上的人自然要说场面上的话。首先，"公私分明"是一条在什么时候都很有效的游戏规则。所以，职场中不能乱说话，即使说也要说公事，不要掺和私事，别人没兴趣会让你扫兴，别人有兴趣可能对你会更糟。

除此之外，还要注意一些其他方面，比如："这件事情没办法做"或"这件事情一直就是这么做的"。面对难以应付的工作应该努力寻找处理途径，帮助领导理清思路。

当公司发现问题，即使与你毫不相干，也千万别说以下这类的话：

"这不是我的错""这绝对不是我的错误"。因为这个问题肯定和领导有关。这个时候应该尽自己最大可能帮忙出出主意。这也是表现能力的一个机会。

"目前境况令我很高兴"。此类话语的潜台词是"我不愿尝试新的任务"。

"我工作效率很高，从不需要加班"。员工不应计较投入的时间，埋头工作、

了解公司和客户才最重要。很多重要信息及策划通常都是在业余时间发生的。

"我需要一个更高的职位"。在如今的职场中，职位不能直接体现你对公司做出的贡献。"做出业绩"应摆在首位，"寻求位置"则应放在最后。

"这次该轮到我升职了"。在如今的职场中，"资格"不再值钱了。贡献的大小，特殊技能及与公司各部门的协调能力等，才是个人进步的关键。

"我只认识我所在部门的人"。工作中，没有一个人是一座孤岛。所以你一定要了解公司各部门的负责人和其理念及做事方法以及你的团队与其他部门的关系。

"技术我不在行"。要知道"技术让我们的工作效率更高"的道理。一方面，要保持强烈的求知欲，加强学习；另一方面，过分谦虚就是骄傲。要积极表现自己，随时在工作中露几手。

"我没有任何新内容需要汇报"。对自己所从事的事情保持沉默或言语不多，给领导的信号就是"你在工作上投入不够"。

职场小规则

职场中，一定要注意说话的分寸。分寸拿捏得好，普通的一句话，也会平添几许分量；话少往往精辟，给人感觉深思熟虑。话太多太密往往容易失控，重复率高不提，话的质量随数量的上升而下降。头脑发热，忘了什么能说什么不能说，就更不好了。

7. 投机取巧不如踏实进取

很多公司里时常会笼罩着一种紧张的气氛，员工抱怨老板太苛刻，常常会监督工作；老板则抱怨员工不能尽职尽责，一转身就投机取巧。在工作中投机取巧也许能让你获得一时的便利，但从长远来看，有百害而无一利。

你为什么不能成功

世界上绝顶聪明的人很少，但绝对愚笨的人也不多，一般人都具有正常的能力与智慧。但是，为什么许多人却无法取得成功呢？

世界上有很多看来很有希望成功的人——在众人眼里，他们能够成为而且应该成为各种非凡人物，但是，他们最终并没有取得成功，为什么呢？

一个主要的原因在于他们习惯于投机取巧，不愿意付出与成功相应的努力。他们希望到达辉煌的巅峰，却不愿意走艰难的道路；他们渴望取得胜利，却不愿意付出努力。投机取巧是一种普遍的社会心态，职场中成功的秘诀就在于他们能够超越这种心态。

有这样一个小故事：一个人看见一只幼蝶在茧中拼命挣扎了很久，觉得它太辛苦了，出于怜悯，就用剪刀小心翼翼地将茧剪掉了一些，让它轻易地爬了出来，然而不久这只幼蝶竟死掉了。幼蝶在茧中挣扎是生命过程中不可缺少的一部分，是为了让身体更加结实、翅膀更加有力，而这种使它"投机取巧"的方法只会让其丧失生存和飞翔的能力。

同样的道理，在工作中投机取巧也许能让你获得一时的便利，但却在心灵中埋下隐患，从长远来看，只有害处而没有好处。

投机是一种侥幸心理，它的表现是见机会就抓——哪怕这个机会的成功率微乎其微，极有可能失败，也要妄加推断，千方百计地想靠"运气"来捡便宜、尝甜头。要知道：真正的成功从来不会属于投机主义者。

成功总是需要付出努力的。古罗马人有两座圣殿：一座是勤奋的圣殿；另一座是荣誉的圣殿。他们在安排座位时有一个秩序，就是必须经过前者，才能达到后者。勤奋是通往荣誉的必经之路，那些试图绕过勤奋，寻找荣誉的人，总是被排斥在荣誉的大门之外。

投机取巧容易使人堕落，无所事事容易令人退化，只有勤奋踏实地工作才能给人带来成功，收获真正的幸福。

踏实进取才更容易成功

如果给你一张报纸，然后让你重复这样一个动作：对折，不停地对折。当你把这张报纸对折了51万次的时候，你试想一下所达到的厚度是多少？两层楼那么厚，这大概是你所能想到的最大值了吧？但是，通过计算机的模拟，这个厚度接近于地球到太阳之间的距离。

没错，就是这样简简单单的动作，你是不是感觉这是一个奇迹？为什么看似毫无分别的重复，会有这样惊人的结果呢？换句话说，这种貌似"突然"的成功，根基何在？

秋千所荡到的高度与每一次加力是分不开的，任何一次偷懒都会降低你的高度，所以动作虽然简单却依然要一丝不苟地"踏实"。

不管做什么事情，不管有多么的艰难，只要你有充分的耐心，坚持一下，再坚持一下；耐心一点，再耐心一点，成功便会到来。

在美西战争爆发以后，美国必须立即跟西班牙的反抗军首领加西亚取得联系，因为加西亚将军掌握着西班牙军队的各种情报。但是，美国军队只知道他在古巴布满丛林的山里，却没有人知道具体的地点，因此无法联络。然而，美国总统又要尽快地获得他的合作。一名叫做罗文的人被带到了总统的面前，送信的任务交给了这名年轻人。

一路上，罗文在牙买加遭遇过西班牙士兵的拦截，也在粗心大意的西属海军少尉眼皮底下溜过古巴海域，还在圣地亚哥参加了游击战，最后在巴亚莫河畔的瑞奥布伊把信交给了加西亚将军，因此罗文被奉为美国的英雄。

这个真实的例子形象地说明了"踏实"的巨大力量。看过《致加西亚的信》的人也许会觉得罗文所做的事情一点也不需要超人的智慧，只是脚踏实地前进，因此认为把罗文塑造成英雄有点言过其实。但就是罗文的这种"一步一个脚印"，踏踏实实地把信送给加西亚，才使美国赢得了战争。

一位先哲说过："如果有事情必须去做，便积极投入去做吧！"从某种意义上说，在一个方向上一丝不苟，也比草率分心，在多个方向发展可取。因为做事一丝不苟能够迅速培养品格、获得智慧，加速进步与成长；尤其是它能带领人往好的方向前进，鼓舞人不断追求进步。

职场小规则

生活中的各种实例生动地证明了这样一个道理：无论事情大小，如果总是试图投机取巧，可能表面上看来会节约一些时间和精力，但结果往往是浪费更多的时间、精力和钱财。事无大小，竭尽心力，力求完美，才是成功者的标记。

8. 怀才不遇多半是自己造成的

看足球比赛时，我们会发现，最优秀的射手就是最善于捕捉战机的人，他们总能在正确的时间出现在正确的地点上。好射手是会跑位的人。其实，一切"顶尖高手"和成功人士都是很擅长把握时机的。

把握时机是成功的关键

古往今来，历史上成功者与失败者的例子不胜枚举，而他们形成对立关系的原因只有一点——是否能够把握住机会！

峰和涛在同一个村子里，他们两个人都非常聪明，可由于家里贫穷，他们初中还没毕业就辍学打工去了。由于他俩都能吃苦，不久就在一个制陶厂找到了工作，但待遇不算好，干的是最累最重的活儿。

没过多久，峰对涛说，他想继续学习，报了夜校想学一点工商管理的知识。

涛并没有说什么，只是点了头笑了笑，峰明白这其中多少有不屑的成分，但从那天开始，他开始一边学习工厂的技术，一边上夜校学习工商管理知识。

没过多久，工厂因为一名技术人员有偷窃行为而把他开除了，当车间主任苦于找不到替代的人员时，峰及时毛遂自荐，自然很快地得到了他想要的那份工作。

成为技术工人之后，峰感觉自己已经找到改变前途的机会，工作更加卖力，学习也更加刻苦了。他通过所学的知识经常向车间主任提出自己意见，这一切老板都看在眼里，记在心上。

在这家工厂工作的第四年，峰的上司车间主任从自己的位置上退休了，峰很顺利地被提升到了车间主任的职位，而这时的涛还在干着最苦最累的工作。

一个人应该永远同时从事两件工作：一件是目前所从事的工作；另一件则是真正想做的工作。如果你能将该做的工作做得和想做的工作一样认真，那么你一定会成功的。在为未来做准备，你正在学习一些足以超越目前职位，甚至成为老板的技巧。机会只青睐有准备的头脑，当时机成熟，你已准备好了。

当你熟悉了某一项工作，不可陶醉于一时的成就，赶快想一想未来，想一想现在所做的事情还有没有改进的余地，还能不能做得更好，这些都能使你在未来取得更长足的进步。尽管有些问题属于老板考虑的范畴，但是如果你考虑了，说明你正朝老板的位置迈进。

学会做自己的伯乐

人常说：千里马常有，而伯乐不常有。与其苦等伯乐的出现，何不自己做自己的伯乐呢？所以，首先要学会自己肯定自己。要善于展示自己的才华，勇于推销自己优点。给自己一个被发现的机会，也给别人一个发现你的机会。

一位电脑博士求职时好几次都碰壁了，于是他就另辟蹊径，拿出了自己的高中学历，到自己看中的企业去应聘业务员职位。在工作过程中，他迅速熟悉公司的业务，努力做好本职工作。两个星期后，公司的电脑突然瘫痪，大家慌作一团，对这位电脑博士来说，那可是小菜一碟。于是，他电脑方面的专长被公司发现，他也拿出了本科学历，便很顺利地调到了掌管公司计算机维护的部门。

在这个部门，他能接触到更多的公司信息，之后利用空余时间，根据自己对公司的了解，以及对整个市场的分析，又为公司作了一份详细的市场前景分析。当他再次来到总裁办公室时，总裁问了他的真实学历，他才说明自己是博士。第二天，他就被任命为公司副总经理的职位。整个的过程不到一

年的时间。

这个故事确实能给人一些思考。你若认为自己是个人才，则需要寻找施展才华的平台。

常言道，千里马常有，伯乐却不常有。既然伯乐不常有，就不要再强求自己还不显山露水的时候，遇到破格提拔重用的人。若无法在求职的过程中迅速被人赏识，不妨套用一位名人的话：有平台你要抓住，没有平台，你要创造平台施展才能。不想自己被埋没，不妨做自己的伯乐。

自己给自己创造平台，可以是从较低的职位做起，也可以是去做一些公益性的服务。

小杰在2009年了参加了一家大公司的竞聘。1000多人竞争一个名额，她只是本科生，对手中有不少博士毕业生，但最终她胜出了。因为招聘企业十分看重她在北京奥运会期间做志愿者时所展示出来的组织才能和社会责任感，不经意地，她充当了自己的伯乐。

若把自己看作是高级人才，不妨也把自己当作伯乐，自己来创造的平台。

职场小规则

职场中，机会很多，成功的例子也有很多，但成功不是靠我们空想，会自动找上门来，而是要靠我们自身的努力，善于把握机会，抓住机会，在机会还没到来之际，积累应有的知识和才能，当机会降临到你的面前时，你必将会厚积薄发，轻而易举地驾驭它。

9. 不做可有可无的人

> 人的一生是努力追求成功的一生，那么成功的真正含义究竟是什么？答案就是不断比昨天的自己优秀，慢慢地，让自己变得不可替代。任何一个人拥有了别人不可替代或逾越的能力，就会使自己的地位变得十分稳固。因此，职场中，让一切都在自己的掌控之中，让自己的技能无可取代，才能立于不败之地。

让自己变得不可替代

不干可干可不干的事，不做可有可无的人，应是人的基本品格。弱势可以转化为强势，强势也可能会转化为弱势。我们所要做的就是：尽最大努力把自己的弱势转化为强势，并且保持住它，努力让自己做到不要替代。

文艺复兴时期，一个画家是否能够出人头地取决于能否找到好的赞助人。

一次在修建大理石碑时，米开朗基罗与他的赞助人教皇朱里十二世产生了分歧——他们激烈地争吵起来，米开朗基罗一怒之下扬言要离开罗马。

或许大家都认为，教皇朱里十二世一定会怪罪米开朗基罗，但事实恰恰相反，他非但没有惩罚米开朗基罗，还极力请求他留下来。因为他清楚地知道，米开朗基罗一定能够找到另外的赞助人，而他永远无法找到另一位米开朗基罗。

身为艺术家的米开朗基罗，卓越的才华是他手里的王牌。

如果一个人能让自己变得不可替代，那么就可以让自己的地位坚不可摧。

拥有特殊才能的人不需要依赖特定的上司或特定的工作场所来巩固自己的地位。

不要过分受惠于众人或某一个人，否则你会沦为一个平庸的依赖他人的人。拥有许多人对你的依赖总比你依赖于某一个人更会使你感到快乐。

大村文年曾惊动了日本工商界人士，人们对他无不深感佩服。

大村文年，毕业于东京大学法律系，1926年，他进入"三菱矿业"，成为了一名小职员。当公司举行新人欢迎会时，他对那些与他同时进入公司的同事说："我将来一定要成为这家公司的总经理。"说过这番话后，他便开始为他的长远计划而奋斗了。

凭其旺盛的斗志与惊人的体力，大村文年数十年如一日，孜孜不倦地工作，后来远远超过众多资深的干部与同事，在毫无派系背景之下，完全凭借自己的实力冲破险境，终于在35年之后当上"三菱矿业"的总经理。就三菱财阀的历史而言，还不到60岁就成为直系公司的总经理，可以说是史无前例。

任何一位愿意在自己的职业生涯中取得成功的人，都应该懂得如何在工作中使自己能够脱颖而出，并且不让自己的努力悄无声息。

做职场中出类拔萃的人

没有影响力，光靠单打独斗，个人很难持续扩大自己对组织的价值，这样就很难顺利晋升为重要的角色。所以，职位的升迁除了需要埋头苦干之外，我们还必须成为一个对公司和同事都非常有价值的人，即不断扩大个人的影响力。

对于许多员工来说，获得一个职位并不是十分困难的事情，但是否能赢得公司上下普遍的尊敬就是一件没有太大把握的事情了。每一位职场中人都必须明白，获得职位并不是我们的终极目标，我们必须成为职场中的佼佼者。

在努力工作的前提下，下面的一些办法可以让你的努力锦上添花。

1. 不要在公共场合使他人难堪。

2．不要过于显示自己。任何事情都应该有一个"度"。适当显示自己有助于使自己的努力不至于白费，而且，也有助于别人了解自己。但问题的另一方面是：过犹不及。一个过于显示自己的人，容易引起别人的不快，甚至反感。

3．谨言慎行，不逞口舌之能。有人说，一个在嘴巴上获得胜利的人，会在行动上失去所有的胜利。嘴巴上一时的胜利会有一定的快感，因而许多人都会逞一时的口舌之利。但是，任何过头的话，都可能遭到"秋后算账"。

4．注意让自己在小事上无可指责。细心的人都会发现，我们和同事相处的时间甚至会多于和家人、朋友相处的时间。正因为如此，与同事间的小事常常会演变成大事。所以，应注意让自己在小事上无可指责。

5．经常赞扬和认可他人。在一些人看来，肯定了他人的贡献就会消减自己的作用。事实上，赞许和承认别人并不会使自己损失什么，反而能给自己带来益处。

6．做事要果断坚决。在同事面前不要表现出优柔寡断，特别要注意的是，不要为一些小事犹豫不定，从而给人留下优柔寡断的印象。人们都喜欢有魄力的人。果断坚决也是现代社会快节奏工作方式的要求。

职场小规则

不干可干可不干的事情，不做可有可无的人。很多时候，我们自己却忽略了个人目标和人生计划。理想不是空想，我们应该明白想做什么和能做什么是两回事，应该在能干的范围内选想做的事情，这样才能发挥自己最大的潜力。

10. 停止空想，立即行动

IBM 的那句话很好：停止空想，马上行动。不管在什么时候，一定要有时间观念，当你决定做一件事情之后，行动要迅速，绝不能把拖延。时间就是金钱，拖沓的作风是成功的天敌，行动不敏捷很难适应现代市场的竞争。养成立即行动的习惯，也就是立即把思想付诸行动，这对完成事情来说是必不可少的。梦想是闯出来的，不是做梦做出来的。

一百个想法不如一个行动

世上没有哪些事情是我们做不到的，只要我们有实际的想法，下定决心后就去行动。

有的人想着自己一定要成为文学家、数学家，或成为一个大富翁，可是几年后，他们却是事与愿违，原因是他们并没有为此而努力地奋斗过，也有的人过于要求改变自己的现状，追求做得更好，期望做出一番大事业，可是往往有很多很好的想法，使他们瞻前顾后，前怕狼后怕虎，犹豫不决，很多很好的计划、想法到最后都是徒劳无功，到头来还是一事无成、平平庸庸。

为什么呢？因为他们往往缺少判断力、决策力、行动力以及做事的恒久毅力。

一百个想法不如一个行动。成功基本上没有什么所谓的捷径，关键的一点就是行动！行动！行动！当别人还在想，想，想，还在论证，论证，论证的时候，成功者已经在开始行动了。

职场中的你，想要改变现状的唯一捷径就是让自己行动起来，想和埋怨是永远没用的，埋怨只会消磨你的斗志毅力，击退你的信心，而行动本身就会增强信心。

北京理工大学计算机系应届毕业生小王，一毕业就被一家大型公司录取了，年薪9万，而他的同班同学大多都还在忙着找工作。当同学知道他被大公司录取的时候，都十分惊讶。当老师让他上台介绍经验的时候，他就说："我只是比别人看得远一点，行动早一点。一个想法不如一个行动，我想这样，我想那样，不如我做好这些，做好那些实际的事情。"在大三的时候，同学玩游戏、逛街，而小王却选择给自己充电，学习 JAVA 技术，提升自己的专业技能。

只有去行动，努力地付出，才有可能成功，否则你将永远不能抵达成功的彼岸。所以，朋友们请记住：想成功就要行动！行动！再行动！这才是成功的前提。

主动一点儿，马上行动

比尔·盖茨曾向他的员工谈起他的成功之道，他说："我发现，如果我要完成一件事情，我得马上动手去做，空谈对事情没有一点帮助！"比尔·盖茨先生的这句话放之四海而皆准。

日本索尼公司创始人井深大和盛田昭夫，一开始就立志于"率领时代新潮流"。一次偶然机会，井深大在日本广播公司看见一台美国生产的录音机，他便抢先买下了专利权，很快生产出日本第一台录音机。1952 年，美国研制成功"晶体管"，井深大立即飞往美国进一步考察，果断地买下这项专利，回国数周后便生产出公司第一支晶体管，他又成功地生产出世界上第一批"袖珍晶体管收音机"。索尼的新产品总是以迅雷不及掩耳之势独占市场制高点。

很多时候，如果你放弃了主动，不仅意味着你放弃了一件事，很有可能是放弃辉煌的未来。

在工作中，拖延时间是一种不好的行为，但是，却很少有人敢说他自己

在工作中从不拖延时间。作为一个参加工作的人，必须具有良好的责任感和道德意识，必须具有勤奋工作、任劳任怨的敬业精神，而这些并不附加任何条件。一个具有高尚品质的人，会毫无怨言地选择去执行任务，做自己分内的事情，而且应该主动去做，而不是等待上司明确指派，或者催促时才去做。

郭峰是一个部门的主管，每天醒来就会一头扎进工作堆里，忙得焦头烂额，寝食不安，整个人都快要崩溃了。于是，他决定去请教一位成功的公司经理。

走进这位公司经理办公室门口，这位经理正在接听一个电话。听得出来，和他通话的是他的一个下属，而这位经理很快就给对方做出了明确的工作指示。刚放下电话之后，他又迅速签署了一份秘书送进来的文件。接着又是电话询问，又是下属请求，公司经理都马上给予了答复。

二十几分钟过去了，终于再也没有他人"打扰"了，这位公司经理于是转过头来问郭峰有何贵干。郭峰站起身来说："身为一个知名公司的部门经理，您的办公桌上空空如也，我办公桌上的文件却堆积如山。本来我是想请教你，如何做到这一点的，但现在不用了，您已经通过行动给了我一个明确的答案。您是现在就把经手的问题解决掉，而我却无论遇到什么事，都是先接下来，等一会儿再说，我明白了自己的毛病出在哪了。"

英国有位伟大的作家萧伯纳曾说过："在这个社会上取得成功的人，都是那些善于抓住机会的人，如果没有机会可抓，他们就自己创造机会。"

主动去做才是最好的行动方式。对自己负责，需要做好每一件事，及时行动起来。

职场小规则

所有的成功都来自于行动！只有行动才能改变一个人的人生！一旦做出最后的决策，就应立即付出行动，而不要瞻前顾后，畏首畏尾。不行动就带不来价值和成功，所以，身为职场的你，一定要重视行动的力量。